悪いものが、来ませんように

角川文庫
19910

目次

プロローグ　五
第一章　一三
第二章　五八
第三章　一〇五
第四章　一四三
第五章　一九二
第六章　二三一
エピローグ　二六八
解説　藤田香織　二九三

プロローグ

オムツを外して両足を抱え上げたところで、たった今替えたばかりだったことに気づいた。

何もついていない布の中心を数秒眺めてからのろのろと閉じていく。何をやっているんだろう。深く息を吐き出すと、娘がぱちりと目を開けて奈津子《なつこ》を見上げた。その小さな額を指先で撫《な》でる。娘はふにゃりと溶けるように目を細めた。

笑顔の形に緩んだ口元につられて頬から力を抜いた次の瞬間、娘の顔が大きく歪《ゆが》む。

「ぎゃあああ！」

唐突な泣き声が上がり、裏切られたような気持ちになった。思いが通じたと感じた途端に手のひらを返されることに、いい加減慣れてもいいはずなのにその都度にじむような虚《むな》しさを覚えてしまう。

ふっ、という音になりきらない気配のあと、電話がけたたましく鳴り始めた。奈津子はびくりと顔を上げる。プルルル、ぎゃああ――共鳴し合う蝉の鳴き声のように増幅していく音を止めるために慌てて家の電話に手を伸ばした。受話器を持ち上げれば、少なくとも電子音の方は止む。

「はい、柏木《かしわぎ》です」

『あんた、うつぶせ寝なんかさせてないでしょうね』

夜の十時過ぎに電話をかけてきて前置きもなく切り出した声に、奈津子は尋ねるまでもなく相手を知った。身体がずんと重みを増す。

「何よいきなり。だいたい今何時だと思ってるの」

『家族なんだからそう神経質になるような時間でもないじゃないの』

母が鼻を鳴らす音が、勢いを増した娘の泣き声にかき消される。神経質、という響きだけが耳に残った。奈津子は音を立ててため息を吐く。

「ああ、もう、お母ちゃんのせいで起きちゃったじゃない。せっかく寝かしつけたところだったのに」

ちょっと待ってて、と声を尖《とが》らせてから受話器を太腿《ふともも》の脇に置いた。言葉にすると本当にそうだったような気がしてくる。私はちゃんとオムツ替えも授乳も寝かしつけも、やるべきことは全部終えていたのだと。

娘を抱き上げ、「どうしたのーだいじょうぶだよー」と、わざと声に出して言いながらトントンと軽く背中を叩《たた》く。

「おなかすいた？　おしっこ？」

丸く膨らんだお尻《しり》に鼻を寄せてみせ、どうせ母には動きは見えないのだと馬鹿らしくなって娘をあぐらの中央に下ろした。母乳で汚れたパジャマのボタンを外して乳房を出す。顔を真っ赤にして手足をばたつかせている娘を無言で見下ろし、ひどい凝りで強張《こわば》った背中を不自然に丸めた。

六カ月になったら急に楽になったわよ、という、母の何十年も前の補整がかかっているであろう記憶にすがりつきながら、奈津子はそんな日は一生来ないのではないかと疑っている。おっぱいとオムツ替えと抱っことお風呂《ふろ》と寝かしつけ。ひたすら同じことを繰り返して一日が過ぎ、それが積み重なって一週間が過ぎる。曜日の感覚はなく、平日か休日かの区別しかつかない。たしかに命を育んでいるはずなのに非生産的にしか感じられない日々は、思い返そうとしても白い靄《もや》がかかったようにのっぺりと塗り潰《つぶ》されている。

第一、六カ月を過ぎれば本当に急に楽になるのだろうか。私は一生、この子の母親であり続けるのに？　つわりが治まるまで、安定期に入るまで、胎動を感じられるまで、正産期になるまで、陣痛が来るまで、出産が終わるまで——妊娠中、次々に張り直したゴールテープまでの距離を測り続けることで苦痛や不安を緩和させるやり方に効果があったのは、単に最終的なゴールが見えていたからに過ぎなかったのだと、今にして思う。

奈津子は受話器を肩と耳の間に挟み、右手のひらで娘の後頭部を支えた。

「お待たせ」

母に向かって言いながら、大きく開かれた娘の口に乳房を押しつける。ずき、ともう二カ月以上癒《い》えない手首の痛みが肘《ひじ》まで響いた。

「もしもし？　お母ちゃん？」

切れてしまったのだろうか、と思いかけたところで、『ほんと、間の悪い子ね』という母のつぶやきが耳に届く。

『待ってるのだってタダじゃないんだよ』

何を言われているのかわからなくて、反射的に、え、と訊《き》き返してから、電話代のことだ、と思い至った。顔の筋肉からすっと力が抜け、自分がそれなりに表情を作っていたのだと気づく。

「そんなこと言ったってしょうがないじゃない、電話の音で起きちゃったんだから」

『はいはいどうせあたしが悪かったですよ』

「そうじゃなくて」

奈津子はとりあえず否定してから、そうだよ、と言ってやればよかったと後悔した。そういうふうに否定してほしくてわざと言うの、いい歳してみっともないよ、というセリフが浮かぶ。ああ、これも言ってやればよかった。

「で？　えーと、うつぶせ寝が何だって？」

棘《とげ》を声に乗せて話を元に戻すと、『そうそう、それよ！』と母が声を跳ね上げた。

『あんたうつぶせ寝なんてさせてないでしょうね』

「何で？」

『いいから』

「いや、させてないけど」

『あ、そう』

母はあっさりと息を吐く。

「それが何？」

奈津子は、要領を得ない母の話に苛立《いらだ》ちを覚え、凝った腰を微《かす》かに反らした。途端に、娘が歯の生えていない歯茎で乳首を嚙《か》み潰してくる。鋭い痛みに声にならない悲鳴が漏れ、慌てて歯茎の間に親指をねじ込んだ。解放された乳首は、それでもまだ痺《しび》れるような痛みを訴えている。何すんのよ、という言葉が喉元《のどもと》までこみ上げてきた。吐き出す寸前で飲み込みながら、飲み下しきれない何かに息が苦しくなる。腕の中の子どもを投げ出してしまいたいような衝動に駆られ、自分がこの上もなく醜い存在に思えてくる。

子どもを産めば、それだけで母親になれるのだと信じていた。自分のことより子どものことを一番に考えて、それを苦に思うことのない人間。私も、恋愛や仕事を飽きるほどして、もうそろそろ落ち着いてもいいかと思ってした子作りの結果生まれた子なら、もっとかわいがることができたのだろうか。きっとそうに違いないという確信と、きっと私はいくつになってもこのままなのだろうという諦《あきら》めが同時に浮かぶ。

『お母ちゃん、聞いちゃったんだよ。ほら、三浦さんっていたでしょう。息子さんがイギリスに留学に行ったっていう。あの人が今日教えてくれたんだけどね、うつぶせ寝をさせてると赤ちゃんが死んじゃうんだって』

何それ、と訊き返す自分の声が、自分のものではないように聞こえた。

「窒息しちゃうってこと？」

『それがそうとも限らないんだよ』

母は声のトーンを落として、近所の人の噂話をするときのようにどこか楽しそうに続ける。

『原因はわからないんだけど、実はよくあることなんだそうだよ。さっきまで元気だった子がいきなり死んじゃうの。泣き声も上げないし、気づいたときにはもう遅い。うつぶせ寝だとその発生率とかが上がるらしくて』

借り物らしき母のセリフには、説得力も現実味もない。だが、奈津子の脳裏には一つの言葉が浮かんでいた。

稽留流産《けいりゅう》――妊娠中、何度も耳にしては怯《おび》えていた単語だった。出血も痛みもなく、ただお腹の中でひっそりと赤ちゃんが死んでしまうこと。何より怖かったのは、自覚症状がないということだった。

――泣き声も上げないし、気づいたときにはもう遅い。

これは、それとどう違うのか。

「どうして」

震える声が喉《のど》にからむ。

『だから、原因はわからないんだよ』

繰り返された母の言葉に、奈津子は弱々しく首を振った。目の端に涙がにじむ。

「どうして、そんなことを私に話すの」

『どうしてって、当たり前じゃないの。知らなくてうつぶせ寝にさせてたら』

「私、うつぶせ寝になんかさせてないって先に答えたじゃない！」

母がたじろぐのが間合いでわかった。でも、止められない。

「そんな話、聞きたくなかった」

『でも』

「だって、気づいたときにはもう遅いんでしょう？　何もできないんでしょう？　だったら知らない方がいいのに」

『そうやって神経質になるのも子どもにはよくないんだよ』

母が遮り、自前の子育て論を展開し始める。奈津子はゆっくりと受話器を耳から離し、促音ばかりが印象的に響く声を封じ込めるように下を向けて床に置いた。

この子さえいなければ、と思った直後に、この子が死んでしまったらどうしようと怖くなる。この子がいなくなったら、私は生きていけない。衝動に任せて娘を抱き寄せると、バランスを崩して乳首から口を離した娘が不平を訴えるように泣き始める。

――かわいそうな子。この子は、母親を選べない。

奈津子は身体を丸めて嗚咽《おえつ》を吐き出していく。娘は驚きと恐怖のためか一瞬目を見開いて泣くのを止め、けれど次の瞬間には再び私にしがみついて一層声を張り上げる。私を恐ろしいと思いながら、なのに私にしがみつくしかない娘。奈津子は噎《む》せ返るようないじらしさに胸を詰まらせながら、娘の口に乳首を含ませる。

この子のもとに、幸せばかりが待っていますように。

悪いものが、来ませんように。

そう繰り返し祈りながら、目を閉じる。

第一章

1

——庵原紗英《いはらさえ》

たとえば、いますぐわたしに子どもができれば。

そうすればみんなに祝福されながら仕事をやめることができるのに。

紗英は火で炙《あぶ》った細い針でさいなむような朝の陽射しに眉《まゆ》をひそめ、何度も繰り返してきた思考をぼんやりとなぞる。

鈍く重たいこめかみを親指の腹で強く揉《も》み、澱《よど》んだため息をゆっくりと吐きしぼった。鞄《かばん》から携帯を取り出して電源ボタンを押す。

受信ボックスを開くと、庵原大志《だいし》という名前ばかりが並んでいた。了解、とだけ書かれた夫のメールに返信する形で、歩きながら用件を打ち込んでいく。

〈おはよう。いま終わりました。次は明日のお昼からです。帰る前に連絡ください。いってらっしゃい〉

〈お〉とだけ打ち込むと、次々と変換予測が現れ、それを選択していくうちに文面ができ上がる。読むでもなく眺めてから送信し、大志もいつも〈り〉とだけ打ち込んでいるのだろう、と静かに思う。了解。どのメールにも変わらない返信。

うなじと額に張りついた髪の毛の感触が気持ち悪い。職場を出るや否やひと巻き分ゆるめに結び直したゴムが、もうずれてきている。はき替えたばかりのはずのパンプスのつま先が軋《きし》むように痛んだ。でも、レモンイエローのフレアスカートには、スニーカーは似合わない。

家に着くのが九時半、シャワーを浴びて、歯磨きをして、ベッドに入るのが十一時。つぶやき混じりに計算しながら、意識的に足を交互に踏み出していく。どうせ眠れるのはお昼すぎなんだろうと思うと、さらに足取りが重くなる。身体は気を抜いたら倒れ込んでしまいそうなほど疲れているのに、ベッドに入っても眠れない。薬を飲めば頭痛が悪化してしまう。

気づけば紗英は、もう一度携帯を見つめていた。

着信履歴の一番上に、〈柏木奈津子〉という名前を見ただけで、こめかみの奥に凝っていた血液が流されていくのを感じる。

またなっちゃんなの。おねえちゃんもう三十でしょ。ほかに遊ぶ友達とかいないの。妹の鞠絵《まりえ》の揶揄《やゆ》するような声音が脳裏に蘇《よみがえ》って強張《こわば》った指が、けれど発信と書かれた文字の上をタップしている。

呼び出し音は、丸二セットを聞く前に途切れた。

『もしもし、紗英？』

「おはよう、なっちゃん」

『お疲れ。仕事終わったの？』

電話の向こう側の空気がふっとゆるんだのを感じて、紗英の頬からも力が抜ける。うん、いま帰り。そう、夜勤だよー。流れるままに答えながら、紗英はふいに不思議になる。どうして、なっちゃんはいつもこんな声が出せるんだろう。遅くまで大変だったね。お疲れさま。無理してない？　柔らかくいたわる声音は、いつ電話をかけても一定でぶれることがない。

「なっちゃんは？」

『んー洗濯物干し終わったところ』

のんびりと答える奈津子の声が、あくびで揺れた。洗濯物、紗英は心の中で復唱しながら続ける。

「梨里《りり》ちゃんは？　幼稚園？」

『今週は幼稚園はお盆休み。今日は岩瀬《いわせ》のおばあちゃんちに行ってるけど』

「あ、そっか。もうお盆だっけ」

『暑さぼけ？　うちは新盆が済んでるけど、紗英、大志さんの実家に行かなきゃいけないんじゃないの？』

奈津子が呆《あき》れたように苦笑するのが聞こえた。

「向こうの実家には月末に行くことにしたの。銀行ってお盆休みとかないから」

『紗英は、助産院休めるんでしょう?』

「んー微妙かなあ。お産予定の患者さんが二人もいるし」

紗英はため息をつき、奈津子の生活に思いをはせる。食事のしたく、買い物、掃除、洗濯、洗い物、育児——仕事がなくて、梨里ちゃんも幼稚園や人に預けてしまって、家事だけをすればいい毎日は、どんなふうに緩やかにすぎていくんだろう。その考えがないものねだりであることはわかっている。だれかに預けたところで育児がなくなるわけではないだろうし、育児、とひとくくりにした言葉の中にはたくさんのやるべきことが含まれているんだろう。

だけど、それはなんだろう、と考えたところで、やはり紗英には温かく輝かしい日々に思えてしまう。食事をさせる、遊び相手になる、お風呂に入れる、寝かしつける。自分を全面的に頼ってくる子どもとすごす時間が、奈津子の温かな声を作っているんじゃないか。

「ごはんは?　もう食べちゃった?」

『食べてないよ。だって今日は、紗英の夜勤明けの日でしょう』

奈津子は当然のように言った。またなっちゃんなの。鞠絵の声が再び蘇る。けれど今度は、後ろめたくは感じなかった。いつでも気構えることなく連絡を取り合える相手がいることのなにが悪いの、と開き直るように思う。うらやましいだけなんじゃないの、と、そうも思う。

『車で迎えに行こうか？』

「大丈夫、もうすぐバス停だし、待ってるより早いから」

『そう？　あ、紗英、何食べたい？』

「うーん、夜勤明けだしあんまり重くないものがいいかなあ」

　じゃあリゾットはどう。作ってあげる。ね、トマトとバジルとチーズで味つけして。そこからだと三十分くらいでしょう。またバス降りたら連絡して。テンポよく話を進めていく奈津子に、紗英は、うん、うん、と小刻みにうなずいていく。

　汗ばんだ耳から携帯を剝《は》がし、通話を切った。その瞬間、背後から唸《うな》るような低いエンジン音が聞こえてくる。あ、と思わず声を漏らし、待ち受けに戻ったばかりの画面に目を凝らした。八時四十七分。やはり、バスが来るはずの時刻にはまだ早い。

　紗英は慌てて鞄を肩にかけ直し、百メートルほど前方のバス停に向かって走り始めた。今日は車の流れがよかったんだろうか。走りながら身をよじって振り返ることで、バスに乗る意思があることを運転手にアピールする。思いが通じたのかバスの速度が落ちた。紗英は小さく会釈をし、歩を緩める。あと十メートルほどでも走り続ける気にはなれなかった。どうせ定時より早いのだから待ってくれるはずだ。

　だが、次の瞬間、たしかに路側帯に寄って減速していたはずのバスは停留所の前を躊躇《ため》いがちに通り過ぎた。

　紗英は目を見開き、残り数歩分のアスファルトを踵《かかと》を鳴らして駆ける。

「乗ります！」

右腕を大きく振り、怒鳴りつけるような声音で言った。けれどバスは、気まずさを払おうとするかのようにぐんぐんと速度を上げていく。

紗英はよろめく足取りでバス停にたどり着くと、眉間《みけん》にしわを寄せて時刻表をのぞき込んだ。手のひらの汗でぬめる携帯と見比べる。やはり、定時まではあと三分ほどある。

「なんなのよもう」

紗英はあえて声に出して吐き捨てる。その途端、時刻表の下に貼られた小さな紙が目についた。お盆期間ダイヤ変更のお知らせ。八月十二日から十六日までは土曜日ダイヤで運行いたします。紗英は小さく舌打ちをして、土曜日の欄へと視線を這《は》わせる。八時四十五分。その次は、九時十八分。

紗英は、もう一度舌打ちを重ねた。このところ、舌打ちが癖になっている。わたしは怒っています、というアピール。だれのもとにも届かない舌打ちが、腹の中にぱらぱらと降り積もっていく。

紗英はじりじりと焼き焦がすような熱をうなじにかぶりながら、踏み出す足に合わせて息を吐く。座面が割れたままの錆《さ》びたベンチへ鞄を投げ、その横に腰を滑らせるや踵を靴から引き剝がした。固まったつま先をうねるような脈動が這う。

乾ききったアスファルトをにらみつけ、焦点を合わせないままに携帯を操作した。呼び出し音が途切れると同時に、奈津子の声が耳に飛び込んでくる。

『紗英？　どうしたの？』

「ごめん、やっぱり車出してもらえる？」

言いながらまぶたを下ろすと、オレンジ色の光が閉じられた視界を埋め尽くした。


「今回の原因はね、傘みたい」

真後ろにいる奈津子を見上げるように顎《あご》をそらせると、かすかに黄ばんだ薄いビニール製のケープがひきつって首に食い込んだ。

「何よそれ」

奈津子の訝しげな声が頭上から降ってくる。

「ほら、こないだの金曜日って夕方になって急に降り始めたでしょ？　でも彼女は傘を持っていなかったらしいの」

「天気予報くらいちゃんと見ればいいのにね」

奈津子は短く鼻を鳴らし、紗英の髪の状態を確かめるように白熱灯の光につまんだ毛先をすかした。そのまま持ち上げた髪をマジシャンのように扇状に落とし広げながらすきバサミを小刻みに動かしていく。

ざり、ざり、ざり。紗英は毛穴が開いて引きつれていくような頭皮の感触に目を細め、三畳ほどの小さな風呂場に視線を流す。シャンプー、トリートメント、ボディソープ、メイク落としオイル、T字剃刀《かみそり》、洗顔フォーム、ショッキングピンクのナイロンタオル、くびれた腰回りのイラストが描かれたマッサージジェル。備えつけの棚の中にぎゅうぎゅうに押し込まれた生活感を眺めながら口を開いた。

「で、彼女は大志にメールしたわけ。やだ、傘忘れちゃったーって」

「でもどうせ車でしょ。そんな大騒ぎすることでもないじゃないの」

「駐車場まで濡《ぬ》れないように送れって話みたいよ」

「はあ？　馬鹿じゃないの」

奈津子は紗英の頭を両側から押さえて鏡をのぞき込んだまま、容赦なく吐き捨てる。左右のバランスが少しだけ悪い奈津子の眉《まゆ》がつり上がるのが、白い泡が点々とこびりついた鏡越しに見えた。

「どうせあれでしょ。忘れちゃったから迎えに来てとは言わないで、ただ忘れちゃったとだけ言ってみて、それで相手から言い出してくれるのを待ってるわけでしょ？」

いやらしい、と唇を歪《ゆが》ませる奈津子に、紗英はそっと内心で苦笑する。いやらしい、というのなら、夫の携帯を盗み見て愛人とのメールのやりとりをいちいち読み、なのに本人を問い詰めるわけでもなく、こうやってなっちゃんに報告しているわたしの方がよほどいやらしいんだろう。なっちゃんなら怒ってくれる。相手の女をバカにしてくれる。そうわかっていながら、わたしはメールの文面だけから二人の間に起こったであろう出来事を推測しては事実のように語り聞かせている。

紗英は黒ずんだ鏡の隅を目線でなぞり、そっと肩をすくめてみせる。

「たぶんね」

「大志さんが自分から言い出さなかったから喧嘩《けんか》になったってこと？」

「ううん、大志はじゃあ行こうかって返したの」

「だったら何で喧嘩になるのよ」

奈津子の声が夢の中のようにぼわりとこもった音で反響する。紗英は風呂場の床にパラパラと降り重なっていくアッシュがかった茶髪を見下ろした。

「彼女は、いいよ悪いしって言ったわけ。一応遠慮してみせただけなんだろうけど、そしたら大志が、そう？　じゃあ気をつけろよって返したもんだから、本気で来るつもりはなかったんでしょって怒り出しちゃって」

「うわ、面倒くさい女」

奈津子が乾いた笑いを漏らした。紗英の前髪を手に取り、額の上に持ち上げてリズミカルにハサミを鳴らしていく。紗英はまつげを伏せ、数瞬迷ってからまぶたを完全に下ろした。その途端、ぐわんと頭ごと揺さぶられるような暴力的な眠気が襲ってくる。やばい、と思いながら、しがみつくように大志の受信メールに並んだ文面を思い浮かべて舌に乗せた。

「〈本当に心配だったら私が断ったって来るよね。だって私は傘持ってないって言ってるんだし、自分が行かなきゃ確実に濡れちゃうのがわかってるんだから。とりあえずポーズとして言ってみただけで、ただ自分が優しい恋人だってふりがしたいだけで、私のことなんて何も〉」

考えてない、と続けようとした語尾がぐにゃりと揺れて首ががくりと折れる。わ、と奈津子の驚く声がしてハッと目を開くと、薄クリーム色の湯船が視界に飛び込んできた。

「ちょっと紗英、危ないじゃない」

「ごめん、なんか、急に眠くなってきちゃって」

「しゃべりながら寝ないでよ」

奈津子は苦笑しながら、ひとつまみした前髪の先ですばやくハサミを二回鳴らし、

「はい、終わり」

と紗英の肩を押すように軽く叩《たた》いた。

「ちょっと寝てく？　梨里を迎えに行く時間までまだあるし」

「いいの？」

「私もせっかくだし一緒に昼寝しちゃおうかなあ」

奈津子は紗英からケープを手際よく引き剝《は》がし、無造作に丸めて湯船のふたの上に置く。

「ちょっと片づけてから行くから、和室で適当に寝てて」

促されるままに風呂場を出ると、新鮮な空気が顔面に触れて呼吸が楽になるのを感じ

た。吸い込んだ息を吐き出してから、少しだけ頭がすっきりしていることに気づく。

紗英は首を回して鳴らしながら、肩でサラサラと揺れる毛先に指を通して手触りを確かめた。毛先は柔らかく、ぷつりと指が抜ける。洗面台の鏡をちらりと見やると、かすかに内巻きに揃ったミディアム・ボムがシャンプーのCMのようにふわりと跳ねた。張りぎみのえらを隠すサイドと厚めに切ってもらった前髪のおかげで、身長に比して大きめの顔がきちんと華奢《きゃしゃ》に見える。

紗英は真横を向いて鏡で襟足を確認し、しみじみと息をついた。

「なっちゃんってすごいよね」

「何が？」

風呂場から奈津子の張り上げる声が聞こえてくる。紗英は毛先をつまみ、だってさ、と続けた。

「こうやって家にあるハサミとブラシだけでこんなにかわいくしてくれるんだもん。わざわざ表参道《おもてさんどう》とかの美容院まで行くなんてバカらしいよ」

「何言ってるの」

奈津子の苦笑混じりの声に風呂場の床をシャワーで流す音が重なる。

「そういう美容院の方がいいに決まってるじゃない。私なんか美容学校に通ってただけで美容院で働いた経験もないんだし」

「たしかにそういう美容院ならいまどきのかわいい髪型にしてくれるだろうけど、それってわたしに似合うかどうかとは関係ないと思うんだよね。雑誌に出てくるモデルと同じような髪色にして、同じような長さにして、同じようなパーマをかけて、一見それらしく見せてくれるってだけで」

紗英はひと息に言いながら、だけどなっちゃんは違う、と思う。紗英は鎖骨より下まで伸ばすと重たい印象になってしまう、跳ねやすい毛先だけをカットしてあげれば癖が出なくてまとまりやすい、肌の色が白いからアッシュブラウンが一番似合う――そんなふうにちゃんとわたしに似合う髪型にしてくれるのは、なっちゃんだけだ。

『え、どうしたのこれ』

紗英は美容師の呆《あき》れた声音を思い出し、顔から表情を落とした。六年ほど前に一度だけ、当時働いていた職場の同僚に無理やり連れて行かれる形で訪れた表参道の美容院だ。全面ガラス張りの空間はドラマに出てくる美容院のようで、そこで働いている美容師たちもみんな本人がモデルのように美しく洗練されていた。だが、その中の一人は、紗英の髪を手に取るなり苦笑混じりに言った。

『どこの美容院でやったの？　まさか千円カットとかじゃないよね？』

馴《な》れ馴れしい口調に驚いて、それから遅れて、カッと頭に血が上るのがわかった。

『地元の、ですけど』

かろうじてそう答えたのは、この話の流れで奈津子の名前を出したくなかったからだ。美容師は細い指を何度も紗英の髪に通してのぞき込みながら、うわあ、と明らかな侮蔑《ぶべつ》の声を上げた。

『すごいね、そこ。悪いけど、もうそこは行かない方がいいよ』

『なんでですか』

紗英の顔が強張《こわば》っていることに気づいたのか、美容師は慌てたようにつけ加える。

『せっかくかわいいのにもったいないって。ほら、ここの毛先とか全然揃ってないでしょ？　どこの美容院だか知らないけど、その人ほとんど素人だよ。ね、次からはちゃんとうちにおいで？』

素人。美容師の口から出た単語に、紗英は愕然《がくぜん》とした。この人はなにを言ってるんだろう。たしかになっちゃんは美容院で働いているわけじゃない。でも、美容専門学校を出て、きちんとした技術をもってるのに。

そう思いながらも反論できないのが悔しかった。されるがままにファッション雑誌に目を通しているふりをし続けながら無言で通し、結局おしきせの髪型にされて八千円を支払い、すごいかわいい、ね、やっぱり来てみて正解だったでしょ、とはしゃぐ同僚に曖昧《あいまい》な笑みを返して帰途についた。

紗英は同僚と別れて一人になるなり奈津子に電話をかけ、吐き出すようにして愚痴を漏らした。つき合いで無理やり行かされたこと、美容師の態度が最悪だったこと、出来上がった髪型も気に食わないこと、それなのに八千円も取られて、やっぱり奈津子に切ってもらう方がいいと思ったこと。奈津子のカットを否定されたことだけは話さずに言い募ると、奈津子はくすぐったそうな笑い声を立てた。

『いいよ、いつでも私が切ってあげる』

それ以来、紗英は美容院には行っていない。

和室に足を踏み入れると、青臭い、どこか懐かしい匂いが鼻腔《びこう》をついた。柔らかな繊維の感触を裸足《はだし》の裏で感じながら、庭に面した窓をふと見やる。細い枠に切り取られた小さな青空は、雲がほとんどないせいでひどく遠く感じた。その中を黒い鳥が編隊をつくってなにかのおまじないのように旋回し続けているのが見える。

あとからやってきた奈津子が押し入れを勢いよく開け、掛け布団と敷布団を一度に引っ張り出して、部屋の中央に広げられていた布団の横につけて敷いた。あーどっこいしょ、と倒れ込むようにして横になり、腕を畳の上に伸ばしてリモコンのボタンを押す。ピ、という電子音と共に、蛍光灯が消えた。しかしそれではほとんど明るさが変わらないほど、既に部屋には強い陽光が射し込んでいる。

紗英も隣に寝転がると、奈津子は長く息を吐き出した。

「わからないのは、どうして紗英が大志さんと別れないのかってことなんだよね」

紗英は一瞬、なんの話だろうと思いかけて、さっきの話の続きだと気づく。そうだよねえ、と返しながら、天井の木目をなぞるように眺めた。

自分でも、どうして別れようと思わないのか不思議だった。浮気なんてされたら、もっとショックを受けて絶望するのだと思っていた。添い遂げると誓い合った相手に裏切られたことが悲しくて、他の女に触れたということが許せなくて、もっと張り裂けそうな気持ちになるのだと。

けれど浮気の事実を知ったとき、実際に考えたのは、せめて別の日にしてくれれば、ということだった。

どうしてよりによって今日なの。その女の中に出す精液があるのなら、どうして、わたしにくれなかったの。

浮かんだのはそんな生々しい失望と月一回しかない排卵日を台なしにされたことへの怒りだけで、紗英はやり場のない憤りを抱えながら夫を哀れんだ。

かわいそうな大志。だから大志はわたしから逃げるんだろうと、どこか冷静に考えている自分もいて、なぜそれほどまでに子どもがほしいのか自分でもわからなくなる。

友達のほとんどがママになって話が合わなくなってしまったから？

母親になるのが女に与えられた使命のような気がするから？

赤ん坊がかわいいから？

職場で舐《な》められないようにしたいから？

なっちゃんが、子どもを産むことが女の幸せなのだと断言するから？

どれもがそうで、どれもが違うような気がした。ただ、今月もまた絶望的な気持ちで生理を迎えるのだということだけがリアルに想像できて、先触れのように絶望的な気持ちになる。

大志に恋人がいると気づいたきっかけは、二ヵ月続けて大志が排卵日に飲んで朝帰りをしたことだった。

毎朝六時、夜勤明けの日にも眠りに落ちそうになるのをこらえながら基礎体温を測り続け、五回分で三千五百円の排卵検査薬を惜しみなく使って割り出した排卵日。そのために仕事のシフトも変更してもらってきた。

今晩だからね、と念を押した日に限って大志が帰って来なくて、涙をこらえながら何度も携帯を確認した。

今晩だとプレッシャーをかけてしまったからかもしれないと思うとそれ以上催促の連絡を入れることはできなかった。もうすぐ帰ってくるはずだ、いま寝てしまったら台なしになると言い聞かせながら十時を過ぎ、十一時を過ぎ、排卵から一時間遅れた場合の妊娠率をネットで調べた。

十二時を回ったところで待ちかねて〈お疲れさま。まだ仕事中？〉とできるだけさりげなく見えるように何度も打ち直したメールを送ると、三十分ほど経ってから〈ごめん、取引先につかまって飲むことになった〉というメールが返ってきて、悲しくて悔しくて仕返しのつもりで翌日に携帯を見てやったら、「み」という名前で登録された人物からのメールが紗英のメールと交互に続いていた。

〈今さらいろいろ隠し立てしたり見栄《みえ》を張ったりしてもしょうがないから、率直に思っ

たことを書くね。私は大志に「今日は疲れてるから帰っていい？」って言われたとき、

ああ私は疲れたときこそ一緒にいたい人ではないんだなと思って勝手に悲しくなってし

まいました。いろいろ話してそれなりに分かり合っている気になってたけど、まだまだ

ちゃんと言葉を尽くして誤解を防ぐっていう作業が足りなかったのかもしれない〉

一度の出来心ではなく、繰り返し逢瀬《おうせ》を重ねてきたことを匂わせる文面。好きだとか、楽しかったとか、そんな甘いメールよりも恋人らしくて、紗英は呆然《ぼうぜん》と携帯をもとの位置に戻した。問い詰めることは考えられなかった。ただ、信じられなかった。十代の若者の恋愛のようなやりとりを、自分の夫が他の女としているのだということが。

「ねえ、紗英が言えないならやっぱり私から大志さんに言ってあげようか？」

奈津子が、紗英の方に寝返りを打ちながら言った。

「なにを？」

紗英がわざとはぐらかすように問い返すと、おどけたしぐさで肩をすくめる。

「紗英って、ほんと男運ないよね」

紗英は、ひどい、と反論してみせながらも、少しも嫌な気持ちがしていないこともわかっていた。奈津子の言い方にはネガティブなニュアンスがまったくない。どこか共犯めいた、親しみの卑下。

「もう別れちゃいなよ」

「簡単に言わないでよぉ」

紗英は語尾を伸ばして言うと、水色の地にベージュのドット柄が入ったブランケットを引き寄せた。何年か前の奈津子の誕生日に紗英がプレゼントしたもので、お揃いのものが紗英の家にもある。だからなのか、紗英は自分の家にいるような錯覚に襲われた。まぶたを下ろすと、心地よい睡魔がじわじわと染みるように迫ってくる。

「いいじゃない、それで私と一緒に梨里を育てれば」

「そういうわけにもいかないでしょ」

答える声が、輪郭を失って柔らかな薄闇に溶けていくのがわかった。

紗英は少しずつ重たくなっていく口元を緩め、布団の中に吸い込まれるように全身から力を抜いていきながら、それも悪くないなとぼんやり思う。


奈津子に車で送られて家に帰ると、蒸した空気が全身を包んだ。饐《す》えた匂いが鼻先をかすめ、紗英は顔をしかめる。

パンプスを脱ぎ、フレアスカートのチャックを下ろしながらキッチンへ向かうと、腐敗臭は濃くなった。流しを見下ろし、三角コーナーに盛り重ねられた肉団子の山で視線をとめる。

ねっとりとしたタレでつながった茶色い歪《いびつ》な球体に、嘔吐《おうと》感が込み上げた。反射的に息を止めて生唾《なまつば》を飲み込む。流しの隅に同じ色のタレがこびりついた皿が転がっていて、仕事に出る前に捨てたことを思い出した。

肉団子は、大志の好物だ。

食卓に並べると、大志はいつも嬉《うれ》しそうに真っ先に箸《はし》を伸ばす。

『紗英の肉団子はなんか違うんだよなあ。なんていうか、手間暇かかってる感じの味っていうのかな。市販のやつとは全然違うんだよね』

大志に褒められるのが嬉しくて、紗英はせっせと挽《ひ》き肉をこね続けてきた。週に一度は夕飯のおかずに出し、お弁当にはいつも入れた。

けれどある日、夜勤明けでストックがないことに気づいてスーパーの惣菜《そうざい》売り場で買ってきたものを入れてみた。なんとなく手作りではないことを言い出せず、帰ってきた大志に、今日の肉団子どうだった？　と恐る恐る訊《き》くと、大志はニヤリと笑って答えた。

『ああ、作り方変えたんだろ。すぐわかったよ。俺、こっちの方が好きだな』

それから紗英は、毎日仕事帰りにそのスーパーで肉団子を買うようになった。食卓に並べれば、大志はおいしいと言って素直に食べる。弁当に入れればきちんと空になって戻ってくる。だが、それでも毎日一パックずつ買えば余ってしまう。余ったものはラップをして冷蔵庫に入れ、次の日にまた新しいものを買うとその新しい方を食卓に出す。だから冷蔵庫にはどんどん古い肉団子がたまっていってしまう。

紗英はそれを、自分では食べずに捨てている。

【山本祐司《ゆうじ》の証言】

え、録音するんですか？　ああ、なら……あ、これ、俺が話したって書かれるんですか？　いや、ダメだってわけじゃ……あ、名前は出さないんですか。へえ。いや、別にいいんですけど。

すごいですね、そんなことまで調べてるんですか。ああ、でもそうじゃなきゃ俺のところまでは話を聞きにきませんよね。たしかに、紗英ちゃんとはつき合っていたことはありますよ。でも昔の話ですけど。

高一のときです。きっかけっていうか……別に、なんとなく。え？　だれから聞いたんですか？……ふうん、まあいいですけど。でも俺から告白したって言っても、その前にバレンタインのチョコ渡してきたのはあっちなんですよ。山本くんはどんな女の子がタイプなのって訊きにきたり。おまえはどうなのって訊き返したら、足が速い人って上目遣いで言われたりね。あ、俺陸上部で短距離やってたんですけど。まあ、俺の勘違いかもしれませんけどね、でも、やっぱり今考えてもあれは俺に気があったんじゃないかなあ。他のやつらもみんなそう言ってたし。

高校生の頃なんて、単純なもんじゃないですか。結構顔はかわいかったし、へえ、あいつ俺のこと好きなんだって思ったら急に気になってきちゃって、俺も好きかもなんてその気になってきちゃったりして。で、結局ホワイトデーとかのタイミングだったかな。まわりにも言っちゃえ言っちゃえってはやし立てられて言ったたって感じです。

え？　なんて言ったかなんてどうでもいいじゃないですか。つき合ってくれとか、たぶんそういうことですよ。

印象？　んー、そんなに長くつき合ったわけでもないからなあ。だって半年とか、そんなもんですよ。最後までやったわけでもないし、正直印象は薄いんですよね。

そういうもんですよ、男なんて。あ、これ、書かないでくださいよ？　うちのやつ嫉《しっ》妬《と》深いんですから。ほんと頼みますよ。しかもねえ、こんな事件の子と、なんてバレたらやばいんですから。

別れた理由？　それはちょっと……いや、覚えてはいますけどね。いや、別にいいんですけど……育ちが悪いって言われたんですよ。そうです。びっくりしましたよ。そんなこと、つき合っている相手から言われたことあります？　優しくないとか、かまってくれないとかならわかりますけど、育ちが悪い、ですからね。人からそんなこと言われたの初めてだったし、腹立つよりなんかびっくりしちゃって、なにそれ、とか訊き返しちゃったりして。

そしたら、なっちゃんがそう言ってたって言うんですよ。さすがに呆《あき》れちゃいましたよ。なに言ってんだ、こいつって。そうでしょ？　でもねえ、そういうところがあったんですよ。なんていうか、人の言いなりっていうか、受け身っていうか。告るかどうかについてもそうじゃないですか。明らかに誘ってるのに、自分では言わないですよ。そっちから誘ってオーラを出しまくっておいて、いざこっちが誘えば、自分はその気はなかったけど俺に言われたから仕方なく、みたいな。ね、めんどくさいですよ。女ってみんなそうなのかなあ。嫁さんにもそういうところあるし。あ、これも書かないでくださいよ。

そうです。なっちゃんなっちゃんって、おまえちょっとおかしいんじゃないのって言ったら、ひどいって泣き出して終わりですよ。なんだったんですかね、あれ。一応高校生ですよ。子どもじゃないんだから。

あ、でも、五、六年前ですかね、紗英ちゃんから連絡があったんですよ。そうそう、メールでね。いや、さすがに文面は残ってないですけど……なんだっけかなあ。

あ、飯村恭子《いいむらきょうこ》が結婚するからお祝いメッセージがほしい、とか、そういう内容でした。ああ、飯村恭子ってのは高校のときの同級生です。俺は別に仲が良いわけじゃなかったんで、あれ？　って思ったんですけど、みんなのメッセージ集めてるのかな、マメだな、くらいに思って。で、適当におめでとうとかメッセージを送ったんですよ。俺も結婚したんだ、とか、そんなことを書き添えて。そしたらそれっきりですね。紗英ちゃんからは、返信ありがとう、とかはありませんでした。まあ、そういうもんかなって気にもとめてなかったんですけど。

ただ、あとでクラスの他のやつに聞いて驚いたんですけど、飯村恭子って子に結婚する話なんかなかったらしいんですよね。そうなんです、嘘だったんですよ。さあ、その同じクラスのやつは、俺に連絡する口実だったんじゃないかって言ってましたけど。よりを戻したかったのに俺が結婚してるってわかったからあきらめたんじゃないかって。

その頃は、俺は長男が生まれたばっかりだったし、どっちみち会うことはなかったと思いますけどね。でもあれなんでしょ？　その殺されたっていう旦那《だんな》さんも元彼で、一回別れてるんだけど紗英ちゃんから連絡がきてより戻したんでしょ？

あのとき俺がまだ結婚もしてなくて、普通にメールを返して久しぶりに会おうかなんて話になってたらと思うと……いや、まあそれでも別になんにもなかったとは思いますけどね。

――柏木奈津子

2

市民会館の小会議室には、表面が白い長机がずらりと並んでいる。柏木奈津子は前から二列目の席に座って、裁縫箱の蓋《ふた》を開けた。針を一本一本、時間をかけて針山に突き刺していく。すべてをしまい終えてしまうと、また一本一本引っ張り出し、今度は太い順に並べ直して刺し始めた。

「なに、なんの話？」

「今日このあとどうするかって。また飲みにでも行く？」

背後で交わされている会話に耳をすませながら、疲れにかすんだ目をしばたたく。奈津子さんはどうします？　そう声がかかったら、あ、いいね、私も行こうかな、と答えようと、口を「あ」の形に広げ、腹に力を込めた。パタパタと近づいてくる足音を背中を強張《こわば》らせて待つ。だが、足音は躊躇《ためら》いもせず脇を通り過ぎた。

「佳代子《かよこ》さん聞いてくださいよー」

生野美和《いくのみわ》が立ち止まったのは、斜め前の机、嶋田《しまだ》佳代子の前だった。しなだれかかるようにして長机に両手をつき、忍び笑いをする。

「好実《このみ》ちゃん、佳代子さんが帰ったあと鏡月《きょうげつ》一本一人であけちゃったんですよ」

「え、本当に？」

「ほんとですよ。もうすごい酒乱。大変でしたよー」

「うそ、見たかった！」

「いやいやあそこで帰って正解ですって」

美和はピンクのフレンチネイルに彩られた指先を口元にあて、両目を糸のように細めて声のトーンを落とす。「それでね、好実ちゃんたら……」ひそめた小声の続きは聞こえてこない。数秒の間のあと、どっと弾《はじ》けるような笑い声だけが奈津子の耳に届いた。

奈津子はスキニージーンズの先から突き出た黒いウェッジソールに目を落としながら、

女子高生のようだと苦く思う。繰り返される内緒話。集団の中でさらに小さなグループを作ろうとする習性。女はいくつになっても変わらない――私は、昔からその輪には入れなかった。

視線だけを持ち上げると、輪の中心で手を叩《たた》いている美和が見えた。手足は細く、腰回りにも肉がついているわけではないのに、ふっくらと丸い頬に押し上げられて目尻《めじり》が吊《つ》っているためかぽっちゃりした印象を受ける。猫背で若白髪が生えていて、一見三十代後半くらいに見えるけれど、たしかまだ二十代半ばに差しかかったばかりのはずだ。

マイらいふプロジェクトは、病院や老人ホーム、福祉施設に散髪に行くボランティア団体で、美容師免許を持つメンバーも少なくない。普段は美容師の仕事をしていて、休みのタイミングが合った散髪イベントにだけ参加する人、美容師として働いていたけれど、結婚・出産を機に仕事を辞めた人、以前、あるいはこのボランティアのために美容専門学校に通って、それなりの技術は身につけた人。状況も様々なら年齢も性別も関わり方も様々で、ともすれば温度差が開きがちな団体をまとめているのが事務局長を務める美和だった。

「あ！　美和ちゃん、その話はしないでって言ったじゃん！」

話を聞きつけた好実が声を張り上げて駆け寄り、

「大丈夫大丈夫、むしろ武勇伝だって」

美和が佳代子の背中に回り込みながら笑い声を立てる。

奈津子は裁縫箱の蓋を閉めると、机の端から今日作ったばかりの革製のポケットティッシュケースを拾い上げた。模様として刻み込んだ梨里が好きなキャラクターを指先でいじるように撫《な》で、そっとため息をつく。

散髪イベントは月に一回だが、マイらいふプロジェクトは、毎週こうして集まっている。着付け教室、縮緬《ちりめん》細工、革製品作り、パン教室――メンバーの知り合いが講師役になって市民会館で開かれるミーティングは、もはやボランティア団体の打ち合わせではなく、完全にただの趣味サークルだ。美和は精力的にミーティングの日時を決め、場所と講師役を確保し、終わると集まった人間と飲みに行く。だが、奈津子はその飲み会に参加したことがほとんどなかった。

誘われないから参加してこなかったのか、参加しないことが続いたから誘われなくなったのか。どちらが先だったのかはわからない。

年齢が離れているからかもしれない。それに、梨里がいるから。奈津子は傾から意識的に力を抜く。けれど引きつった肌はうまく緩まなかった。目の前で親しげに声をかけられている佳代子はまさに自分と同年代だし、幼児を連れて参加するメンバーは他にもいる。

参加したいのなら、誘われるのを待つのではなく自分から行きたいと言えばいいだけだ。そんなことは奈津子にもわかっている。ねえ、私も行ってもいい？　そう口にしたとして、嫌な顔をされることはないだろう。なのに、どうしてもそのひと言が言えないのだ。お願いして参加させてもらうのがみじめだから？　乞《こ》われる形で参加したいから？　そういう問題ではないのだ、と奈津子は思う。ではどういう問題なのかと問われれば、答えられないのだが。

「今日飲みに行くけど、来れる人ー！」

美和が声を張り上げ、周囲から返事と手が挙がる。行ける人、ではなく、来れる人。言葉の些細《ささい》なニュアンスにも引っかかってしまう。奈津子は聞こえないそぶりで、一度閉めた裁縫箱を再び開けてビニールジップ袋を取り出した。机の上に散らばった革の切れ端を丁寧に詰めていく。あ、いいね、私も行こうかな。自分を励ますように脳裏で再生し、けれどぬるまった息だけを吐いて口を閉じた。

こういうとき、紗英ならどうするのだろう。真っ先に手を挙げるだろうか。いや、そもそも既に話に加わっているはずだ。

奈津子は力なく目をつむる。紗英は、人にどう思われるかを考えて躊躇《ちゅうちょ》することなんか、きっとしない。行きたければ行きたいと口にし、誰が言い出した場なのかなんて考えないだろう。

なっちゃんはどうする？　行こうよ、いいじゃん、車は代行使えばいいし、梨里ちゃんはわたしが遊び相手になるし。ね？　なっちゃんがいないとつまんないよ。そう言い募る紗英の笑顔までが浮かんだ気がして、奈津子は泣き笑いのような表情を浮かべた。

「佳代子さん、場所どうします？　こないだのところじゃ狭いかなあ」

美和のはしゃいだ声が白々と響いて聞こえる。机の上には、もう片付けるものはない。奈津子は仕方なく裁縫箱を閉め、黄色いキルト地の巾着《きんちゃく》にしまった。

別に行きたいわけでもないし、と自分に言い聞かせる。第一、飲みに行ったりすれば夫に嫌味を言われることになる。

『ボランティアってのは、随分金がかかるんだな』

マイらいふプロジェクトに入ってひと月が経った頃、夫はたしかにそう言った。話題は新しいメンバーの歓迎会の会費についてで、六千円だった。たしかに安くはない金額だったけれど、生活費からやりくりできないわけではなかったし、直前に自分が歓迎会を開いてもらった手前、参加しないというのもはばかられた。

正直に事情を話した奈津子に、夫は冷笑を浮かべた。行くな、と言うわけでも、どうしてそんなにかかるんだ、と責めるわけでもない。でも、その口調には明らかな侮蔑《ぶべつ》の色があった。

ボランティアと言いながらカルチャースクールとほとんど変わらない活動内容、身につけたとしてもこの先の人生で何かの役に立つわけでもない技術、いい歳して女子高生のようにつるんではしゃいでいるだけの集団。

奈津子には、夫がそう見下しているだろうことが容易に想像できる。なぜなら、奈津子自身がそう思っているからだ。

――それでも、この場を失えば、私が社会と繋《つな》がっていられる場所は一つもなくなってしまう。

奈津子は静かに立ち上がると、片付けを続けていたメンバーの一人の名前を呼んだ。

「ごめんね、私は梨里もいるし帰るね」

「あ、はーい。お疲れ様でーす」

間延びした声を背中に受けながら、会議室の隅に作られたキッズスペースに向かう。

メンバーが連れてきた同じ四歳の女の子とおままごとをしていた梨里は、奈津子の姿に気づくと「あ！」と声を弾ませた。

「パパ、おきゃくさんがきましたよ！　ほら、メロンちゃん、ちゃんとごあいさつして」

もう一人のパパ役らしい女の子と、手に持ったメロンパンのぬいぐるみにすまし顔で言う。

「こんにちは」

ぬいぐるみにお辞儀をさせながら自分も一緒に頭を下げ、小さな手でカーペットをぺたぺたと叩いた。

「どうぞ、おすわりくださいな」

「梨里、帰るの」

奈津子がしゃがみながら腕を取ると、あどけない笑顔をさっとしかめて手を振り払う。

「やだあ！　まだあそぶの！」

ぬいぐるみをきつく抱きしめ、全身をぶるぶるとよじった。奈津子は梨里の両肩に手を置く。

「ダメ、もうおうちに帰る時間でしょ。ほら、お友達にバイバイして」

「やだあ！」

「梨里はそんなわがままを言う子だった？」

梨里がハッと顔を上げる。不安そうに揺れる瞳《ひとみ》が奈津子と合った途端、顔が大きく歪《ゆが》んで泣く寸前の表情になった。


トマトソースが乾いてこびりついた皿の周りを、コーヒー、麦茶、ビールがそれぞれ底に円を描くほどの量残ったマグカップとグラスが囲んでいる。開かれたままの新聞紙、口から欠片《かけら》と粉を吐き出しているスナック菓子の袋——

「ただいま」

できるだけあっけらかんと聞こえるように腹に力を込めて言ってから、奈津子は夫の返事を待った。日常の途中で住人だけが消えてしまったかのようなテーブルの上に、食材の入った肩掛けのエコバッグを置く。ゴン、と料理酒の瓶が当たる音が妙に大きく響いた。

ただいま、ともう一度言おうとして口をつぐむ。聞こえなかったはずがない。だが、貴雄《たかお》はカバーのかけられた単行本から顔を上げようとせず、当然「おかえり」という言葉を発することもない。

「遅くなっちゃってごめんなさい、ちょっと梨里がぐずっちゃって……」

「メシは」

遮るように返ってきた答えはそれだけだった。今、と言いかける声が喉《のど》にからむ。

「今、したくします」

貴雄の長く筋張った指が、ぱらりとページをめくった。奈津子は小走りに居間の奥の和室へ向かい、朝出かけたときのまま敷かれている布団の脇に膝《ひざ》をつく。眠ってしまっていた梨里をそっと布団の上へ横たえた。むー、と梨里が不満そうに身をよじった瞬間、梨里のお尻《しり》を支えた腕の内側に温かい感触が広がる。

「あ！」

思わず声を上げると、腕の中の梨里がビクッと全身をすくめた。なまあたたかさが腹にまで届くのと同時に、梨里の両目が見開かれる。

「やだもう！」

奈津子は咄嗟《とっさ》に梨里の身体を下ろしかけ、瞬く間に布団に染みが伸びていくのに気づいて慌てて抱き上げ直す。数秒間、自分がしたことを把握しきれないように固まっていた梨里は、弾《はじ》かれたように大声で泣き始めた。

「どうしてちゃんと言わないの！」

奈津子は叫びながら和室を飛び出し、梨里を抱きかかえて洗面所に駆け込む。ひとまず風呂場《ふろば》に立たせると、手早く服を下着ごと脱がせていく。微《かす》かな刺激臭が鼻の奥を突いた。

「ご、めん、なさい」

下半身だけ裸になった梨里が泣きじゃくりながら繰り返す。

「いいから、ほら、上も脱いじゃいなさい」

奈津子は、ブラウスのボタンを外していきながら臍《ほぞ》をかむ。どうして、市民会館でトイレに行かせなかったのだろう。前にトイレに行かせたのが十七時過ぎだったのだから、梨里がトイレに行きたくなることは十分予想できたはずだった。

——せっかくオムツがとれたのに。

そう思うと、ぐずる梨里を抱き続けて凝った肩がさらに重くなる。

「何をやってるんだ」

背後から聞こえた声に振り向くと、貴雄が床に点々と垂れた尿を避けながら近づいてくるところだった。

「梨里がおもらししちゃって」

奈津子が短く答えると、梨里の甲高い泣き声が一層大きくなる。貴雄は眉《まゆ》をひそめ、洗濯かごに投げ入れられた梨里の服を一瞥《いちべつ》してため息をついた。

「災難だったな」

貴雄の意外な反応に、奈津子は小さく目を見開く。これまで、子育ての労をねぎらわれたことなどほとんどなかった。無事に、平均通りに育てるのが当たり前。言葉にこそ出さなかったが、貴雄がそう考えていることは伝わってきたし、だから奈津子も苦労をことさらにアピールしたことはなかった。でも、と奈津子は貴雄の横顔を見上げる。やっと認めてくれたのだろうか。何を今さら、という思いを、喜びが上回る。引きつるように固まっていた肩から力が抜けていくような気がした。

だが、次の瞬間、貴雄は続けた。

「怒られちゃったのか」

奈津子は愕然《がくぜん》とする。貴雄は梨里を見ていた。災難だったな――それが自分ではなく梨里に向けられたものだったのだと気づいてしまう。

「やっぱり布にしておけばよかったな」

一瞬、何を言われているのかわからなかった。布――夫の口にした単語が、布オムツを意味するのだということに遅れて思い至る。顔色を失くした奈津子に気づいたのか、貴雄が取り繕うように咳払《せきばら》いをした。

「まあ、今頃言ったって遅いか」

膝立ちのままの奈津子を押しのけるようにして、梨里の前にしゃがみ込む。

「ああ、よしよし、大丈夫だから。そんなに泣くな」

奈津子は口を開きかけ、閉じる。言葉が出てこない。耳の裏が熱い。喉の奥がきゅっと内側から絞められるように詰まった。

たしかに、布オムツより排尿時の不快感が少ない紙オムツの方がトイレトレーニングは難しい。排尿に気づかずにつけっぱなしにしてしまえばかぶれるし、使い捨てだからお金もかかる。

だが、そうしたデメリットはすべて先に説明した上で賛同を得たはずだった。今の紙オムツはかぶれにくいように改良されているし、お金だって大してかかるわけじゃないんだから、いちいち洗濯する手間を考えれば合理的でしょ。ああ、別にいいんじゃないか、こういうのは実際に世話をする人間の好きにすればいいことだろう。

奈津子は、笑顔で梨里をあやし続ける貴雄の横顔を視界から追い出した。

夫は、昔から一度だってオムツを替えたことはない。抱いていても子どもが泣けば奈津子を呼び、オムツじゃないか、と言うだけだった。

今だって、と奈津子はこみ上げてくる震えに耐える。今だって、おいしいところだけを持っていって、あとは何もしない。汚れた下着を洗うのも、和室から洗面所までの床を拭《ふ》くのも、全部私。

「私だって、初めから紙オムツにしてたわけじゃないじゃない。だけど、変にこだわったって意味がないし、もう体力的にもきついから……だから」

奈津子はかろうじて声を絞り出した。私が娘のためにずっと布オムツで頑張ってきたことを、夫だって知らないはずがない。それなのに。

「え？」

貴雄が怪訝《けげん》そうに振り向き、ああ、と低く喉を鳴らす。

「もういいって、そのことは」

面倒くさそうに耳の横で手を払い、涙は止まったもののまだしゃっくりを続けている梨里に向き直った。

「そんなことより、早く服着ないと風邪ひいちゃうよなあ？」

「だったらあなたが着せてあげればいいでしょ！」

「何を感情的になっているんだ」

貴雄は顔をしかめて梨里を抱き上げ、不安そうに奈津子と貴雄を見比べている梨里を覗《のぞ》き込む。

「じゃああっちで服着ような」

もはや奈津子とは視線を合わせようともせず、そのまま裸の梨里と服を抱えて洗面所をあとにした。

奈津子は怒鳴り声を上げそうになるのを唇を噛《か》んでこらえながら、だったら床を拭けと言ってやればよかったと後悔する。雑巾《ぞうきん》を手に床に這《は》いつくばる姿を見れば、少しは溜飲《りゅういん》が下がったかもしれないのに。

濡《ぬ》れた床に手をついて足を前に出し、壁につかまりながら立ち上がる。身体が重い。とりあえず手を洗わなくては、と洗面台によろめくようにして歩み寄ると、ひどく顔色の悪い女が鏡に映った。ラインストーンがハート形に並んだタイトなTシャツ、その上に合成写真のように貼りつけられた、かさついた肌とほつれた白髪——この女は誰だろう。私は、こんな顔をしていただろうか。

——どうして仕事をしてこなかったのだろう。

もう何度目かになる思いが胸を塞《ふさ》ぐ。働いていれば、貴雄の自分を見る目も違ったのではないか。たかが家事。たかが育児。たかがボランティア。貴雄がそれらを見下していることには、ずっと前から気づいていた。

貴雄と出会ったのは、まだ美容専門学校生の頃で、貴雄の通う大学の学祭に行ったことがきっかけだった。

専門学校は奈津子にとっていつも息苦しい場所だった。おしゃれで個性的なクラスメイトたちの間では自分が冴《さ》えない存在に思えたし、いつか自分の店を持ちたいのだと熱く語り合う空間には入れなかった。張り合うように自分もまた夢を口にしながらも、放課後に連れ立って遊びに行くような友達を作れずにいた奈津子は、クラスにうまく馴染《なじ》めずにいた。

結局のところ、美容師として働いていく上で一番大切なのは技術よりもコミュニケーション力なのだと主張する講師を前に思い詰めていた奈津子を認めてくれたのが、貴雄だった。

それはその講師が間違ってるんだよ。客だって遊びに来てるんじゃないんだから、話は面白いけど技術がないやつなんかより、寡黙でも上手《うま》いやつの方が価値が高いに決まってるだろう。実際、持っている技術によって指名料が違うじゃないか。

貴雄の考え方は新鮮で、会うたびに狭く閉ざされていた世界が広がっていくような気がした。

貴雄が東京出身だということも、奈津子には魅力的だった。この人と結婚すれば、ここから出て行ける。もっと広い世界で人生を切り開いていくことができる——だから、子どもができたときは不安よりも嬉しさの方が上回った。これで、貴雄と結婚することができるのだと、そう思ったからだ。

奈津子の妊娠が発覚したのは、貴雄とつき合い始めてから半年ほど経った頃だった。漫画みたいに気分が悪くなって、そう言えば生理が遅れていることに気づいて、まさかと思ってさらに一週間待ってから病院に行った。

待合室には、お腹が大きく膨らんだ妊婦たちと、それに付き添いながら一緒に妊婦向け雑誌を覗き込む母親たちが溢《あふ》れていた。一人で座っている女の人も多かったが、どの人も幸せそうに見えた。母になるのだという誇り、女として、男に求められているのだという自信がにじみ出ているのを奈津子は感じた。

トイレで検査用の尿を提出してしばらくすると診察室に呼ばれ、顔を伏せながら入ると、ではまず下着を脱いでください、と言われた。その先生は四十代くらいの男の人で、奈津子は思わず、え、と訊《き》き返す。

『診察しますのでそちらで下着を脱いでここに座ってください』

先生は顔色一つ変えずに繰り返した。

あ、はい。奈津子は慌ててうなずき、クリーム色のカーテンに囲まれた一畳ほどの空間の中でスカートに手を突っ込んで下着を下ろした。手が震え、膝《ひざ》ががくがくして足を引き抜くときにふらついてしまう。壁にガンッと手をつくと、大丈夫ですか！　という慌てた女の人の声が聞こえた。あ、はい、すみません。奈津子は反射的に謝って、あたふたとカーテンから飛び出す。ナース服を着た女性の背後に広がる白い部屋が、妙に明るく思えた。

椅子に座り、腹の上に下げられた白い布の向こうで足を大きく開かれる。思わず膝に力を込めると、膝を開いて、と短く言われた。ゴム手袋に覆われた指の感触がして息を呑《の》む。

『力を入れない』

低くとがめるような声に、奈津子は意識的に息を吐いて力を抜く。垂れ下がった布が微《かす》かに揺れ、沈黙が落ちた。何をしているのだろう。尋ねようと開いた口からは声が出ない。

では、一旦《いったん》着てください。促されて椅子を降り、かごの中で丸まっていた下着を拾い上げて急いで穿《は》いてカーテンを出ると、先生は無表情のまま言った。

『ご懐妊です』

『男の子ですか、女の子ですか』

気がつくと奈津子は訊いていた。女の子がよかった。かわいい、私よりも貴雄に似た女の子。一緒に買い物に行こう。恋愛相談にも乗ろう。気が早いですね、という声が正面から降ってきて、後半は口に出してないはずなのに頰が熱くなる。

『ご出産されますか』

言われている意味がわからずに目をしばたたかせると、先生はカルテらしき紙に視線を落とした。失礼ですが、未婚の方には一応うかがうことになっているんです。その言葉で、ようやく堕《お》ろすかどうかを訊かれているのだとわかった。

『産みます』

奈津子は即座に答えてから、自分が産むことしか考えていなかったことに気づいた。すると先生はふっと笑った。性別の判別がつくのはもっとずっと先のことですよ。滑らかな口調で説明を始める先生にうなずきながら、この人はこんなに柔らかい表情ができるのか、と驚いた。

産婦人科を出てからも、奈津子はしばらく貴雄に報告しなかった。

『病院に行ったんだろう？　本当に大丈夫なのか？』

うん、今年の風邪は質《たち》が悪いんだって。奈津子はつわりをこらえながら答えた。自分を案じる男につく甘い嘘。その甘さを味わい尽くしたかった。

いつ言おう。どのタイミングで、どんな話の流れで言うのが一番感動的だろう。貴雄はどんな反応をするだろうか。もしかしたら泣いてしまうかもしれない。想像をふくらませ、想像だけで自分が泣いた。

　誰かに早く話したくて、おめでとうと言ってもらいたくて、奈津子が一番に話したのは母だった。きっと、お母ちゃんも喜んでくれる。母を喜ばせることができるのが嬉しく、誇らしかった。

　けれど母は、激怒した。

『まだ結婚もしてないのにみっともない』

　呆然《ぼうぜん》とする奈津子に、母は言い聞かせるようにして続けた。

『奈津子、あんたは騙《だま》されてるの。ね、あんた舐《な》められてるんだよ。あんたのことを本当に大事に思っているなら嫁入り前の子にそんなことするはずがないんだから』

　やめてよ、と奈津子は叫ぶように遮った。お母ちゃんが気にするのは、結局いつも世間体だよね。昔からそうだった。みっともないって何？　小さなことにぐちぐちして愚痴ばっかり言ってるお母ちゃんの方がよっぽどみっともないじゃない。

『どうしてそう意固地になるの』

　母は自分の両肘《りょうひじ》を抱くようにしながら、ひとり言のようにつぶやいた。

『お母ちゃんは奈津子に後悔してほしくないから言ってるのに、どうしてそれがわからないの』

　奈津子は家を飛び出し、その足で貴雄の住むアパートに向かった。本当は、何かの記念日に話したかった。できれば、再来週にある貴雄の誕生日。とびきりの誕生日プレゼントに喜んでもらいたかった。だけど、仕方ない。突然の来訪に驚く貴雄に、奈津子は叩《たた》きつけるようにして言った。

『赤ちゃんができたの』

第一声は何だろう。驚愕《きょうがく》に固まった顔のあと、どんな表情をするのだろう。何一つ見逃さないつもりで、うつむいた貴雄の顔を下から覗《のぞ》き込む。

そこにあった表情を、奈津子はすぐには理解できなかった。困惑、嫌悪、恐怖――思い浮かんだ単語が感じたそばから打ち消され、頭の中が空っぽになる。

貴雄は何も言わなかった。けれど、それで答えとしては十分だった。貴雄は、喜んでなんかいない。お母ちゃんの言う通り。

結局、貴雄の両親の意向に引きずられる形で産むことになったものの、貴雄から喜びの言葉を聞いたことは今に至るまで一度もない。

――あのとき、子どもができていなければ。

奈津子はそれから何度も、繰り返し考えた。子どもができなければ、貴雄は慌てて就職先を決める必要もなく、東京に行けたのだろうか。自分もそれについていって美容師として働けたのだろうか。

奈津子は残像を振り払うようにまばたきを繰り返し、蛇口をひねる。勢いよく流れ落ちる水が、手の甲で跳ねて頰を濡《ぬ》らした。

【宮野靖子《みやのやすこ》の証言】

へえ、恵比寿《えびす》から。わざわざ私に話を聞くために？　あら、すみませんねえ。いえ、ここはなにもない町でしょう。なんだか申し訳なくて。この辺りじゃ取材なんて珍しいんですよ。せめて水戸《みと》か笠間《かさま》なら偕楽園《かいらくえん》や笠間稲荷《いなり》もあるしテレビに出ることもあるんだけども。

もちろんいいですけど、私にご期待に添えるようなお話ができるかは……ええ、そうです。ずっとここですよ。と言っても私たちの代からですから新入りですけどね。ええ、主人の仕事の都合で。山形の方からね、越してきたんです。初めはなかなか自治会にも馴染《なじ》めなくて苦労してね、だから長谷川《はせがわ》さんのところとは親しくしてたってのはありますよ。彼女のところもよそ者でしたから。あとは米原《よねはら》さんのところと江口《えぐち》さんのところですかね。お互い子どもの歳が近いこともあって、家族ぐるみっていうんですかね、そういうつき合いをしてました。

奈津子ちゃん。もちろん覚えていますよ。利発そうな子でね、頑張り屋さんで、とても我慢強かった。

小さい頃は、ピアニストになりたいと言っていましたね。そうそう、テレビにも出たことがあるんですよ。「未来のスターに密着！」っていうようなテーマの番組でね、ピアニストだけじゃなくて、サッカー選手とか、バレリーナとかを目指す親子を特集した番組でした。

そうそう、取材なんてあのとき以来かしらねえ。あのときはもっと大騒ぎでね、幸代《さちよ》さん——ああ、奈津子ちゃんのお母さんです——彼女の家の前に大きなワゴン車が停まって、中からたくさんの人や機械が出てきて、何事かと思って見ていたら、幸代さんが「テレビの取材なんですよ」って嬉しそうに説明してきて。

いいえ、ビデオとかは残っていませんけど。でも、幸代さんは持っているんじゃないですか？　えーと、どうだったかなあ。昔のことですからね。ちゃんとは覚えてないですけど、奈津子ちゃんが泣いているところが映っていたのは覚えています。幸代さんに怒られてね、ちょっとかわいそうだなって思って。

さあ、特別ピアノが上手だったかって訊かれると私にはよくわかりません。そんなテレビに出るくらいだから、上手だったんじゃないかとは思いますけどね。でも、その番組に出てしばらくして旦那《だんな》さん——奈津子ちゃんのお父さんが亡くなってね。え？　仕事中の事故だとは聞いていますけど。大工ですよ。たしか、高い所で作業をしているときに足を滑らせて、とかそういうことだったと思います。そうです。それでピアノは辞めちゃったみたいです。ええ、ピアノも売ってしまって……あんなに練習していたのに、かわいそうですよね。

幸代さんも働かなきゃいけなくなって、それで、私も幸代さんから頼まれて奈津子ちゃんを預かるようなことが増えたんです。夕飯を食べさせたりね、ええ、結構ありましたよ。まあ、逆はなかったけどもねえ、そんなけちくさいことを言っても始まらないですし。ただ、あの人にはそういうところがありましたね。幸代さんですよ。なんて言うんですか、世間知らずっていうのかしら。悪い人じゃないんですけどね、お嬢さん育ちっていうか、あんまり苦労せずに育ってきたんでしょうね。世の中の常識みたいなものを知らないようなところはありました。人になにかしてもらうのが当然、とまではいかなくても、ありがとうってひと言言えばそれで済んじゃうと思っているような。ええ、そうですそうです。だから子どもを預かっても特にお礼とかはなかったですね。いえ、私は別にいいんですよ。ただ常識としてね、あれじゃ不快に思う人もいるだろうなとは思いましたね。まあ、悪い人じゃないんですけども。

彼女もかわいそうな人ではあるんですよ。本当なら家事と子育てに集中して、仕事なんて家でちょっと事務的な手伝いをするくらいでよかったわけでしょう。それが自分が大黒柱にならなきゃいけなくなっちゃったわけだから。

ただ、旦那さんの職場の人が事故のことを気に病んでね、就職先とかもだいぶ力添えしてくれたみたいです。でもねえ、そもそも彼女には働くってことが向いてなかったんじゃないかと思うんです。ああ、化粧品の外交員ですよ。私もつき合いで何回か買ってあげたことがありますけど、でもほら、お嬢さん気質ですから。お客さんでいる方が向いているって言ったらあれだけど、まあ案の定、職場でもうまくいかなかったみたいでね、よく愚痴をこぼしてましたよ。だれにいじめられた、意地悪されたって。

　さあ、本当のところは知りませんけどね、だけどたとえそういうことがあったんだとしても、彼女にも原因はあったんじゃないかと思うんですよ。だいたいねえ、意地悪っていう言い方が子どもっぽくて。まあ彼女らしいと言えばらしいんですけどねえ。

　ええ、だから逆に奈津子ちゃんがしっかりしたっていうのはあるかもしれません。勉強もできたし口答えもしないいい子でねえ、うちの子にも見習わせようとしたんですけど。

　あ、でも結局こういう事件を起こしたってことは、内心では我慢っていうか、鬱屈《うっくつ》が溜《た》まっていたんでしょうかね。そう考えてみれば、やっぱりどこかしら子どもらしくないというか、明るさが足りないというか、そういうところはありました。

　幸代さんもよく当たり散らしてましたし、え？　虐待というか、いや、叩いたりっていうのは直接は見たことはないですけど……でもまあ、あったかもしれないですよね。そういう危なっかしさみたいなものはありました。

　もう幸代さんには話は聞いたんですか？　なにか言ってました？

　ああ、そうなんですか。まあねえ、たしかに私が彼女でもなにを言えばいいかわからないと思いますけど。だけどやっぱりきちんと説明すべきことはすべきだと思いますよ。母親なんだしねえ。

第二章

1

——庵原紗英

蟬の声が一層濃くなり、ねっとりとしたヴァイオリンの音色をかき消していく。紗英はあえぐように開きかけた口を閉じながら、ピンク色の厚いカーテンに覆われた薄暗い分娩室《ぶんべん》をそっと見渡した。

茶色い染みが残る畳、所々がささくれ立ったロッキングチェア、工務店の名前が大きく入ったカレンダー、ペイズリー柄の色褪《いろあ》せたタオルケットの上には、チラシで折られた籠《かご》とペンギンのぬいぐるみが転がっている。

「本当に悪かったと思ってるなら土下座くらいしなさいよ」

沢野亜矢子《さわのあやこ》のどこか芝居がかった甲高い声に、紗英の視界が小さく揺れた。

「あ、はい」

二歩後ずさりながら、焦点がぶれていく双眸《そうぼう》を見とがめられないように顔を伏せる。あの、申し訳ありません。そう口にしてから、なにについて謝っているのかわからなくなっていることに気づいた。この人はなにを怒っているんだった？　わたしは、どんな悪いことをしたんだっけ。

「土下座だって言ってるでしょう⁉」

亜矢子が声を裏返らせた。ああ、そうだった。紗英はその場にしゃがみかけ、けれど膝《ひざ》を床につく直前に腕をつかまれる。ハッとして顔を上げると、腕をあとがつきそうなほどきつく引いたのは、妹の鞠絵だった。この中津川《なかつがわ》助産院で助産師として働いている鞠絵は、尖《とが》った目つきで紗英をにらみつけてくる。

「何をやってるの」

「鞠絵――坂井《さかい》さん」

紗英はいつものように呼びかけかけ、慌てて言い直した。鞠絵と視線が絡んだ途端、ぼやけていた焦点がワイパーをかけられたようにすっと合う。

「だって」

「いいから庵原さんは立ってて」

鞠絵は低く遮り、紗英を背に隠すように立ちながら亜矢子に向き直る。紗英は、真っ直ぐに伸びた鞠絵の背中を数秒見つめてからまつ毛を下ろした。

同じ職場で働くようになってからもう三年近く経つというのに、鞠絵に「庵原さん」と呼ばれることにはまだ慣れない。鞠絵は、たとえ周りに人がいないとしても職場では決して紗英をおねえちゃんとは呼ばない。紗英が鞠絵と呼ぶと必ず苗字《みょうじ》で呼び直させるほどの徹底ぶりで、紗英はそこにけじめ以上の意味を感じてしまう。庵原さん、坂井さん。それぞれ結婚して別の姓になったというだけなのに、その響きは二人を血の繋《つな》がりのない他人のように見せる。だから紗英は、鞠絵に苗字で呼ばれるたびに、居心地が悪くなる。鞠絵は、わたしと姉妹だと思われたくないの？

「沢野さん、何度も申し上げているかと思いますが、ご予約もなく突然来られるのは困ります」

「妊婦でもないのになんで予約なんかとる必要があるのよ」

頭の後ろで長い黒髪を引っ詰めた鞠絵の肩越しに、かすかにつり上げられた亜矢子の唇の端が見えた。その目はもう鞠絵にしか向けられていない。紗英は行き場をなくした視線を、窓際に置かれた観葉植物へと向けた。束ねられたわかめのようにうねりながらも上に伸びた太い葉を見て、なんという名の植物だったかを思い出そうとするのに、初めの一文字さえ浮かんでこない。

鞠絵が息を吐く音が小さく響いた。

「おっしゃる通り、ここは妊産婦さんが来る場所です。沢野さんだってわかるでしょう？　妊娠中はただでさえちょっとしたことで不安になるのに、」

「あんたたちのせいじゃないの！」

亜矢子は嚙《か》みつくように叫ぶ。

「あんたたちのせいでうちの子は」

「沢野さん、当院では謝罪すべきことはないんです」

鞠絵は、幼い子どもに言い聞かせるようにはっきりと発音した。その有無を言わせぬ声音に、紗英はぎこちなく首を巡らせて亜矢子を見る。亜矢子は唇の両端に白い唾《つば》の泡をこびりつかせたまま絶句している。

紗英はナースサンダルに突っ込んだ足を一歩前に踏み出し、その場で踏みとどまった。鞠絵によれば、たとえ亜矢子が本当に訴訟を起こしたとしても、助産院側の非が追及される可能性はほとんどないらしい。彼女の息子が先天性難聴として生まれたのが分娩状況とは関係がないことは、酸素飽和度計や黄疸《おうだん》計などの数値によって明らかにされているからだ。

おそらく、亜矢子も本当はわかっているのだろう。どこで産もうが、だれが担当しようが、避けられない結果だったということ。言語獲得などの今後の課題を考えれば、原因究明よりも先に治療や訓練を進めるべきだということ。

それでも彼女は、ここにくるのをやめることができない。

謝ったりしたらダメなんだって、と鞠絵は言う。今回のケースは言いがかりだってはっきりしているからまだいいけど、もっと微妙な場合は非を認めたってことが裁判での不利な要因になったりするんだから。そうなったとき、庵原さん責任取れるの？　取れないでしょ？　だったら黙ってて。余計なこと言わないで。

鞠絵の言うことがわからないわけではない。自分が助産院のスタッフである以上、亜矢子の肩を持つべきではないということも。

だが、紗英は不思議でならない。なぜ、鞠絵がなんのためらいもなく、言いがかり、という表現を使えるのか。八ヵ月もの間、毎月顔を合わせ続けてきた彼女に情がわくことはないのか。亜矢子は、この中津川助産院の患者だったのだ。ここで胎児の成長を見守り、彼女の栄養指導を行い、陣痛中の腰をさすり続け、赤ん坊を取り上げた。

「……そんな」

亜矢子がなにかを言いかけて口をつぐむ。けれど、すぐに気を取り直したように鞠絵をにらみつけた。

「あんた、子どもは？」

亜矢子の顎《あご》をしゃくり上げるようなしぐさに、鞠絵が眉《まゆ》をひそめる。紗英は、強く目をつむった。

「どういう意味ですか」

「いいから答えなさいよ。あんたは子どもいるの？」

亜矢子は鞠絵の言葉を最後まで待たず、再び声のトーンを上げる。

「娘が一人おりますが」

怪訝《けげん》そうに鞠絵が言うと、亜矢子は言葉に詰まった。紗英はまぶたから力を抜いて目を開け、手元に視線を落とす。鞠絵がこのやりとりの意味を理解することは、きっとない。だから鞠絵は、亜矢子が帰ればすぐに忘れてしまうんだろう。身体の中心から急速に体温が消えていくのがわかった。

『産んでもいないのに何がわかるの？』

　これまで、そうした言葉を耳にしたことは一度や二度ではない。

やつ当たりのようなものだから気にしなくていい、と院長の中津川久美《ひさみ》は言う。とにかく苦しくてつらくて不安で、そのはけ口に使っているだけだから、と。

たしかに、どんな憎まれ口を叩《たた》いていた妊婦も、無事出産を終えたあとは別人のように晴れやかな笑顔になって、ありがとうございました、と言ってくれる。失礼なことを言ってごめんなさい、とも。紗英は、いいんですよ、おめでとうございます、と答え、生まれた赤ん坊を抱かせてもらう。すると、本当に心の中に凝《こご》っていたなにかが溶けていく。

　未来を生み出す、光に満ちた空間で働けるということこそがやりがいなのだと、自分にもできる素晴らしい仕事なのだと、感じることができる。

　それでも紗英は考えずにいられない。

　――そんなに嫌なら、わたしにちょうだい。わたしならどんな子でも嫌がらないのに
――そんな澱《よど》んだ思いを抱えたわたしが関わったりしなければ、あの子はこの世界に溢《あふ》れる様々な音を聞くことができたんじゃないか。

　そうした医学的根拠の欠片《かけら》もない、話の順番さえおかしい考えがどうしても浮かんできてしまう。

「……あんたなんかに、あたしの気持ちはわかんないわよ」

亜矢子が絞り出すような声音で言った。なんで、と続ける声が震える。

「なんで、あたしの子がこんな目に遭わなきゃいけないのよ」

ひとり言のようにつぶやきながら、畳の上にくずおれた。だが、鞠絵は駆け寄ることも、なにか言葉をかけることもしない。ただ困らされているということを強調するように、腰に手を当てて首を傾げる。紗英はその後ろ姿を見つめて、冷えた指先を拳《こぶし》の中に握り込んだ。

どうしてわたしはこんなところにいるんだろう。どうして、だれもわたしを見ないんだろう。

どうして鞠絵は、こんなふうにかばうみたいにわたしの前に立つの？

『おねえちゃん、待ってよ、おねえちゃんどこに行くの』

幼い頃から、どこに行くにも、なにをするにも、わたしの後ろについてきては陰に隠れていたはずの妹。

鞠絵はいつから、わたしに背中を見せるようになったんだろう。

中学生になってから？　東京の大学に行くようになってから？　社会人になってから？　一つひとつ順番に考えていきながら、既に自分の中には別の答えがあることに気づいてしまう。

同じ職場で働くようになってからだ。

紗英は、鞠絵の白衣の裾《すそ》から視線を剝《は》がし、自分の身体を見下ろす。小花柄の開襟シャツに、紺色のズボン。制服として渡された上下は、汚れが目立たない代わりにひどく野暮ったい。せめて上に白衣を羽織れたら、と紗英は思う。けれど、そう言い出せないこともわかっていた。

なぜなら、紗英は鞠絵と違って助産師の資格を持っていないからだ。同じ職場で働いていても、一人では患者の身体に触れることすら許されない看護助手でしかない。

紗英は鞠絵の脇をすり抜け、亜矢子の前に膝《ひざ》をついた。

「庵原さん」

背後から追ってきたとがめる声を無視して、強張《こわば》った手を彼女の背中へと伸ばす。鞠絵が音を立ててため息をつくのが聞こえた。かまわず丸められた背骨に手を乗せると、亜矢子が跳ねるように全身を使って紗英の腕を払った。見開かれた亜矢子の両目が、うつろに宙を見つめている。

「……せめてもっと早く教えてくれれば」

口を開ききらずにつぶやくように言いかけた亜矢子の語尾がかすれて消える。紗英は息を呑《の》んだ。

せめてもっと早く教えてくれれば。

教えてくれれば――なに？

動きを止めた紗英に、亜矢子が怯《おび》えるような視線を向ける。一瞬だけ合った亜矢子の目の焦点が、またにじむように曇った。

白く固められた自らの拳を、紗英は呆然《ぼうぜん》と見下ろす。

どうして、子どもを否定する彼女が、それでも子どもを授かることができるのか。

なのに、どうしてこんなに子どもを待っているわたしは選ばれないのか。

規則的に並んだ亜矢子の背骨を一つひとつ数え上げながら、意識的に拳から力を抜いていく。爪のあとが刻まれた手のひらが現れると、無言で亜矢子の肩甲骨の間に押し当てた。びくり、とかすかに揺れた薄い肉から、じんわりと熱が伝わってくる。

紗英は、そこにあるなにかをもみ消そうとするかのように丹念に撫《な》でながら、子どもは親を選んで生まれてくる、という言葉を思い出している。


国道沿いにある先週新装開店したばかりのファミレスは、お盆期間中だからか、土曜日の午前中だからか、ほとんどの席が家族連れで埋まっている。

子ども特有の甲高い笑い声、カーペットの上を走り回る慌ただしい足音、グラスが倒れた硬質な音に、それをかき消す怒鳴り声が続いた。禁煙席を選んだはずなのに、空気は白く靄《もや》がかっていて苦く煙い。

紗英は、ちくちくと刺されるように痛む眼球を、化粧のはげかかったまぶたの上から指の腹で揉《も》んだ。そのしぐさが年寄りじみている気がして手を止める。指先についた焦げ茶色のアイシャドーを見下ろすと、自分ももう三十代なのだという実感がこみ上げてきてさらに疲れが増した。

肩を上下させると、骨が鳴る鈍い音が響く。このところ、夜勤がきつくなってきた。だが、それは年齢によるものだけではないのだろうとどこか他人事《ひとごと》のように思う。

沢野亜矢子が来るのは診察時間が終わる十六時半ぎりぎりと決まっていて、しかも彼女は少なくとも一時間は帰らない。カルテの整理、レジ締め、業務日誌の作成、入院患者の夕食の片付け、ナースコールへの対応、朝になれば朝食の準備、待合室と分娩《ぶんべん》室の掃除、引き継ぎ資料の作成があって、仮眠をとるどころかひと息つく暇すらほとんどなかった。

「ほら、梨里、もう泣かないの」

紗英の正面に座った奈津子が、梨里の肩を軽く揺すって子ども用のメニューを広げる。

「わあ、おいしそう！　ね、梨里。このお子様ランチおいしそうだね」

梨里の顔の前で写真を指さしてみせた。

「おでんわ！　おでんわ！」

梨里は首を左右に振りながらバタバタとテーブルを叩く。

「梨里！」

奈津子が鋭い声を上げると、小さな両手がひゅっと縮こまった。顔がくしゃりと歪《ゆが》み、うえぇ、とぐずり始める。

くなる。

「梨里」

奈津子が低く繰り返した。それに後押しされるかのように、梨里の泣き声が一層大きくなる。

「あ、私トイレ行ってくる」

鞠絵が切れ長の一重をさらに細め、店内をすばやく見渡してから席を立った。そのせわしない動作に、紗英は眉《まゆ》をひそめる。

「ちょっと鞠絵、注文は？」

「エビドリアでいいや」

鞠絵は振り向きもせず、肩の線が少しだけ落ちている無地の白シャツを翻して足早に遠ざかっていく。紗英は釈然としない思いでため息をついた。すると、それをどう解釈したのか、奈津子が顔を上げる。

「普段はこんなにぐずらないんだけど」

「あ、違う違う。梨里ちゃんにじゃなくて、鞠絵。あんな逃げるみたいにいなくならなくてもいいじゃない」

ああ、と奈津子がうなずいてから苦笑した。

「まあねえ。でも普段ほとんど子どもと過ごしていないから、こういうときどうすればいいのかわからないんでしょ」

奈津子は意に介した様子もなく、慣れた手つきで梨里を抱き上げる。お尻《しり》を片腕で支え、もう片方の手で背中をあやすように叩《たた》いた。

「梨里。お母さんとファミレスなんて久しぶりでしょ？　泣いてたらもったいないよ？」

「おうえあん」

「ああ、鞠絵？　大丈夫、大丈夫。すぐ戻ってくるから」

「おうぉ」

「本当だって」

紗英は、奈津子のセリフがなければ意味を取れない会話を意識からしめ出すように、水のグラスをあおった。口の中に流れ込んできた氷を噛《か》み砕きながら、メニューをめくっていく。

「紗英、決まったら注文しちゃって」

「なっちゃんは、どれにするの？」

「何がある？」

「えーと、サラダうどん、トマトリゾット、照り焼き豆腐ハンバーグ……」

「あ、それ。豆腐ハンバーグ」

「はーい」

紗英はメニューに視線を落としたまま、呼び出しボタンに指を沈める。ピンポーン、と軽快な音が響いた瞬間、ふっとテーブルの横に気配を感じた。もうきたのか、と驚いて顔を上げると、そこにいたのは店員ではなく鞠絵だった。鞠絵は両手を後ろに回し、おどけたしぐさで上体を屈《かが》める。

「りーりちゃん」

奈津子の腕の中でほとんど泣きやみかけていた梨里が、弾《はじ》かれたように振り向いた。鞠絵は目を細めて梨里の顔を覗《のぞ》き込む。

「ほら、これなーんだ」

あ、と紗英が思うのと、梨里が「あ」と声を上げるのが同時だった。

「おでんわ！」

「おりこうにしてるから、ごほうび」

そう言って鞠絵が梨里に差し出したのは、レジ前で売られていたスマートフォン型のおもちゃだった。紗英は、とっさに奈津子を振り返る。奈津子は目と一緒に口をあんぐりと開いていた。

「おでんわ！　おでんわ！」

梨里が奈津子の腕から転げ落ちそうなほどに身を乗り出す。奈津子が無言で椅子に下ろすと、テーブルの上によじ登るようにしておもちゃに手を伸ばした。

「梨里ちゃん、ありがとうは？」

鞠絵は梨里の手が届く寸前でおもちゃを引っ込める。

「ありがと！」

梨里がほとんど意味を考えていない口調でもどかしそうに叫び、ひったくるようにしておもちゃをつかんだ。それを満足そうに眺める鞠絵の横顔を、紗英は呆然と見つめる。せっかくなっちゃんが我慢を覚えさせようとしていたのを台なしにしておいて、そんなとってつけたような躾《しつけ》になんの意味があるっていうの。

「鞠絵」

紗英の声にとがめる色を感じたのか、鞠絵が不愉快そうな顔で振り向いた。

「何」

「そうやって甘やかすのよくないんじゃないの」

「何が？」

鞠絵が語尾を持ち上げて眉根《まゆね》を寄せる。

「だって、いま、せっかくなっちゃんがあやして泣きやみかけてたのに」

「紗英、いいから」

「でもなっちゃん、これじゃ我慢できない子になっちゃう」

「いいでしょ、別におねえちゃんの子じゃないんだし」

遮るようにして言ったのは鞠絵だった。

「それにいつもなわけじゃないもんねえ？　梨里ちゃん」

「うん！」

梨里は元気よくうなずき、またすぐにおもちゃへと関心を戻す。紗英は、癖になっている舌打ちをしかけて慌てて止めた。子どもなのだから仕方ないのだとわかっているのに、どうしてもいらだってしまう。梨里ちゃん、と呼びかけようと梨里の横顔を見つめ、今日会ってから一度も梨里と目が合っていないという事実に気づく。紗英はぎくりとして動きを止めた。梨里ちゃんは、わたしにはなつかない。そのことが、なにかを見抜かれている証明のように感じる。

紗英は、奈津子に視線を移した。奈津子は軽く肩をすくめ、苦笑する。紗英は強張《こわば》った顔をそのままに伏せた。どうして、鞠絵をこの場に連れてきてしまったんだろう。いくら仕事の上がり時間が一緒だったとはいえ、別行動はできたはずなのに。

「お待たせいたしました。ご注文はお決まりでしょうか?」

店員が現れ、エビドリアとお子様ランチ、と鞠絵が短く答える。奈津子がメニューを手に取り、どれだっけ、と紗英に訊《き》いた。

「照り焼き豆腐ハンバーグ」

「ああ、そう、それそれ。紗英は?」

「……明太子《めんたいこ》クリームパスタ」

「照り焼き豆腐ハンバーグと明太子クリームパスタ、あとドリンクバーを三つと、子ども用ドリンクバーを一つで」

奈津子がまとめて注文すると、店員はすばやく復唱し、お冷やもセルフサービスになっております、と、ごゆっくり、を同じ声のトーンで言って去っていった。場に沈黙が落ちる。梨里の手にしたおもちゃから出るコミカルな電子音が妙に大きく響いた。紗英はそっと鞠絵を盗み見る。飲み物を取りに席を外してくれないだろうか。

だが鞠絵は梨里の手元を覗き込み、「梨里ちゃん、このボタン押してごらん」と指をさした。紗英は仕方なく立ち上がる。途端に、ヒールに押し込んだむくんだつま先がずきりと痛んだ。

「飲み物取ってくるけどなにがいい？」

「ジンジャーエール」

鞠絵が顔も上げずに当然のように答える。

「なっちゃんは？」

「私も行くよ」

奈津子は、寄り添う鞠絵と梨里を見やってから腰を上げた。

「一人じゃ四つは持てないでしょ？」

言いながら歩き出した奈津子に紗英も続く。奈津子はドリンクバーに着くとグラスを四つ取り出し、手際よく氷を入れ始めた。

紗英は一歩奈津子に近づき、二人分のグラスを受け取る。奈津子は、「そう言えば」と言いながらグラスをサーバーにセットした。グラスの縁ぎりぎりまでジンジャーエールを注ぎながら、たったいま思いついたことを口にするような口調で言う。

「紗英は、子どもは？」

紗英は氷が入った手元のグラスを呆然《ぼうぜん》と見下ろした。なんで、いまそんな話になるの。視界の中心で、からりと氷の山が崩れる。一緒にドリンクバーにきたのは、鞠絵のしたことについて話すためなのだと思っていた。鞠絵をたしなめるわたしを止めたときのなっちゃんの苦笑も、鞠絵に向けられたものなのだと。だけど、それがわたしへのものだったとしたら？

なっちゃんは、わたしが子どもがいる鞠絵をうらやんでたしなめたのだと思ったんだろうか。

「んー、まだしばらくは仕事から離れる気にはなれないかなあ」

紗英は意識的にゆったりと答えてみせながら腕を持ち上げた。目についたメロンソーダのボタンを押すと、シュワァーというなにかが弾けるような音を立てながら、グラスの中の鮮やかな緑色が伸びていく。

「だけど、いつまでも仕事ばっかりしてるわけにもいかないでしょう？　大志さんだって子どもができたら浮気グセも直るかもしれないし」

「まあ、それはそうかもしれないけど」

「どうせ産むんなら早い方がいいよ？　やっぱりほら、年齢が上がるとそれだけでいろいろ大変になるし」

「わかってるって。わたしの職場は助産院なんだから」

紗英はグラスを見つめながら苦笑してみせる。せめて助産師であれば仕事にしがみつく理由になったのだろうか――いや、なっちゃんからすれば仕事内容がなんであれきっと変わらない。

「そこが不思議なんだけど。毎日妊婦さんとか赤ちゃんに囲まれてると自分も欲しくならない？」

「それとこれとは別かなあ。それに、いまの職場だと産んだあとも働き続けられるかわからないし」

紗英は、棚に置かれたストローとおしぼりをわしづかみにする。結婚すれば、赤ちゃんができる。妊婦生活を経て、母になる。それはなっちゃんにとっては当たり前のことで、だからきっと想像もできないんだろう。グラスの中にストローを突っ込み、かき回した。――いくら望んでも授からないことがあるということなんて。

「保育園とかってこと？　大丈夫だって。私が預かってあげる。一人も二人もそんなに変わらないし」

「ほんと？　助かる」

紗英は乾いた笑い声を上げながらグラスを台の上に載せ、ターコイズの埋め込まれたヘアゴムを力任せに引っ張って外した。湿ってごわついた髪の先が首筋に当たってピシ、と小さな音を立てる。

「でもやっぱりいまはムリかなあ。大志ともなかなか生活リズムが合わないから」

「そうなの？」

「うちは小さい産院だから、お産が重なっちゃえばシフトなんて関係なく呼び出されるし」

「それじゃシフトの意味がないじゃない。突っぱねちゃえばいいのに」

そういうわけにもいかないでしょ、と紗英は苦笑しながら、少しだけ心が軽くなっているのを感じる。

なっちゃんは働いたことがないんだ、と思うと、喉《のど》の奥まで詰まったなにかが溶けていくように思えた。正しいなっちゃん、強くて、なんでもできて、女としての幸せを手に入れてきたなっちゃん。でもなっちゃんは、働くことがどういうことなのかをわかっていない。

紗英は、甘く、どこか寂しい感情を味わいながら、唐突に遠い昔の光景を思い出す。


紗英はまだ小学生で、お絵かき教室の先生の自宅に遊びに行く途中だった。先生の自宅の最寄り駅までは数駅分電車に乗らなければならず、車内には同じ教室に通う子たちが紗英を含めて五人いた。

「ほら、ここがキハ二二形のすごいところなんだよ！」

孝介《こうすけ》くんが靴のまま座席によじ登り、興奮した口調でなにかを説明し始めると、

「蹴《け》んじゃねえよ！」

孝介くんのつま先が当たったらしい隆久《たかひさ》くんが怒り出した。かまわずしゃべり続ける孝介くんの足を払うように叩《たた》き、話を遮られた孝介くんがムッとする。なんだよ、通りすぎちゃったじゃないか。うるせえよ、そんな話おもしろくないし。だからいまからおもしろくなるところだったんだって。いいからあやまれよ。なにをだよ。言い合いながらじゃれるような取っ組み合いを始めた二人を指さし、琴音《ことね》ちゃんが笑う。

「やだーバカみたいー！」

琴音ちゃんは足をばたつかせて甲高いはしゃぎ声を上げた。紗英も琴音ちゃんとじゃれ合うようにして大声で笑う。

その瞬間、向かいの席に座っていたスーツ姿の男の人が勢いよく立ち上がった。そのまま顔をしかめて隣の車両へ移っていく。

どうしたんだろうと思って目をしばたたかせていると、隣から低い咳払《せきばら》いが聞こえた。音の方を振り向いた途端、腕組みをしていたおじさんににらみつけられる。

うるさいんだ、とわかった。電車の中ではおぎょうぎよくしていなくてはならない。しゃべるときは、となりの人にだけ聞こえるくらいの声で。席を汚しても、大きな音を立ててもいけない。今まで両親に注意されてきたことが蘇って、慌てて琴音ちゃんの袖を引く。

だけど琴音ちゃんは紗英の袖を引き返して笑った。そういう新しい遊びだと思っているらしい琴音ちゃんに、なにを言えばいいのかわからなくなる。

見逃してくれるかもしれない、と自分に言い聞かせた。だいじょうぶ、だって子どもなんだし。

「ねえ」

そのとき、みんなの前に立ったのが奈津子だった。

「みんながちゃんとしてないと、みんなのお母さんがダメな人だと思われるんだよ」

そのひと言で、みんなは動きを止めた。しん、と静まり返った車内に、車輪がレールを削るギィィィという音が響いた。奈津子は再び席に戻り、小さくため息をついて本を開く。

紗英は今でも、そのときの奈津子の横顔が忘れられない。

【 中津川久美の証言 】

ええ、たしかに庵原さんはうちの助産院で働いていました。鞠絵ちゃんの紹介で……そうです、鞠絵ちゃんは庵原さんの妹です。すごく優秀な助産師で、真面目ないい子ですよ。鞠絵ちゃんは一児の母なんですけどね、お母さんに手伝ってもらいながらきちんと仕事と育児を両立していて、患者さんたちからも信頼されていて。私も鞠絵ちゃんのお姉さんならと思って庵原さんを雇うことにしたくらいで。

でもねえ、正直期待外れなところはありましたよ。いえね、別に仕事ができないとかではないんですけど、でもなんて言うんですか、ちょっと被害者意識が強いというか。そうですね……あ、そうそう、たとえば分娩《ぶんべん》中に患者さんに当たられたとするじゃないですか。いや……分娩に立ち会っていたと言っても、タオルの用意したりとか、そういう雑用しかさせてませんよ。患者さんの身体には触れさせてません。そうですか？　書かないのならいいですけど……。

当たられると言っても大したことじゃないです。いや、されるというか言われるだけですよ、「産んだこともない人に言われたくない」とかね。よくある話ですよ。やっぱり陣痛中はそれなりにしんどいですしね、実際、産んだ人にしか産みの苦しみはわからないっていうのもありますし。

まあ、私自身は言われたことはないですけど、同僚の中には、また言われちゃったって苦笑してる子もいましたよ。だけど、そんなのいちいち気にしていたら身がもたないじゃないですか。みんな聞き流していましたよ。

でも、庵原さんは目に見えてショックを受けてましたね。しかも、ただショックを受けるだけじゃなくてそれでやる気をなくしちゃうんですよ。腰をさすってあげるのもおざなりになったり、タオル温めてきてって言ってものろのろとしか動かなかったり。わざと手を抜いているって感じではないんですけど、ちょっとね、落ち込むにしても分娩が終わったあとにしてくれないかと思ったりね。

そもそも、そういうことを言われちゃうのは彼女にも原因があるんですよ。「痛い痛いもう無理」って泣いている患者さんに向かって「赤ちゃんがかわいそう」って叱るんですよ。励ますんじゃなくて責めちゃう。「せっかく生まれてくるのにお母さんがそんなこと言ってたんじゃ、赤ちゃんがっかりしちゃいますよ」って。なんて言うか、弱音を吐くなんて母親失格、みたいな言い方をするんです。

しかもねえ、彼女は助産師じゃないですから。きちんとお産の勉強をしたわけでも自分が経験したわけでもないのに、なんでそんな口がきけるのか私も不思議でしたね。

もちろんすぐに注意しましたよ。でもそうするとまた目に見えて落ち込んじゃうんです。それも反省してるとかじゃなくて、わたしは傷つけられたってアピールしているみたいな落ち込み方でね。ちょっとうんざりしました。

そういうところがある子だったんで、今回の事件も彼女についてはそんなに驚きませんでした。……だってこんな事件になるっていうことは、やっぱり人間関係のトラブルがあったってことでしょう？　それはまあ、あり得ないわけでもないかなって。むしろそれが鞠絵ちゃんの親族だってことの方が意外ですよ。

全然違いますよ、姉妹とは思えないくらい。それに、普通は上の子の方がしっかりしてて下の子は甘えん坊っていうパターンが多いと思うんですけど、彼女たちの場合は逆な感じがして。二人の上にもお兄さんかお姉さんがいるのかなと思ったくらい……え？だって、真ん中の子ってさみしがりやでひがみっぽいっていうでしょう？　いえ、負けず嫌いな感じはしませんけど……まあ、とにかく長女らしくはない感じがしました。

さあ、私は彼女たちの母親には会ったことがないのでわかりませんけど、関係なくはないんじゃないですか？

辞めたがっていた？　本当ですか？　それは……知りませんよ、聞いたこともありません。それなりにいい待遇にしてあげていましたし、鞠絵ちゃんがいろいろフォローしてあげていたんですけどね。一体なにが不満だったんだか。

そりゃあ、体力的には楽な仕事ではないですよ。でも、精神的にはこんなに満ち足りた職場はそうそうないと思います。生命の神秘を感じられるというか……特にうちの助産院は女性自身の力を引き出してみなさん生まれながらにして備わっている本能で素晴らしいお産をされていますからね。自然なお産って、ほとんど血が出ないんですよ。病院のお産で血がたくさん出るっていうのは、ほとんど会陰《えいん》切開によるものですから。助産院で生まれた子は、みんな拭《ふ》いたりしなくても綺麗《きれい》なもんです。すぐにお母さんに渡しますしね。生まれたての我が子を抱くときのお母さんは、本当にいい顔をしますよ。母性がにじみ出るっていうんですか。母乳の出も全然違いますしね。うちで一人目を産んだお母さんは、必ず二人目もうちでって言ってくれますよ。気持ちいいお産だったたって。

ふうん、でも、そうですか。だったらどうして辞めなかったんですかね。彼女が辞めたいって言うのなら、別に止めなかったと思いますけど。

2

——柏木奈津子

人一人いない道脇に、電信柱が案山子《かかし》のように立ち尽くしている。田んぼがあるわけではない。右手には年季がひびとして刻まれた一軒家が三軒並んでいて、道を挟んだ向かいには精肉店やクリーニング屋もある。なのに、それは案山子のようにしか見えない。一歩一歩、ぶれながら近づいてくる電信柱をにらみ上げながら、奈津子はひもが黒ずんだスニーカーを前に踏み出していく。

筋の伸びた肘《ひじ》に力を込めると、ぽき、と微《かす》かな音が抜けた。構わずダンベルの要領で持ち上げて手の甲で額を拭《ぬぐ》う。ビニール袋から突き出たペットボトルの蓋《ふた》が頬を叩《たた》いた。

私は何をしようとしているんだろう。奈津子はもう何度目かになる問いを自分に投げかける。もうやめよう。やめないと。

奈津子は長く伸ばしている黒髪を顔の両側に垂らし、そっと息をひそめて角を曲がる。ひっそりとした歩き方は、奈津子の中の罪悪感を一層濃くする。

指先に食い込んだビニール袋の中には、大量の食料が入っている。豚肉五百グラム、じゃがいも五個、にんじん三本、玉ねぎ三個、中華麺《めん》三人前、きゅうり四本、ハム三パック、アボカド二個、鶏肉《とりにく》四百グラム、トマト五個、ウインナー二袋、ウーロン茶二リットル。思いつくまま入れていった食材は脈絡が途切れていて、もはや何の料理を作ろうとしたのかさえわからない。

買いすぎちゃったから。一緒にごはんにしようと思って。それが言い訳でしかないことを奈津子は自覚している。袋の中身を紗英に見せることは、おそらく今日もない。

茶色い屋根が見えた途端、奈津子はパッと顔を伏せた。今日こそは見つかってしまうかもしれない。紗英に直接見られることはなくても、他の誰かが見ていて、紗英に話すかもしれない。私が来ていたこと。庭に入って、窓から中を覗《のぞ》いていたこと。それを知れば、紗英はどう思うだろう。軽蔑《けいべつ》されるかもしれない。嫌われるかもしれない。いや、絶対軽蔑される。嫌われる。けれど奈津子の腕は柵《さく》の門扉に向かって伸びている。強い鼓動が耳朶《じだ》を打ち、その音にまぎれるようにしてノブを回している。カチャ――どうしても響いてしまう硬い音に身をすくませながら、芝生のさくりとした感触を靴の裏で感じている。

小さな庭を無秩序に埋め尽くす菜園の間を、奈津子は腰を屈《かが》めて進んでいく。陽射しと視線を遮るゴーヤの葉と、噎《む》せ返るような香りを放つスイートバジル。どちらも奈津子が苗を分けたもので、ここ数日晴天が続いていても水を与えられていないのか所々干からびている。

奈津子は大きな手のような形の葉の陰にしゃがみ込み、二つのビニール袋をそっと身体の両脇に置いた。ぐん、ぐん、と血が巡る脈動が指先から這《は》ってくる。

ヴン、という低い羽音が耳元で聞こえ、反射的にのけぞった。周囲を見回し、微かな違和感にふと視線を左腕に落とす。白と黒が縞《しま》になった脚が見え、咄嗟《とっさ》に右手を振り上げた。けれど叩きつける寸前で思いとどまる。血を吸い終えた蚊が腕から離れた。よろめきながら飛んでいくその軌道を、奈津子は息を詰めたまま目で追う。

視界の端で何かがさっと動いた。奈津子は宙をにらみつけて全身を強張《こわば》らせる。だが、窓やカーテンを開く音は続かない。ぎこちなく窓に向けて首を巡らせた。ベージュの分厚いカーテンが二センチほど開いている。引き寄せられるようにして窓に顔を近づけていく。額に当たったガラスの冷たさに瞬間身をすくませた。見開いた両目をぎょろりと左右に動かす。薄闇に塗り潰《つぶ》されていた室内が少しずつ輪郭を浮かび上がらせていく。

部屋の大半を占めるダブルベッド、細かなもので溢《あふ》れたサイドテーブル、時間が判別しにくいスタイリッシュな掛け時計——逃げるように目線をさまよわせてから、ゆっくりと中心に焦点を戻す。

形の良い、丸い乳房がふるりと揺れた。白くしなやかな紗英の身体が、大志の上で滑らかに反る。

奈津子は、口の中に溜《た》まった唾液《だえき》を慎重に飲み込んだ。

——何を見ているのだろう。違う。違う。こんなことがしたいんじゃない。——じゃあ何がしたいの？

臍《へそ》から胸、胸から喉《のど》、喉から唇。緩やかに描かれる曲線の先で、紗英の口がぱくぱくと開いては閉じる。その動きに合わせて、薄く開いた隣室の窓から作り物のようにべたついた嬌声《きょうせい》が伸びてくる。きつく寄せられた紗英の眉《まゆ》から、奈津子は目が離せなくなる。デニムスカートのポケットに右手を差し入れ、拳《こぶし》を強く握りしめる。手のひらに金属の感触が食い込むのがわかった。

紗英から、この家の合鍵《あいかぎ》をもらったときは嬉《うれ》しかった。紗英は私に隠し事をする気がない。これさえあれば、いつでも紗英の家に入ることができる。実際に使うことはなくても、そう思うだけでほっとした。

でも、なぜだろう。それでも中はこんなにも遠い。

紗英の腰に巻かれていた小さな布が、するりとずれて音もなく床に落ちる。露《あら》わになった白い太腿《ふともも》に、奈津子は目を顔ごと伏せた。

――心配だからだ。紗英がつらい思いをしていないか。だってあの男は、浮気をしている。結婚してもう三年以上経つのに、まだ子どもを授からない。

耳鳴りがする。息が詰まって、目を閉じたいのに閉じられない。自分の身体が自分のものではなくなってしまったような気がした。

『うちはまだ当分子どもはいいかなあ。仕事もあるし、二人の時間も過ごしたいし』

脳裏に響いたのは、紗英の穏やかな声だった。言われた瞬間の、内臓に直接水をかけられたような感覚までが蘇《よみがえ》り、奈津子は見えない力に引っ張られるように顔を持ち上げてしまう。

大志の平らな胸に、紗英がゆっくりと体重を預けていく。ころりと寄り添うように転がり、余韻を味わうように天井を仰いで並んだ。時折、紗英が大志を見上げ、大志が紗英の頭を抱えるように撫《な》でる。無声映画のような光景を、奈津子はガラスに額を張りつけて見続ける。

日曜日の昼間、紗英と大志が二人で過ごしているはずの時間に紗英の家に様子を見に来るのは、これが初めてではない。だが、こうしたシーンを目の当たりにしたことは一度もなかった。DVDを観ているか、昼寝をしているか、それぞれがインターネットをしたり雑誌を読んだりと好きに過ごしているか。緩やかな日常を確認することで、二人の関係は問題ないのだと確認したかった。

いや——と奈津子は拳を握る。違う。そうじゃない。本当はこれこそが見たかったのだ。もう長いこと自分と貴雄の間にはなくなってしまった行為。紗英が、子どもは当分いらないと言えてしまうのはなぜなのか。実際に目にしてしまえばショックを受けるとわかっていながら、だからこそ見たかった。傷口に爪を立てて痛みを確認せずにいられないように。

——仕事をしていれば、何か違ったのだろうか。子どもができなければ。貴雄と結婚しなければ。

二人の会話に耳をすませながら、奈津子の脳裏に浮かんでいたのは、高校生の頃の紗英の、あどけないほどに全力の泣き顔だった。

『別れた。もう、あんな男いらない』

紗英が泣きながらそう言ったのは、高校二年生の春だった。

『え、別れたって山本くん？　何で、あんなに好きだったじゃない』

奈津子は意外に思い、訊《き》き返した。何で、あんなに好きだったじゃない』は

紗英は入学した頃から彼に憧《あこが》れていて、数ヵ月前にようやくつき合えたばかりのはずだった。ホワイトデーに彼の方から告白されたときには、涙を流して喜んでいた。なっちゃん、なっちゃん、どうしよう、嬉しい。彼氏なのだと改まって紹介されたのもつい先日のことだったのに。

『もう嫌い』

『どうしたの。何かあった？』

『だって、あいつ、なっちゃんの悪口言った』

悪口、という拙《つたな》い響きにぎくりとする。何て言ってたの、と尋ねる声がほんの少しだけかすれた。

『気持ち悪いって』

紗英は嗚咽《おえつ》を漏らしながら両手で奈津子にしがみつく。すっと自分の顔から表情が抜けていくのがわかった。奈津子は息を意識的に深く吐き出し、紗英の背中を軽く叩く。

『そんなのどうでもいいから』

『よくないよ。ひどい。許せない』

紗英が泣きじゃくりながら奈津子の肩に顔を埋《うず》めた。熱く湿った感触に、奈津子は息を詰まらせる。紗英は、本気で怒っている。私を悪く言った男のことを、それだけでもういらないと思えてしまうくらい。

『そんなこと気にしなくていいんだよ。山本くんのこと、好きなんでしょう?』

紗英が幼い子どものように首を横に大きく振る。

『もう嫌い。なっちゃんの方が好きだもん』


紗英は、幼い頃からみんなに人気があった。明るくて、素直で、男子からも女子からも愛されてきた紗英。けれど、紗英が一番大事だと言ってはばからないのは、いつだって奈津子だった。

私の、かわいい紗英。

奈津子は拳を強く握りしめた。その瞬間、浮かんだ思いにぞっとする。

――あの男さえいなければ。

なぜ今さら、そんなことを思ってしまうのかがわからなかった。紗英が幸せならばいいのだと、そう自分に言い聞かせてきたはずだった。紗英の結婚を誰よりも祝福するのが自分の役割なのだと。それなのに――

赤、ピンク、黄色、紫、白——自分の手のひらで握りつぶされた色鮮やかな花びらの塊がまぶたの裏にちらついた。会場中の照明を集めて微笑む花嫁姿の紗英。大きなスクリーンに映し出された、自分と手をつないだ幼稚園時代の紗英の写真。

紗英、紗英、紗英。奈津子はうつむきながら心の中で呼びかける。

紗英が細くくびれた腰をくの字に屈《かが》め、床に落ちていた下着を拾い上げた。ベッドの端に浅く腰かけて穿《は》き、続けてスウェットとTシャツを無造作に着る。そのまま寝室を後にした紗英の姿を、奈津子は庭を回り込んで追った。

眼前から迫るように白い曇りが広がってきて、奈津子は自分がリビングの窓に鼻先を擦《こす》りつけていたことに遅れて気づいた。それでも動けずにいると、漏れる息が口元をなまあたたかく湿らせていく。

システムキッチンへ目をすがめると、紗英の手に麦茶のパックと瓶が握られているのが見えた。紗英は鍋《なべ》をコンロにかけ、ゆっくりと時間をかけて麦茶を作っていく。時折、カウンターの奥に入って姿が見えなくなる。紗英が麦茶の瓶を顔の前まで持ち上げ、ゆらゆらと回すようにしてかき混ぜる。冷蔵庫のドアが開き、閉じた。紗英がキッチンから現れ、奈津子は慌ててカーテンの陰に隠れる。

紗英がリビングから出て行くと、視界には動くものがなくなった。それでも奈津子は、芝生に座り込んだまま立ち去る気になれない。ちくりとした感触に頭をぎこちなく垂れると、まくれ上がったデニムスカートの裾《すそ》から素足の膝《ひざ》が剝き出しになっていた。

紗英がリビングに戻ってきたのは、数分後のことだった。ペイズリー柄のワンピースに水色のニットカーディガンを羽織り、ソファの上に投げ出されていた鞄《かばん》を手に踵《きびす》を返す。

玄関の方から、鍵がかけられる金属音がやけに大きく響いてきた。

奈津子は、強張《こわば》った背中をひねり、家を離れていく紗英の後ろ姿を呆然《ぼうぜん》と見送る。紗英の姿が角の奥に消えると、沈黙が濃くなった気がした。奈津子はつま先に力を込める。だが、それが立ち上がるためなのか、踏みとどまるためなのかがわからない。

奈津子がようやくその場に片膝を立てたのは、十分ほど経ったあとのことだった。時間をかけて痺《しび》れた足を伸ばし、寝室の前へと戻る。腰を屈めてビニール袋を拾い上げ、身体を左右に揺らしながら玄関へと向かった。早く帰らないと、言い聞かせるように繰り返しながら、チャイムのボタンに指を沈める。

ガチャ、という小さな音がして、目の前のインターフォンから、はい、という低い返事が聞こえた。奈津子は一歩後ずさりながら、「あ」とかすれた声を漏らす。

『あの……紗英、今ちょうど仕事に出ちゃったんですけど』

長すぎる間のあとに、大志が探るような声音で言った。

「そうなの？　何だ、買いすぎちゃったから、一緒にごはんにしようと思ったのに」

奈津子は目を伏せ、インターフォンのモニターに向かってビニール袋を掲げてみせる。

え、ああ、すみません。あ、とりあえず今開けますんで。大志のたじろぐ声音の後に、プツッと通話が途絶える音が続く。

――私は、何をしようとしているのだろう。

奈津子は、しがみつくようにビニール袋の持ち手を握りしめた。


ダイニングテーブルを挟んで、気まずい沈黙が落ちる。大志が耐えかねたように目の前のコップに手を伸ばした。

コップの縁に口をつけ、滑らかな喉《のど》をそらして中の液体をあおる。奈津子が視線をそらすのと、大志の喉が鳴る音が響くのが同時だった。ぷはあ、と息を吐く音に奈津子は顔を上げる。視線を向けると、大志が口元から溢《あふ》れた液体を手の甲で拭《ぬぐ》うところだった。

次の瞬間、大志の両目が大きく見開かれた。怪訝《けげん》そうに視線をさまよわせてから手の中のコップを見下ろし、ハッとしたように首を押さえる。

「……これ、」

大志の手の中からコップが滑り落ち、鈍い音を立てて床に転がった。

奈津子は自分もコップを手にしたまま後ずさる。腰骨がダイニングテーブルに当たる音が大きく響いた。

大志の強張った顔とTシャツから突き出た腕が急激に赤く染まっていく。大志は激しくあえぎながら何かを探すように辺りをせわしなく見回した。奈津子は肩掛けポーチの紐《ひも》をすがるように握る。

「ひっ」

思わず叫び声を上げたのは、大志が手首にしがみついてきたからだった。その強すぎる力に感電したかのように、奈津子の身体がびくりと跳ねる。大志の腕も上下にぶれ、奈津子の手首があっけなく自由になった。

奈津子はポーチのチャックを強く引いた。その途端、引き手が割れて取れてしまう。チャックの端の隙間に指を突っ込み、力ずくで横にスライドさせた。ざらついた歯の感触が指の腹に走る。口を逆さまにして床に中身をぶちまけ、フローリングに転がった携帯をつかみ上げた。

一を押そうとして二を押してしまい、クリアボタンを押そうとして三を押してしまう。夢の中で電話をかけようとしているように指を上手《うま》く動かせない。

大志は両手で喉を掻《か》きむしったかと思うと、ソファに勢いよく倒れ込んだ。ソファのスプリングが跳ね、その動きに揺さぶられるようにして大志の身体が仰向《あおむ》けに転がる。

奈津子は、画面が暗転した携帯を呆然と見下ろした。

毒、という単語が脳裏に浮かぶ。この男は毒を飲んだ、と痺れたまま動かない頭でなぞるように考えた。

きしぃ、きしぃ——柱が傾ぐような何かが軋《きし》むような音が響く。顎《あご》と奥歯に重い痛みを感じて、奈津子は聞こえた音が自分の歯ぎしりだと理解した。

乱れたソファカバーの中心で転がっている大志を、焦点の定まらない目で見やる。ソファの端からだらりと力なくはみ出た足首、形よく引き締まった膝、めくれ上がった裾からのぞいた、平らかな腹。

奈津子は剝き出しの腹部を息を詰めて凝視する。だが、いくら見ていてもその滑らかな肌が上下することはない。

頭の奥で、何かがガンガンと激しい音を立てている。砂嵐のようなザーという雑音がかぶさり、急《せ》かすように速度を上げて共鳴する。耳を覆いたい。大声で叫びたい。頭をどこかへぶつけたい。正体の知れない衝動が脳の中で膨らんで弾《はじ》け飛びそうになる。

は、と短く息を吐き出してソファの脇に膝をついた。

奈津子はぎこちなく背中を丸め、大志の胸に耳を当てて目を閉じる。だが、自分の鼓動ばかりが反響して知りたいことがわからない。上体を引き剝《は》がし、顔の前に垂れ下がった髪を耳にかけ直した。うつろな目を開き続けている男が視界に現れる。

この男は、動かない。何も言わない。息をしていない。

目の前が暗転するように暗くなる。ねばついた唾液《だえき》が口の中で膨らんでいく。奈津子は口元を手の甲で拭い、自分に言い聞かせるように内心でつぶやいた。

――もう間に合わない。

首を持ち上げ、部屋を見渡す。窓際で微《かす》かに揺らめくレースカーテン、ピアノほどの幅がある長方形のテレビ台、ストライプ柄のテーブルクロスがかけられたダイニングテーブル——ぐるりと一周した視線がテレビ台に戻り、その上に置かれた時計を見つける。

——今日、紗英の夜勤は何時から何時までだったか。

十五時三十五分。日曜日。夜勤。言葉がぶつ切れに浮かび、思考がまとまらない焦りを煽《あお》るように鼓動が激しくなっていく。

大志の素足をつかんで持ち上げると、汗ばんだ手のひらで足首がずるりと滑った。スプリングで大志の身体が大きく弾み、奈津子は大志の上に倒れ込む。額に触れた顎鬚《ひげ》の感触に、ざっと全身の肌が粟立《あわだ》った。ソファに沈んだ肘《ひじ》を慌てて伸ばす。

どこかへ運ばなければ。隠さなければ。頭の中をそれだけがぐるぐると回る。隠す？　どうやって？　一体どこに？

コインパーキングに停めてある車までの距離を計算しかけて、首を振る。あんなところまで女一人で運べるわけがない。違う、車を家の前まで持ってくればいいだけだ。でも、その車にどうやって乗せるのか。

奈津子の顔が泣きそうに歪《ゆが》む。

落ち着いて考えないと。きつく目をつむり、意識的に音を立てて息を吐き出していく。胸の圧迫感を限界まで感じてから、あえぐように空気を吸い込む。心臓がどくん、と大きく跳ねた。

玄関まで引きずっていくところを想像する。玄関に立てかけた状態で家を出る。角を曲がり、道を渡って路地に入り、車に乗り込む。今度は車で紗英の家まで戻ってきて、玄関前に車を寄せてトランクを開ける。家に戻ってドアを開け、大志の両脇を抱えて門までのアプローチをさらに引きずる。門を出たら最後の力を振り絞ってトランクまで引き上げて押し込む。それから――と続ける前にうなだれる。

大志は男の人にしては小柄な方だし、痩《や》せている。時間をかけて休み休み引きずれば、何とか玄関まで運ぶことはできるかもしれない。でも、そのあとは？　いつ人目につくかわからないアプローチをどれだけの時間をかけて運ぼうというのか。

奈津子は左腕を見るでもなく眺め下ろす。蚊に刺されたばかりの肌が大きく膨れ上がっているのが視界の中心に映った。

たとえ運良く誰にも見つからずに車まで引きずることができたとしても、意識のない男性の身体を女手で車に押し込めることなどまず不可能だ。それに、アプローチの芝生には隠しきれない跡が残ってしまう。葉は潰《つぶ》れ、ちぎれ、細かな破片となって大志の背面にびっしりとこびりつくだろう。そしてそれは、土と共にトランクに擦《こす》りつけられる。

大志の行方がわからないとなったら、どうなるのだろう。警察に届けないわけにはいかなくなるはずだ。だが、年間数万件もあるという失踪《しっそう》の一つを警察がどこまで真剣に調べるかと言えば――奈津子は楽観的に考えようとしている自分に気づいて奥歯を噛《か》みしめる。

たとえ捜索願がどれだけたくさん出されていようと、事件性があると判断されれば捜査は真剣味を帯びてくるはずだ。たとえばこの家のアプローチに人をひきずった跡があるとわかったら？

　奈津子は、濁った目を宙へ向けている大志の顔を、必死に視界の外にしめ出す。死体はどのくらいで腐るのだろう。異臭を放つというのは、何日程度経ってからなのか。どこかに埋めたとしても臭ってしまうのか。

　そう思った途端、唐突に吐き気がこみ上げてきて、奈津子は両手で口を押さえてキッチンに駆け込んだ。おえっ、と声に出してシンクへ嘔吐《えず》き、まずいと思ったときには喉をなまあたたかい液体が通るのがわかった。おえっ、おえっ。胃が勢いよく跳ね上がり、その振動が背中まで伝わるようにして上半身が波打つ。目の前に、昼に食べたかぼちゃの煮物とコーンサラダと焼き鯖《さば》が混ざったゲル状の塊が見え、独特の酸味が鼻をついた。

　コーンが形をそのままに維持しているのが見えてさらに嘔吐くと、ほとんど液体になった何かが口から溢れた。息苦しさと苦みに、涙がにじむ。奈津子は肩で息をしながら異様なほどに大きくぶれる手で水道のコックを持ち上げた。

　頭が痺《しび》れるように痛む。喉《のど》がつかえる。叩《たた》きつけるように流れる水に汚れた手をさらし、両手のひらですくっては口に運ぶ。数回うがいを繰り返してから、シンクに残っていた皿とコップを洗って戻した。

　乾いた唇を何度も舐《な》めながらキッチンを見渡す。ゴミ箱のペダルを踏み込み、中を覗《のぞ》き込んだ。途端に湿気を帯びた生ゴミの臭いが湧き上がってきて、再び蠢《うごめ》くように上下した胃の動きにたじろぐ。蓋《ふた》が閉まる直前、水色の水切りネットからゆで蕎麦《そば》と麦茶の使用済みパックが溢れているのが見えた。視線をゴミ箱から外しかけたところで、ゴミ箱の陰に除草剤の瓶が転がっているのが視界に入る。奈津子はハッと息を呑《の》み、飛びつくようにして拾い上げた。

〈葉から吸収、根まで枯らす！　いやな臭いがありません！〉表面に大きく書かれた文字を見下ろし、瓶を握りしめた手をぐるりと回す。〈散布の際には防護マスク、不浸透性防除衣などを着用し、散布液を吸い込んだり、浴びたりしないように注意してください〉小さく書き添えられた注意書きから視線を剝がし、瓶ごとポーチの中に押し込む。

私は、何を考えているのだろう。

人が一人死んでいるというのに、悲しむでもなく悔やむでもなく、ただひたすら隠す方法を考えている自分。自分が、ひどく醜い生き物になった気がした。

けれど、やるしかないのだと思うと、喉がかれるほどに叫び声を上げたくなる。

奈津子は目尻《めじり》に浮かんだ涙を指先で拭う。

最終的には、埋めるしかないのだろう。川へ？　海へ？　山へ？　どこが一番いいのかはわからない。でも、この家に置いたままにしておくことだけはできない。だとすれば、やはりどうしても車に乗せるまでは、やらなければならない――

奈津子は、よろめく足取りでリビングへ戻る。大志のいるソファには背を向けたまま、くずおれるようにフローリングに座り込んだ。

太腿《ふともも》の両脇に手をついた瞬間、手のひらに鈍い振動が走った。奈津子は床に這《は》いつくばって携帯をつかみ上げる。

〈新着メール　マイらいふプロジェクト　生野美和〉

ディスプレイに並んだ文字が一瞬で消え、待ち受け画面に戻った。

まぶたが引きつる動きで持ち上げられる。

「あ」

知らず声が漏れていた。霧が晴れるように一つの案が思い浮かぶ。

――マイらいふプロジェクトの車には、車椅子用のリフトがついていなかったか。

奈津子はボタンを押すのももどかしく、アドレス帳を開く。生野美和の名前は、あ行の最初のページにあった。

電話をする。自分の車で美和の自宅のそばまで向かう。マイらいふプロジェクトの車を借りてこの家に戻ってくる。中から車椅子を取り出し、リビングへ運ぶ。大志をソファから転がして乗せ、そのまま車まで移動させる。車のリフトにセットし、ボタンを操作して車内に格納する。手順を思い浮かべ、所要時間を計算する。三分。十分。十分。五分。五分。三分。概算をたたき出し、小さくうなずく。大丈夫だ。少なくとも、引きずって自分の車に乗せるよりはよほど現実的だ。

それで人通りのない場所に死体を隠したら、ひとまず美和に車を返す。見つからないようにきちんと埋めるのは、夜中になってから自分の車で行けばいい。

奈津子は荒い息を吐きながらソファを振り返る。大志は、数分前とまったく変わらない位置と姿で横臥《おうが》していた。

その姿は、天啓のように奈津子に響いた。

大志を床まで引きずり下ろしてしまう前に、方法を思いついたということ。

車椅子付きの車が身近に存在するということ。

そしてそれを、ボランティア活動の中で実際に使った経験があるということ。

正体のわからない震えが足元から這い上がってくる。他には何を考えればいいのだろう。死後硬直というのは、どのくらいで始まってしまうのか。証拠になりかねないものは何か。本人が自分の意思で失踪したと思わせるためには、どんな荷物を持ち出せばいいのか。思考を巡らせ、ごくりと生唾《なまつば》を飲み込む。

一度携帯の画面を待ち受けに戻してから、新着メールを開いた。

〈こんにちは！　美和です。八月二十三日（金）のカットイベントは白河《しらかわ》こもれびの家で午前十一時からです。いつものように十時頃から順番にお迎えに行きます。持ち物は……〉

連絡事項にざっと目を通し、再びアドレス帳から美和の電話番号を表示する。発信ボタンの上に親指を乗せたまま目をつむった。

――何と言えばいいのだろう。

幼稚園の行事があって梨里のお迎えに行かなきゃいけないんだけど、夫が間違えて私の車の鍵を持って休日出勤に行っちゃって。違う、その前に、車を使う予定があるかどうかを訊《き》かなければ。なぜ美和に頼むのかと問われたら？　マイらいふの車なら運転し慣れてるし、保険も入ってるから万が一のときにも安心だし。いや、美和が相手ならそうじゃない。ごめんね、誰に頼もうって考えたら美和ちゃんしか思い浮かばなくて。

奈津子は唇をきつく嚙む。

ダメだ。そもそも今日は行事などないし、夫も家にいるはずだ。鍵を間違えて持っていってしまうという状況も不自然だし、行事があるのに私が家に帰ってきていて改めて迎えに行くというのもおかしい。同じ幼稚園に通っている子のお母さんに訊けばすぐに嘘だとわかってしまうし、なぜ嘘をついたのかと疑われたら——奈津子は振り払うように首を振る。でも、今思いついて、自分にもできる方法は他にない。

操作せずに放置された画面から、ふっと光が落ちる。

死体さえ見つからなければいいのだ。この家にもおかしな痕跡《こんせき》が残っていなくて、ただ大志の行方だけがわからないとなれば、警察だってわざわざ調べようとなどしないかもしれない。紗英の数日の動きは調べられても、私までは——

奈津子がボタンを押すと、青白い光が現れ、中央に美和の名前が浮かび上がった。

美和だって、私が口にした理由が嘘かもしれないなんて、疑いもしないはずだ。

奈津子は、迷うように回っていた指を止める。発信ボタンへゆっくりと沈めた。

【山部由香子《やまべゆかこ》の証言】

はい、もちろん覚えてます。うちの美容学校は一クラス二十人くらいだったんで。長谷川さん……あ、柏木さんの旧姓です。ああ、いいですか？　すみません、じゃあそのままで。えーとそれで……そうそう、長谷川さんのことはよく覚えてます。彼女は目立っていたんで。

あ、そんな悪目立ちしてたとかじゃないです。んーなんて言えばいいのかなあ。尖《とが》ってたっていうか、ただじゃ終わらない感じっていうか。え？　あ、違います違います。そういう転んでもただじゃ、みたいな意味じゃなくて……えーと、なんて言うか……ただの人、そう、ただの人じゃ終わらない、って言いたくて。

ごめんなさい、あたし昔から説明が苦手なんですよね。主人からもよく怒られるんですけど……言葉が足りないとか、話がすぐそれるとか、あ、そうですか？　ふふ、よかった。あ、それあとで主人にも言ってもらえます？　もうあの人ったら、あたしのことすぐにバカにするんですよ。ちゃんとした先生から言ってもらえれば違うと思うんで。ふふ。

え、ああ、そりゃあ話したことくらいありますよ。一応クラスメイトですから。友達？　んー友達ではないかなあ。クラスにも特別仲がいい子っていなかったと思います。いえ、いじめとかそういうんじゃなくて……あ、そうです、一匹狼。好きで一人でいる感じっていうか、みんなとは自分から距離を置いてる感じというか。

　そうです、だから校外に仲がいい子でもいるのかなって。授業が終わるとさっさと帰っちゃうし、それで特に寂しそうな感じでもなかったし。あ、アネさんって呼んでる子もいましたね。いや、もちろん歳が上ってわけじゃなかったですけど、なんだろう……なんて言うか、ちょっと浮いていたんで。

　あ、話ですか？　別に、将来のこととかですよ。

　自分の店を持つんだってよく言ってました。東京のどこそこにこんな店を構えてとか、スタッフは何人雇ってとか、話がやけに具体的で……そうそう、テレビ局に知り合いがいるから宣伝してもらえるとも言ってましたね。なんか前に取材されたことがあるとか……あ、そうです、ピアノの。

　さあ、あたしも詳しく聞いたわけじゃないので……あ、ただ、いつだったかだれかが、だったら弾いてみてって言ったことがあったんですけど、長谷川さんは、もうずっと弾いていないから嫌だって言って弾かなくて。だから全部嘘なんじゃないかって言う人もいました。あたしは、そんな嘘つくわけがないしと思うんですけどね。

　あ、そうだ、だから手先は器用なんだって言ってました。長谷川さんがです。父親が死んだから続けられなかったけど、この器用さを活《い》かしたいから美容師になろうと思ったって。なんかすごいですよね。いろいろ考えてて。

周りを見下してる感じがするって言う子もいましたけど、あたしは純粋にすごいなって思ってました。あたしは親の店を手伝うために無理やり通わされてたようなところがあったし。

だから長谷川さんが妊娠したって聞いたときはびっくりしました。他にそういう子がいなかったわけじゃないけど、まさか長谷川さんがって。彼氏がいるっていうのも意外だったし。だってこう言っちゃあれだけど、モテるタイプではないじゃないですか。

そのときは……珍しく彼女も泣いてて、こんなはずじゃなかったのに、これじゃ夢が叶《かな》えられないって言ってて。みんなもおろおろしちゃって、大丈夫だよって慰めたり、堕《お》ろすならカンパしようかって言い出したり……ちょっとお祭りみたいな感じというか。

だけど、あたしは正直ちょっとしらけちゃいました。だって、子どもがかわいそうじゃないですか。堕ろすとか、夢が叶えられないとか、そんなに嫌ならちゃんとすればいいのにって思って。無責任ですよ。男の方にも問題があったんだろうけど、でも、普通女の子の方が本気で避妊してって言えば男だってそれなりにちゃんとしますよね？　結局、妊娠したってことは彼女にもなあなあにしてた部分があったわけでしょ？　なのに全部相手のせいにしようとするのはどうかと思っちゃって……。

それで？　ああ、それで長谷川さんは結局産むことにしたみたいで退学することになったんです。そうなるとね、やっぱりちょっとかわいそうな気もしましたよ。大丈夫かなって。良くも悪くもエネルギッシュな人だったから、家庭におさまるタイプには思えなかったし。少なくともうちの学校には辞めてからも連絡を取り合うような友達はいないみたいだったし、相談できる人とかいるのかなって、心配していました。

はい、彼女、クラス会にも来なかったし……だから今回の事件については、あたしはなにもわからないんです。生まれた子どもが娘だったっていうのも、今回の事件のニュースで知ったくらいで……すみません、お役に立てなくて。

びっくりしました。すごく……今でも信じられません。

そうです。でも……その一方で、妙に納得している自分もいるんですよね。ああ、彼女ならって。いえ、変な意味じゃないんですよ。ただ、なんだろう……やっぱり長谷川さんはただじゃ終わらないんだなっていうか。すみません、不謹慎ですよね。でも、たしかにテレビとか新聞に出るようなことをしたんだなあって。

第三章

――庵原紗英

1

常陸《ひたち》銀行水戸本店。

丸みのあるフォントで書かれた看板を見上げ、紗英はパンプスの踵《かかと》を鳴らして止めた。肩にかけた通勤鞄《かばん》の中を覗《のぞ》き込み、差し入れた左手で携帯の電源ボタンを押す。十時二十四分。画面の中央に現れた数字を、もう一度ボタンを押すことで消した。

今日のシフトの時間までは、まだ二時間半ある。

紗英はいつの間にか握りしめていた携帯を見下ろしながら、昨日の朝、夜勤明けに大志に送ったメールを反芻《はんすう》した。

〈おはよう。いま終わりました。次は明日のお昼からです。帰る前に連絡ください。いってらっしゃい〉

いつもと一字一句変わらない文面だったはずだ。なのに、大志からの返信は違った。

〈おはよう。お疲れ様。また連絡する。いってきます〉

了解、で済まされないことがなにかを主張しているようで、それがなんなのかを知ろうと二度読み返したけれど、なにも読み取ることはできなかった。おはよう。お疲れ様。また連絡する。いってきます。どこか拙《つたな》い、棒読みじみた返信。

　そして、大志は昨晩帰ってこなかった。何度電話をかけてもつながらず、大志からも連絡がこない。

　なにかが唸《うな》るような音に顔を向けると、小さな黒猫が自動ドアの前から飛びのくところだった。

　いらっしゃいませー。パラパラと複数の声が上がり、全身を濃紺の制服で包んだ警備員が発券機の前でうなずくように首を折る。紗英は反射的に顔を伏せてから、銀行内に足を踏み入れた。数人の客の間にまぎれるようにして、記載台の前へ向かう。口座開設申込書、払戻し請求書、振込依頼書——目の前に並んだ用紙を適当に取り、備えつけのボールペンをつかんだ。

　V字に開いたサマーニットの背中を意識して踵《きびす》を返し、耳にかけていた髪を指先で外しながら壁の方へ歩み寄る。無料相談受付中、と緑地に白抜きで書かれたポスターを見上げるそぶりで顎《あご》をそらせた。

　大志はいつ、わたしに気づくだろう。

　紗英は、頰に熱が集まっていくのを感じながら背筋を伸ばす。

　なんで職場にきたりするんだよ。慌てて駆け寄ってきてひそめた声を出す大志の姿を想像して、腹部に力を込めた。黙って外泊したのはそっちでしょ、家に帰ってこないん

ませる。

だからここにくるしかないじゃない。セリフを頭の中に思い浮かべ、背後の声に耳をすだが、いくら待っても大志の声は聞こえてこない。ピンポーン、甲高い電子音に、間延びした女性の声が続く。二十四番でお待ちのかたー。

紗英はそっと振り向き、カウンターに目をこらした。化粧の濃い四十代くらいの女性が、指を閉じた手を顔の横に力なく挙げている。その隣で、ベストがきつそうなふくよかな女の子が紙を光にすかして目をすがめているのが見えた。

村野《むらの》さん、川越《かわごえ》くん、新庄《しんじょう》さん――披露宴に来てくれた、あるいは大志から繰り返し話を聞いていた面々を眺め、順番に浮かんでくる名前を口の中で転がす。大志はどこにいるんだろう。商談室？　外回り？　可能性を頭に浮かべながら、視線をカウンターの奥へと滑らせていく。

大志の姿はどこにもない。代わりに吸い寄せられるようにして目がとまったのは、長い髪の毛先だけに縦ロールのパーマをかけた二十代半ばくらいの女の子だった。左右対称に整えられた細い眉毛《まゆげ》、隙なく縁取られたアイライン、形よくつり上がった口角の延長線上には人工か自然か判断しがたいほどのかすかなローズチークが添えられ、繊細なラメが輝く白い肌が紺色とグレーの沈んだ行内では浮いている。

名札に〈三村《みむら》〉と書かれているのが見えた。同じ職場の、大志から名前さえ聞いたことがない女の子。

——あの女が、「み」だ。

喉《のど》の奥がごきゅりと大きな音を立て、鈍く痛んだ。嚥下《えんか》しきれないなにかにせき止められているように、息が苦しくなっていく。目をきつくつむると、光を遮断した視界に大志のメールボックスの画面が映し出された。名前欄に「み」という文字だけが並んだ受信ボックスに続いて、その中の一つのメールが電光掲示板のように脳裏に流れ始める。

〈昨日はお疲れさまでした。新庄さん、酔うとあんなに面倒くさくなるんだね。暗記している取引先の電話番号を延々と披露してきたから、思わず「うわ、めんどくさい」って言っちゃいました。そしたら、「それ、庵原と同じ反応」って〉

〈同じ反応か。なんか嬉《うれ》しいな〉

〈これを嬉しいって思ってくれるところも同じで嬉しい〉


紗英が一歩踏み出すのと、キャビネットの前に立っていた「み」が顔を上げるのが同時だった。目が合った、と思った瞬間、「あれ」という声が手前で上がる。

視線を声がした方へ動かすと、ワイシャツの袖《そで》を肘《ひじ》までまくった華奢《きゃしゃ》な青年が、カウンター奥の席を立つところだった。

「庵原さんの奥様じゃないですか」

青年は、言いながらセルフレームの眼鏡をずり上げる。紗英は咄嗟《とっさ》に会釈を返した。

両足が地面に張りついたように動かない。なんて言えばいいんだろう。焦る頭で考えながらまつ毛を持ち上げると、青年は既にカウンター脇の通用口から出てきていた。

「すみません、わざわざ来ていただいて」

「え？」

訊《き》き返す声が裏返る。青年は口元を緩めた。

「よかった。庵原さんが無断欠勤なんて初めてだから、なにかあったんじゃないかと心配していたんです」

言われた言葉に、頭が真っ白になる。いえ、という声が自動的に漏れて、そのかすれた音にハッとした。——無断欠勤？　どういうこと、と口にしたくなるのを寸前でこらえる。

「あの、ちょっと、義理の母が倒れまして……」

絞り出すようにしてそう言うと、青年は眼鏡の奥で目をかすかに泳がせた。ああ、それは、と言いかけて言葉を止め、首をすくめる。

「大変な中、ご足労いただいてすみません。お電話でも大丈夫だったんですが」

「いえ、あの……急なことで主人も慌てていたようで、ご連絡もせずに出てしまったものですから」

紗英は答えながら、汗ばんだ手のひらをサマーニットの裾《すそ》で拭《ぬぐ》う。沈黙が落ち、離れた場所から「どうした？」という年配の男性の声がした。えーと、という青年の迷う声が頭上から聞こえたと思うと、踵が床を叩《たた》く足音がせわしなく続く。

「これはどうも、ご無沙汰《ぶさた》しております。河本《かわもと》です」

現れたのは、披露宴で主賓挨拶《あいさつ》をしてもらった大志の上司だった。神経質そうな顔に作り笑いが貼りついている。紗英は慌てて頭を下げた。

「主人がいつもお世話になっております」

「いやいや、こちらこそ。で、今日はどうされました？」

問診する医者のように口早に訊かれ、あの、と答える声が喉にからむ。代わりに答えたのは横に立っていた青年だった。

「庵原さんのお母様が急に倒れられたそうで」

「ああ、なるほど……それは大変だ」

河本はそつなく沈鬱《ちんうつ》そうな顔を浮かべる。

「奥さんはこれから病院に向かわれるんですか？」

「ええ……それで、主人が先に出てしまってから、ご連絡がまだだったって気づいて」

紗英は髪の毛の先を引っ張りながら視線を床に落とした。なぜこんな嘘がするすると口から飛び出してくるのかわからない。

「み」の方を見ることができなかった。彼女はいま、この会話をどう思って聞いているんだろう。河本が鷹揚《おうよう》にうなずくのが視界の上端に見えた。

「庵原くんも気が動転していたんでしょう。ただ、仕事の調整もありますからね、今日中に一度庵原くんから電話を入れてもらえるようにお伝えいただけますか」

「あ、はい……」

噴き出る汗がうなじを伝っていく。河本は笑顔を崩さないままに青年と目配せをし、それでは、と一歩足を引いた。

「どうぞ、お気をつけて」

「ご来店ありがとうございました」

二人の接客めいた声に送られながら、紗英は身体をぎこちなく反転させる。大志に連絡させる？　どうやって？　そう思いながらも、銀行から遠ざかっていく足を止めることができない。いますぐ引き返して本当は家に帰ってきていないのだと話すべきなんじゃないか。

――あの女をつかまえて問い詰めるべきだったんじゃないか。

角を曲がったところで、紗英はようやく足を止める。大志はあんたのところにいるんでしょう。そんなところで笑ってないで説明しなさいよ。あの女に言ってやろうと、言わなくてはいけないと、自分に言い聞かせる。大志を出しなさいよ。いますぐ大志のところへ連れていきなさいよ。けれど心の中で叫んでから、曲がったばかりの角を振り返る。

――どうして大志は、職場に連絡も入れずに休んだりしているんだろう。

浮かんだのは、たった数分前に自分が口にした言葉だった。義理の母が倒れまして。

急なことで主人も慌てていたようで、ご連絡もせずに出てしまったものですから。

まさか、本当に実家でなにかあったんだろうか。お義母《かあ》さんではなくても、親戚《しんせき》のだれかが危篤とか——紗英は打ち消すように首を振る。だとすればわたしにも連絡がくるはずだ。だってわたしは、大志の妻なんだから。

——だけどもし、大志がわたしと別れて「み」と再婚しようと考えているんだとしたら？

大志が、もう親族の集まりにはわたしを連れていかないつもりなんだとしたら。

紗英は携帯をわざとゆっくりと操作する。〈大志実家〉——ディスプレイに並んだ文字を数秒眺め、言うべきセリフを頭の中で巡らせてから、画面に指を押しつけた。携帯を耳に当て、唾《つば》を飲み込む。発信音は、三回で途切れた。

『はい、庵原です』

「あ、こんにちは、紗英です」

『あらあら珍しいじゃないの、紗英さんから連絡があるなんて。どうしたの、なにかあった？』

流れるように返ってきた義母の答えに、紗英は詰めていた息を吐いた。

「すみません、ご無沙汰してしまって」

『え？　ああ、いやね、そういう意味じゃないわよ』

義母の声のトーンがふっと下がって、興醒《きょうざ》めさせてしまったのだと気づいても、いつものように引っかかりはしない。

——実家では、なにも起きていない。大志は、実家には帰っていない。

せき止められていた血液がどくどくと身体中を巡り始めるのを感じて、紗英は空を仰いで目を閉じた。

わたしは、どうしたいんだろう。

大志の居場所を知りたいのか、知りたくないのか。

眉間《みけん》に皺《しわ》を寄せると、その奥がずきりと痛む。

大志は、わたしの顔を見たらどんな顔をするんだろう。なにを言うんだろう——

『で、どうしたの？』

妙に遠く聞こえた義母の声に我に返った。軋《きし》むように痛んで動かない頭を片手で押さえながら、いえ、と闇雲に口を開く。

「あの……この夏はお義姉《ねえ》さんたちは」

慌てて続けかけて、そうじゃない、と唇を噛《か》む。噛んでから、そうだ、お酒だ、と思い出した。友人からお酒をいただいたんですが、お義父《とう》さんにどうかなと思って。用意していたはずのセリフが宙に浮き、一気に消えてしまったシナリオに途方に暮れる。

『ああ、やっと月末には帰ってくる気になったみたいだけどねえ』

尖《とが》った声音が耳朶《じだ》を打って、紗英は咄嗟に曖昧《あいまい》な笑いを返していた。

気にすることないって、あいつらは息するように嫌味言うんだから。

大志はいつも、紗英が実家からの帰り道で無口になると、繰り返しそう言って顔をしかめてみせた。たしかに姉貴のところは子どもがいるけど、ほら、旦那《だんな》がフランス人だろ。もう会うたびに、ああそうよねこういう日本的な習慣はわからないわよねえとか、フランスの方のお口に合うかしらとかっていちいちうるさいらしいよ。今日もさ、最近姉貴たちが帰ってこないって文句言ってただろ。あれ、やっぱりハーフだといじめられるんじゃないのって言ったせいらしいからね。

俺の子どもの頃もさ、と沈黙を埋めようとするかのように続けられていく大志のエピソードを聞くたびに、紗英は少しずつ心が軽くなっていくのを感じた。紗英が味わうように黙って耳を傾けていると、まだ不満を膨らませているのかと誤解して、俺だって正直行かなくて済むなら行きたくないよ、紗英が嫌ならもう縁を切ってもいい、と憤慨するそぶりをエスカレートさせていった大志。

『あなたたちも来週末にうちに来るんだったわよね？』

娘と婿への愚痴を淀《よど》みなく吐き出し続けていた義母が、ふと話を切って言った。紗英は一瞬聞き流しかけ、それが自分に向けられた質問だと遅れて気づく。

「あ、いえ……同じタイミングだと大変であればわたしたちはずらせますけど」

『うちはいつでも大丈夫だけど……でも、あれじゃないの？　紗英さん、志津香《しづか》たちと一緒だと嫌じゃないの？』

「え？」

『だってほら、志津香のところには一俊《かずとし》がいるでしょう』

え、と再び訊《き》き返しながら、紗英はわかってしまう。義母がなにを言おうとしているのか。そんなわかりたくもないことを瞬時に。

『別にうちは一家が全員揃わないとダメとか、そういう古いこと言う気はないからねえ。お墓参りなんていつ行ってもいいんだし、ね、だから無理することはないのよ』

義母の言い聞かせるようなべたついた声に、紗英は身体から熱が引いていくのを感じる。理解のある姑《しゅうとめ》のつもりなんだろう、とあえて冷静に考える。深い意味は、きっとない。本当に親切心から言っているだけで、わたしを傷つけようとするつもりなんて少しもないのだろう、とそう考えもする。だが、考えれば考えるほど心がささくれ立っていってしまう。

たしかに、正月には帰れなかった。でも、それは仕事のためなのだときちんと説明したはずだ。患者が産気づけば正月など関係ない。陣痛促進剤を使わない助産院の方針についてまで訊かれてもいないのに話したのは、無神経な気遣いをされたくないからだった。

無事に分娩《ぶんべん》を終えて一月三日になってから訪れるとちょうど義姉《あね》夫婦が帰ったところで、義母はいいのよいいのよと孫の散らかしたおもちゃを片づけながら言った。なかなか子どもができないなら、子どもを見るのもつらいでしょう――あのときの義母の声が、何度繰り返してもすり切れることなく鮮やかに脳裏に響き続ける。

「一俊くん、大きくなったでしょうね。せっかくだからおもちゃでも持って行っちゃおうかな」

紗英は明るくあっけらかんと聞こえるように語尾に気をつけながら言った。

『あら、いいのよ、そんな気を遣わなくて』

「違いますよお。わたし、子ども好きなんです」

浮かれた口調で苦笑してみせる自分の声を聞くと、胸の奥がひやりとするのを感じる。本当は、他人の子どもは苦手だった。

小さいのにしっかりと精巧に形作られた指先や耳はかわいいと思うし、生まれたばかりの赤ん坊を抱くときには幸せも感じる。でも、少し大きくなって、母親とそれ以外の女性の区別がつくようになった子どもを前にすると、もうどうすればいいのかわからなくなってしまう。

母親の腕の中であんなに安らいでいた子どもが、自分の手に移ると途端にぐずり始める。母親は仕方ないわねえ、と言いながら誇らしそうに子どもを受け取る。すると子どもはピタリと泣きやむ。ごめんね、最近人見知りがひどくて。まるで困っているような表情を作ってみせながら、なのに必ず抱かせようとしてくる母親たちを、違うこの人じゃない、と現実を突きつけてくる子どもを、紗英はどうしても憎んでしまう。だから本当はできることなら会いたくない。

『そう？　ならいいけど』

どこか面白くなさそうに息を吐く音が聞こえて、紗英は「お義母さんこそ、いつもお気遣いいただいてありがとうございます」と懸命に声を和らげながら言った。

いえ、はい、じゃあ時間はまた大志さんとご相談してからお電話しますね。はい、暑いですけどお義母さんもお元気で。はい、ごめんください。腹に力を込めてそこまでを言い、携帯の画面を見つめて二秒待ってから通話を切る。

一気に力が抜けて、肺に溜《た》まっていた空気が口から飛び出した。

――一体、なにがどうなっているんだろう。

紗英は携帯を握りしめ、宙を見つめる。

無断欠勤というのが、どうにも気にかかった。たとえばあの女のところにいるんだとしても、仕事には今まで通りに行くはずじゃないか。もし、どこかで事故にでも遭って倒れていたりしたら――警察に、と思いかけて目を閉じる。大の大人が一日帰らないくらいで大騒ぎしないでくださいよ。まだ言われてもいないのに揶揄《やゆ》する口調までありありと想像できて、唾を飲み込んだ。もし事故に遭ったのなら、持ち物から連絡先を調べてご連絡しているはずですよ。見も知らぬ警官の口調を真似てさらに考えてみる。事故でもないのだとしたら、どうしたというのだろう？　やっぱりあの女のところに――思考がぐるぐるとめぐり、なにもわからなくなる。

紗英は重たく感じられるまぶたを持ち上げた。

履歴から大志の名前を選択して発信する。おかけになった電話番号は――流れ始めた音声を断ち切り、皮脂のこびりついた画面を見下ろした。

大志の携帯には、わたしからの着信が何件だと表示されるんだろう。

十件？　二十件？　三十件？　もう、何回かけてしまったのかを思い出すこともできない。大志はその数字を見て、なにを思うんだろう。申し訳ないと思うのか、うっとうしいと思うのか、怖いと思うのか——そこまで考えかけてハッとする。大志はわたしの番号を着信拒否にしているんじゃないか。

紗英はぐっと絞られるように痛む腹部を服の上から強く押さえた。

「あ」

ぽつりと声が漏れる。そういえば昨日はなっちゃんに電話するのを忘れていた。夜勤明けの朝八時半。なっちゃんは待っていたかもしれない。なんでかかってこないのかと不思議に思っていたかもしれない。なっちゃんに相談しよう、といつものように考える。けれど、いつものようには気持ちが楽にならなかった。なにから話せばいいのかがわからない。

大志が昨日から帰ってきていないこと、実家にもおらず、職場にも連絡すらしていないこと。そこまでを話せば、心当たりはないのかと必ず訊かれるはずだ。

それが憂鬱《ゆううつ》だった。心当たりなら、ある。だけどそれを伝えるには、奈津子に知られたくない話をしなくてはならない。

最近つくづく思うのよね、やっぱり子どもを産むことが女の一番の幸せなんだなって。

鞠絵も子どもを産んで変わったよね。子育てって、もう一度人生を生き直す感じなの。自分も通った道を辿《たど》っているはずなのに、新しい発見がたくさんある。親になることで人間的に成長する部分って大きいよ。

梨里と紗英の子が遊んでるところを見るのが私の夢なの。どう？　そろそろ叶《かな》えてくれる気にならない？

こんなにやりがいがある仕事は他にないんじゃないかと思うの。だって母親っていう存在には代わりがいないでしょう。

冗談や世間話に交ざりながらも事あるごとに重ねられてきた奈津子の言葉が、頭の中をぐるぐると回る。働いたこともないくせに、どの口が言うの、とかろうじて蔑《さげす》むように思う。なのにそう思うそばから、虚《むな》しさがこみ上げてきてしまう。

——だって、わたしは、子どもがほしい。

仕事に生きようと思っているんじゃなくて、子どもがほしくて病院にだって通っているのに、それでも授からないのだと知られてしまったら。

もうこれから一生、なっちゃんと同じ道を歩むことはないのだと、なっちゃんの夢を叶えてあげられる日は来ないのだとわかられてしまったら。

紗英は息を大きく吸い込んで、にじみそうになる涙をこらえる。

柏木奈津子、という字が並んだ携帯の画面から、ふっと光が消える。紗英はそれでも、指を動かすことができずに黒く塗りつぶされた画面を見つめ続ける。

【庵原和子《かずこ》の証言】

私は初めから反対だったんです。大志があの女をうちに連れてきたときから。私だって誰彼かまわず反対ってわけじゃないですよ。大志もそれなりの歳ですしね、いいお嫁さんをもらって落ち着くならそれはそれでいいと思ってたんです。でもあれはね……腹が立つのを通り越して呆《あき》れちゃいましたよ。

なにかにつけて自分の母親の話をするんです。こっちがせっかく手料理をふるまってあげてるのに母親の得意料理の話なんかされたら、そりゃあかわいいとは思えないですよ。もうびっくりしてしまって。娘のようにかわいがってあげようと考えたこっちの気持ちまで馬鹿にされてるような気がしました。

そうでしょう？　でも、大志たちが帰ってから主人に訊いたら、親孝行ないい子じゃないかって言われてしまって……志津香が同じことをしても怒るのかって。ああ、上の子です。そういう意味じゃなくて気配りの問題なんだとは話したんですけど、主人は、今の子はそんなもんだろうって。

ああ、だけどそのあとの両家の顔合わせのときには主人もおかしいって言ってました。親子でお揃いのワンピースで来たんです。ウエストのところにリボンが巻かれていて、そこに切り替えがあって柄が変わるから一見セパレートみたいに見える感じの……若い子じゃないと着ないような服です。そりゃあ、あの年頃の娘さんがいるお母さんとしては若い方でしょうけど、それにしても無理があるでしょう？　それも、似たような、ではなくて、まったく同じ服なんです。気持ち悪いし、異様な感じがして……。

なんだか私の方が恥ずかしくなってしまって。それ以来その店には行ってません。主人の行きつけのお店で、家族でお祝いごとをするときにはいつも使っていたんですけど。……当たり前でしょう。私は認めてなんかいません。主人が、あの子の父親が、好きにさせなさいって言ったんです。大志だってもう子どもじゃないんだからって。

あの子があっちの実家の近くに家を買うって言い出したときも、私はちゃんと反対したんですよ。でもそれも主人に止められてしまったんです。たしかに頭金を出してやれるわけでもなかったですし、そういう意味では仕方ないのかもしれませんけど……でも、嫁いだら実家には気やすく帰らないというのは常識でしょう？　あっちは妹一家が親と同居してるって話なんだし、大志は長男なんだから、大志たちはうちと同居とまではいかなくてもせめてうちの近くにしようって考えるのが当然じゃないですか。え？　そりゃあ面白くないですよ。

は？　それ、あの女が言ったんですか？　ちょっと、話が違うじゃないの。おたくはきちんと本当のことを書くっていうからこうして答えてやってるのに……違いますよ。つらく当たったことなんてありませんよ。旅行に行けば土産まで買ってきてあげたりして……私なんてお姑《しゅうとめ》さんにそんなことしてもらったことないですよ。

そうやってねえ、あんたたちが根も葉もない話をでっち上げるから私まで責められるんじゃないの。おかしいでしょう。私は被害者ですよ。

あなたね、子どもに先立たれた母親の気持ちがわかりますか。お腹を痛めて産んで、ここまで大事に育ててきて……わからないでしょうね。わかるはずがないんですよ。それも殺されただなんて……ほんと、頭がおかしくなりそうですよ。

大志の浮気のことを大げさに言う人もいますけどね、そんなの男の甲斐性《かいしょう》じゃないですか。うちの人だって浮気の一度や二度くらいありましたけどね、私がなにか言ったことなんて一度もないですよ。

ああ、本当に家のことだって……私がもっとちゃんと言ってあげるべきだったんです。大志は優しい子ですから、強くは言えなかったんでしょう。それとも、あんなに優しい子に育てた私が悪いんですか？

でも、あんな女と結婚なんかしなければ……大志はまだ生きているんですよ。

これ、あの子の母子手帳です。あの子は二人目なのに予定日も過ぎて上の子より難産で……よっぽどお母さんのお腹が居心地がいいのね、なんて笑ったりして。

あの子が死んでから毎日夢を見るんです。あの、顔合わせの日の……せめてあのとき気づいてあげればって、そんな子やめておきなさいって言ってあげていればって……夢の中でそう言うとね、大志はわかったってうなずいてくれるんです。そうだよな、実は俺もそう思ってたんだって。でね、いつの間にか大志の隣には別の子がいるんですよ。大志が前につき合っていた……きちんと気遣いのできるいい子でね、私はあの子がいいってずっと言ってたんですけどね、どうして別れてしまったんだか……知りませんよ。私は、なにも知りません。

別に結婚なんて、しなくたってよかったんです。元気で生きていてくれさえすれば……私はなんのためにあの子を産んだんでしょう。こんなふうに殺されて、人に馬鹿にされるためだったんですか？　ねえ、なんでなの。なんで私の子が……ねえ、教えてくださいよ。

――柏木奈津子

2

家族が寝静まったのが、零時半。それから念のため三十分待ってから、長袖《ながそで》の黒いTシャツとジャージを身につけ、替えの服を持って家を出た。

ゆっくりと、音を立てないように気をつけながら庭へ回り、軍手とシャベルを拾い上げる。車の鍵を開ける電子音と光が暗闇に浮かび上がり、思わず首をすくめた。数秒動きを止め、家から音が聞こえてこないのを確かめてから運転席に乗り込む。慌てたためにシャベルの先がブロック塀に当たり、息を呑《の》んだ。今の音は大きかったのか、小さかったのか。耳をすまそうとしても鼓動が激しく耳朶《じだ》を打ち、判断することができない。

震える指でキーを握り、力を込めてゆっくりと回した。けれどどれだけ慎重に回しても、エンジンをふかす音は大げさなほどに響いてしまう。

奈津子はビクッと肩を跳ね上げ、家を見上げる。誰か起きたかもしれない。気づいたかもしれない。途端に自分が用意した言い訳が不自然なものに思えてきて、奈津子はハンドルに顔を埋《うず》めて泣きたくなる。

夜中に目が覚めてね、トイレットペーパーを切らしているのに気づいて、慌ててコンビニに行ってたの。

まだ訊《き》かれてもいない理由を頭の中で唱えながらアクセルを踏み込んだ。早く隠さなければ、そう思うほどに前のめりになり、視界の端に映った速度表示に我に返る。時速は百キロを超えようとしていた。何をやっているんだろう。こんなところでもし事故でも起こしたりしたら終わりなのに。奈津子はハンドルを切り、闇に沈んだ脇道へと車を走らせていく。

「あ」

思わずブレーキを踏んでいた。ガクッと車体が大きく揺れ、反動で頭の後ろがヘッドレストに打ちつけられる。シートベルトを伸ばして後部座席へと身を乗り出し、結局鞄《かばん》はつかまずに前に向き直った。替えの靴と懐中電灯——入れた覚えがないのだから、入っているわけがない。あれほど何度も頭の中でシミュレーションしたのに、二つも忘れ物をしたのだと思うと、ひどい脱力感が襲ってきた。

だが、下ろしたまぶたの裏には、舌を唇の端からだらしなく垂らした大志の姿がちらついた。昼間、放り投げるように山道脇の茂みに転がし、手当たり次第に枝やちぎった葉をかけられただけの大志。

――もし死体が見つかってしまったら。

粘ついた汗が、強張《こわば》った背中を伝い落ちる。

私がしたことは、すぐに明るみに出るだろう。そうしたら――紗英はどう思うのか。

奈津子はゆっくりと目を開き、息を長く吐いた。靴なんて、家に帰ったらすぐに庭に隠して家族が出払った昼間に洗ってしまえばいいだけだ。懐中電灯だって、あった方がむしろ目撃されるリスクが高まるかもしれない。奈津子はちらりと空を見上げた。月はある。車のライトを消して、じっと暗闇に目をならせば、周囲くらい見えるはずだ。

奈津子はアクセルを踏み込み、ハンドルを握りしめた。乾いた唇を忙《せわ》しなく舐《な》め、茂みに目を凝らす。どこだったろう。この辺だった気がする。スピードを落とし、ヘッドライトで照らすようにしてじりじりと進む。この木じゃない。こんな藪《やぶ》はなかった。ここだったろうか。奈津子は耐えきれずに車を停めた。なぜ目印くらい残しておかなかったのだろう。泣き出したくなるのを必死に堪《こら》えながら車を飛び出す。携帯を手に、茂みを分け入った。

どこだ、どこにいる――

隠したときは、こんな隠し方じゃすぐに見つかってしまうかもしれないと思っていた。でも、今は自分がかけたはずの枝や葉すら見えない。青白い、細い光に照らされた地面が、ふっと闇に落ちる。奈津子は慌てて携帯のボタンを押した。ディスプレイが淡い光を放つ。だが、その範囲は絶望的に狭い。

この辺じゃなかったのだろうか。もっと先だったかもしれない。あるいは、もっと手前——奈津子は息を切らしながらあてどなくさまよい歩く。

木の根につま先が当たり、身体のバランスが崩れた。ひ、という引きつった叫び声が喉《のど》をしめ上げる。咄嗟《とっさ》に携帯を強く握ると微《かす》かな光さえも消え、暗闇を二本の腕が無様に掻《か》いた。ドン、という衝撃が手首に走り、心臓が早鐘を打つ。

——自首しよう。

奈津子は、口の中で転がすようにしてつぶやいた。初めからそうするべきだったのかもしれない。すぐに自首して、私が殺したのだと言えばそれで片がつき、情状酌量の余地があると認められたかもしれない。いや、今だって遅くはない。まだ大志は見つかっていない。だったら、今、この足で警察に向かえば——ダメだ。突き破るように浮かんだ声が、思考を遮る。

——それでは、家族が殺人者の肉親であるというレッテルを貼られることになってしまう。

奈津子は汗がとめどなく噴き出してくる額を腕で拭《ぬぐ》った。だったらたとえば私が今すぐここで死ねば——そうすれば殺人ではなく心中ということにできはしないか。唇が自《じ》嘲《ちょう》の形に歪《ゆが》む。私と紗英の夫が心中なんて、誰が信じるというのだろう。

汗で濡《ぬ》れた顔を手の甲で拭い、こんなところで座り込んでいる場合じゃない、と自分に言い聞かせた。立ち上がろうと上体を前に倒し、脇に手をついた瞬間。

奈津子は、手のひらに触れた感触に声にならない叫び声を上げた。一瞬で頭が真っ白になり、後ずさる。心臓が直接強くつかまれたように痛み、目を見開いたまま息を短く吐いた。震える手で携帯を握りしめ、灯《あか》りをつける。恐る恐る視線の先を照らすと、葉の間から白い無骨な手の甲が見えた。

——やっぱり、やるしかない。

奈津子は泣きたいような焦燥感に顔を歪める。

これだけ無計画にもかかわらず、大志までたどり着いたということ。

大志を車へ乗せたときも、ここへ捨てたときも、そして今も、誰からも見とがめられなかったということ。

見えない何かに背中を押されているような気がした。

奈津子はポケットから軍手を取り出して木の枝に結びつける。車に戻り、その軍手の白を目印に車を滑らせた。シャベルを手に車を降り、茂みに分け入る。がむしゃらに穴を掘り続け、何とか大志をその中に放り込み、白み始めた視界の中で汗だくになって土をかけ、周囲に散らばっていた葉と枝を振りかけ——ひとまず姿が見えなくなるまでのカムフラージュを終えたのが四時過ぎ。

その頃には既に道路の向こう側も並んだ茂みの緑も判別がつくほどに明るくなっていて、奈津子は肩で息をしながら土にまみれた全身を呆然《ぼうぜん》と見下ろした。途端に、もういつ他の車が通ってもおかしくないのだという事実に気づく。

目を見開いたまま軍手と靴を脱ぎ捨て、汗で貼りついたジャージとロングTシャツを身体から剝《は》ぎ取ると、澄んだ空気に触れた素肌がぶるりと震えた。軋《きし》む腕をもどかしく動かし、着替えに両手足を突っ込む。汚れた靴につま先だけを引っかけ、土と汗にまみれた服は丸めてビニール袋に押し入れた。

そのまま運転席のドアを開きかけ、奈津子は何者かに後ろ髪を引かれたように振り返る。茂みの奥をもう一度覗《のぞ》き込み、熱く湿った息を吐いた。

葉と枝がかけられた土には、よく見れば所々不自然な膨らみがある。だが、一目見たくらいではそうとは気づかないほどには茂みの陰に隠れていた。大志の身体の欠片《かけら》は、どこにも見当たらない。

――そんな男、初めからいなかったのかもしれない。

奈津子は顔から表情を落とし、踵《きびす》を返す。

紗英は、結婚などしなかった。ずっと私の隣にいた。だから何も起こらなかった。これからも何も起こらない。

ふらつく足取りで車に乗り込み、エンジンキーを回した。

なぜか周囲が鮮やかに見えた。ハンドルを持つ自分の手も、流れていく景色も、道路脇に生えた草の一本一本までが、妙に輪郭を浮かび上がらせていて、くっきりと色が濃い。

映画のようだ、と奈津子は痺《しび》れた頭で考える。

コントラストを調整された美しい画面。悪いことなど何も起こらない、ひたすら綺麗《きれい》なばかりの外国の映画。

いつの間に、こんなところに迷い込んでしまったのだろう。

奈津子は弛緩《しかん》した顔を、前へと向ける。長く続く白い道。その先が自分の家に続いているということが、どうしても想像できなかった。

明け方に家に戻るや、奈津子は顔を洗ってもう一度着替え、朝食のしたくに取りかかった。夫を会社へ送り出して梨里を幼稚園まで送り届けたのが九時半、そのまま、鈍痛のする頭を押さえながら市立図書館へ向かった。

開館したばかりの館内には人がほとんどいない。奈津子は伏し目がちに奥まで進み、近くの棚から大きめの刺繍《ししゅう》図案集を手に取った。顔の前で開きながら、壁の分類表をそっと見上げる。哲学、歴史、社会科学──踵を返して社会科学の棚の前に立ち、ざっと背表紙の上に視線を滑らせて『大切な人が失踪《しっそう》したときに読む本』というタイトルに手を伸ばした。刺繍図案集の間に挟んで閉じ、別の棚へと移動する。

息苦しさを覚えて意識的に息を吸い込むと、図書館特有の匂いがした。紙とインクと埃《ほこり》の、どこか甘く懐かしい匂い。奈津子は目だけを左右に動かして人の姿がないことを確認し、手の中の本を開いた。

アウトラインステッチ、チェーンステッチ、サテンステッチ――小さな丸文字でびっしりと書き込まれた刺繍図案の間で、分厚い単行本がずるりと滑る。

奈津子は支える親指に力を込め、並んだ活字をにらみつけた。

〈警察は、捜索願を受理する際、行方不明者と特異行方不明者に分類します〉

ごくりと生唾《なまつば》を飲み込み、声を出さずに口の動きだけで繰り返す。ユクエフメイシャ、トクイユクエフメイシャ。チュニックの背中を丸め、ともすれば複雑な文様のように記号化されていってしまう文字の並びを爪でなぞっていく。

〈行方不明者とは、成人が自らの意思で家出したり、借金などで夜逃げしたなどのケースです。この場合、捜査は行われません〉

そこまで読み進めたところで台車が転がる音が背後から聞こえ、すばやく刺繍図案集ごと閉じた。二冊分の重みを胸に抱え、物色するように「手芸」の棚へと手を伸ばす。一週間でマスター！　子どもと一緒に作ろう！　ずらりと並んだ背表紙の上に手のひらをかざし、その中の一冊をゆっくりと引き出すふりをしながら台車が通り過ぎるのを待つ。

ちらりと目線だけを上げ、抜けた本の隙間から図書館員が三つ先の本棚を曲がるのを見届けると、手にしていた本を棚の空間へと押し込み、刺繍図案集を開き直した。

『大切な人が失踪したときに読む本』——冗談のようにストレートなタイトルと、スーツ姿の男性の後ろ姿のイラストが視界に入る。手に取って目次を開き、太いゴシック体の見出しをたどっては、該当ページを次々に開いていく。特異行方不明者の定義、捜索願を届け出る際に必要なもの、警察で訊《き》かれる質問事項——既に何度も読み返している文章の一つひとつを未練がましく目で追い、息を長く吐き出した。

——今のところ大きなミスはしていないはずだ。

言い聞かせて本を閉じ、刺繍図案集のカバーが表に見えるように持ち直して社会科学の棚へと回り込む。人目がないことを確認してから『大切な人が失踪したときに読む本』を棚に戻し、入口に向かいざまに〈返却されたばかりの本〉と題された棚の一番上に刺繍図案集を投げ入れた。

奈津子は駐車場までの道のりを顔を伏せたまま進み、車に乗り込むや否やキーを回して発進させる。汗ばんだ手のひらでハンドルを握りしめた。

送風口の上に備えつけられたデジタル時計に視線を流すと、十三時四十六分という数字が見える。いつもの癖で梨里の幼稚園までの時間を計算しかけて、ふいに美和に向かってついた嘘が脳裏に浮かんだ。

『幼稚園の行事があって梨里のお迎えに行かなきゃいけないんだけど、夫が間違えて私の車の鍵を持って休日出勤に行っちゃって』

――やっぱり、あんな嘘はつくべきではなかったんじゃないか。

奈津子はハンドルを握る手に力を込める。――そして、大志の携帯から紗英に送ったメールの文面。

〈おはよう。お疲れ様。また連絡する。いってきます〉

了解、とだけ送ればよかったのだと気づいたのは、送信してしまったあとだった。

おはよう。いま終わりました。次は明日のお昼からです。帰る前に連絡ください。いってらっしゃい。

了解。

それが定型化されたやり取りであったことくらい、送受信メールを見比べれば容易にわかったはずだった。その手順を経ずに慌てて返信してしまったのは、明らかに自分の落ち度だ。ただ、早く送らなければと焦ってしまった。早く、大志の言葉を返し、紗英にまだ大志が生きているのだと思わせなければ、と。

気づくと、家の前まで戻ってきていた。緩慢な動作で車庫に入れ、車を降りて庭へと向かう。

焦点の合わない視線を伸びた芝生にばらまきながら、納屋の扉を開ける。黴臭《かびくさ》い空気が鼻を鋭くつき、暗闇の中に差し込んだ光の線がきらきらと埃を照らした。

解体されたベビーベッド、乾いた泥がこびりついたプランター、中身のわからない段ボール箱が五つ――たわしで磨き上げられた大きなシャベルを目にした途端、息が詰まる。自分がこれを見に来たんだとわかってしまう。どこかに証拠が残ってしまっているのではないかと、何度確かめてもそんな疑念が拭《ぬぐ》いきれない。

古びたビデオカメラでなぞるようにぎこちなく移動していく視界が、光に焼けてぼんやりと緑がかっていく。手を無造作に伸ばしかけ、指先に触れた、納屋の中の冷えて澱《よど》んだ空気にたじろいだ。

まずは紗英に連絡を取って、警察に届けさせなければならない。夫が明らかに姿を消しているのに何もしなければ、かえって疑いの目を向けられかねない。

届け出れば、警察に大志の情報が登録される。名前、顔、背格好、服装、生年月日、職業、姿を消した日――それらは、幼児や老人など、自分の意思で失踪したわけではない相手を捜す場合には有効な情報かもしれない。だが、もし本人が本気で姿を消そうと考えているとしたら、意味のない情報ばかりだ。名前や生年月日、職業は名乗る必要がある際には偽りを述べればいいし、顔や背格好も知り合い以外にバレない程度であればいくらでも印象を変えられる。服装に至っては、家を出た途端に新しい服を買って着替えればそれで終わりだ。

だとすれば、警察もそれほど重要視しない情報なのではないか。もちろん、死体が発見されてしまえば、身元を割り出すのに使われてしまうだろうが、そもそもそうなったときには、そんな情報があろうとなかろうとそれほど差異がない。

逆に言えば、死体が見つかっていない以上、警察が美和に話を聞こうとすることはないだろう。美和から話を聞かなければ嘘はバレないし、そうすれば疑いの目を向けられることもない。

奈津子は口元に当てた拳《こぶし》に歯を立てた。

動かない方がいいのだ、と自分に言い聞かせる。取り繕おうとすればするだけ、不自然な行動が増える。ミステリに出てくる事件でも、実際に現実で起きて報道される事件でもそうだ。

犯人は、不安のあまりに余計なことをする。現場に足を向けたり、捜査の進捗《しんちょく》状況を知ろうとしたり、果てにはプレッシャーに耐えられずに追い詰められてもいないのに自白してしまう人までいる。だから、明るみに出てしまう。もし、彼らが平常心を保ち、それまでと変わらない日常を送り続けていれば、死体が見つかることすらなかったのではないか。

傾いた陽が、じりじりと肌を焼く。後れ毛の張りついたうなじに、陽の光が何かを炙《あぶ》り出そうとするかのように照りつける。奈津子は納屋から踵《きびす》を返しかけて、足を止めた。

うつろな目を納屋の奥へと向ける。よろめくように足を踏み出すと、ぎしぃ、という軋《きし》む音がゴムサンダルの下からにじむように立ち上った。

奈津子は左、右、と順番に後ずさる。あえぐように首をねじり、納屋の外へと顔を向けた途端、視界の端で何かが蠢《うごめ》いた。反射的に目を見開き、濃く茂った椿の葉の塊を凝視する。低く、不自然にたわんだ数枚の葉の裏に、びっしりと張った白い膜が見えた。蜘蛛《くも》の巣を何重にも重ね合わせたような白い膨らみに、その下で蠢き続ける無数の小さな毛虫の毒々しい色までもが裏返すまでもなく見えた気がして、肘《ひじ》から二の腕にかけての皮膚が一斉に粟立《あわだ》った。


「あのね、パパのこれ、買ったんだよ！」

家に帰ると梨里が満面の笑みで駆け寄ってきて、奈津子は玄関でポーチを握りしめる手に力を込めた。

「ねえ、見て！　かわいいでしょ？」

梨里は小さな頬を紅潮させ、穿《は》いていたピンク色のスカートを広げる。てらてらと光沢ばかりがきつい、爪を立てたらすぐにほつれてしまいそうな安い生地。梨里のお気に入りのアニメのグッズだということは、ひと目でわかった。奈津子は腹に力を込めて「あら、いいわねえ」と目を細めてみせ、梨里に手を引かれる形でリビングへ進む。

ソファでうとうとと船を漕《こ》いでいる梨里の父親の姿が見えた瞬間、曜日の感覚が一気に曖昧《あいまい》になった。一拍遅れて先週の土曜出勤の代休だと思い至り、同時に、その土曜日に鞠絵から新しいおもちゃをもらったときの梨里のはしゃぎようが蘇《よみがえ》った。まただ、という思いに口から力ないため息が漏れる。奈津子は重い徒労感に背中を丸めた。

「あのね、パパのこれ、買ったんだよ！」

梨里が奈津子のチュニックの裾《すそ》を引きながら繰り返す。あのね、これね、パパに買ってもらったんだよ。そう言おうとしているのはわかる。けれど、梨里はまだきちんと言葉を使うことができないのだと思うと、唐突に目頭が熱くなった。

「よかったねえ」

頭を撫《な》でようと伸ばしかけた手を、頭についた羽根のようなカチューシャを前に止める。あれ、と違和感を覚えたのはそこでだった。このキャラクターの頭は、こんな形だっただろうか。

「どうしたの？」

「そうだ、梨里。プレゼントがあるの」

不思議そうに首を傾げた梨里に取り繕うように言いながら、奈津子は背中に回っていたポーチを引き寄せる。完成したもののポーチの底に眠っていた革のティッシュケースを取り出した瞬間、梨里が「あ！」と弾んだ声を上げた。

「あやめちゃんだ！」

梨里の言葉に、奈津子は覚えていた違和感の正体に気づいた。あやめちゃん、そうだ、そうだった。もう一度全身がピンクで覆われた梨里の姿を見下ろす。深いため息が漏れた。

普通の女子中学生が変身して悪と闘う子ども向けアニメ。

梨里が好きなキャラクターは、その中でも大人しくて恥ずかしがり屋で、でも芯《しん》は強いという設定の「あやめ」という名前の女の子だったはずだ。あやめのイメージカラーは黄色で、アニメらしい真っ黄色の頭に黄色いコスチュームを合わせている。

だって、梨里ににてるでしょ？

はにかむように言いながら、数カ月前に商店街の景品でもらったそのキャラクターのシールを飽きることなく眺め続けていた梨里の横顔が思い浮かぶ。

間違われたのだ、と思うと、足元から震えるような疲れが這《は》い上がってきた。あれがほしい、梨里もきたい、そう騒ぐ娘に困りかねて、仕方なく買ったのだろう。奈津子はとうとう本格的に眠りに入ってしまったらしい男に視線を投げた。でも、梨里が好きなキャラクターを知らなかった。だから一番目立っている主人公用のグッズを買ってしまった。

「ねえ、これなあに？」

「これはね、ポケットティッシュを入れるケースなの」

奈津子はしゃがみ込み、梨里に説明してみせながら鼻の奥の痛みに耐える。梨里はそれでも言えないのだ。わたしがほしいのはこれじゃないのだと。奈津子は、梨里がなりきりグッズを欲しがるたびに自分が言っていた言葉を思い出す。ダメだって、いくらすると思ってるの。ね、本当に欲しいなら、次のクリスマスまで待ちなさい。梨里は泣きべそをかきながらも、最終的には、こくりとうなずいていた。

それをクリスマスまで待たずに買ってもらえることになったのだから、嬉《うれ》しかったはずだ。けれど、レジから戻ってきた父親から渡されたプレゼントは、他のキャラクター用のなりきりグッズだった。

それを見たとき、何でもない日に買ってもらうには高いものなのだと言い聞かせられてきた梨里はどんな思いを抱いたのだろう。

こっちじゃない、とすぐに言えば取り替えてもらえるという知識は、梨里にはまだない。ただ、これじゃないと言えば高い買い物が無駄になって父親が傷つくはずだと思ったのだろう。必死に喜んでみせ、父親にせがんで服を着せてもらい、ねえどう？　かわいい？　と繰り返し訊《き》きながら、これでもいいのだと自分に言い聞かせたのであろう梨里。

奈津子は、たまらずに梨里を抱きしめた。

「どうしたのお？」

くすぐったそうに笑いながら身をよじる梨里の頭を抱きかかえ、奈津子は震えそうになる声で「かわいいね」と繰り返す。

「そう？　かわいい？」

「うん、梨里は世界一かわいい」

　ほんと？　かわいい？　と照れくさそうに梨里が笑う。ほんとだよ、かわいいよ。梨里によく似合ってる。奈津子は言いながら、きつく目を閉じる。

　——もし、大志の死体が見つかってしまったら。

「どうしたの？　いたいよお」

　もし私のしたことがバレてしまったら——そうしたら、この子はどうなるのだろう。

　奈津子はゆっくりと梨里から身体を離し、立ち上がった。

「どうしたの？」

　梨里が不思議そうに見上げてくるのが、視界の端に見える。だけどもう、視線を下ろして目を合わせる気にはなれなかった。

「ごめんね、ちょっと体調が悪いみたい。お部屋に戻って寝るね」

「いたいの？」

　梨里が慌てた声を上げる。梨里は、体調が悪いと言えば、いたい、しか思いつかないのだ。そう思うと、また泣きたいような気持ちがこみ上げてくる。奈津子は、うん、でも大丈夫だよ、と言いながら、踵を返す。

「ちょっとパパといてね」

　奈津子が有無を言わさぬ口調で言うと、進みかけていた梨里の足がピタリと止まった。

「……いたいのよくなるといいね」

梨里の不安そうな声を背中に受けながら、奈津子はリビングを出る。親指の爪を噛《か》みながら階段を上っていく。

早く、早く何とかしなければ。心ばかりが焦るのに、どうすればいいのかわからない。寝室のドアを開ける。これからいつまで、こんな思いをしなければならないのだろう。身体を投げ出すようにベッドに倒れ込み、見開いた目を白く広がる天井に向ける。

一生、死ぬまで逃れられることはないのだろう、という答えだけが静かに浮かんだ。

【 柏木貴雄の証言 】

義母？　奈津子の母親についてということですか？

なるほど。そこから質問されるということは、やはり今回の事件を母娘《おやこ》関係の問題から紐解《ひもと》いていくつもりなんですね。

あ、僕は取材には慣れているんですよ。まあ取材されるんじゃなくてする側でしたけど、ええ、こう見えてもジャーナリストの端くれですからね。こうやって事件の関係者の証言を集める際のノウハウは心得ているつもりです。最初に何を訊かれるのかなと思っていたんですが、義母の話から切り込まれたのでなるほどな、と。

たしかに、奈津子の性格形成にあの母親はかなり影響を及ぼしているでしょうね。まあ端的に言って、妻は、母親にスポイルされてきました。

たとえば、かなり昔の話になりますが、僕が妻と出会ったのは僕の通っていた大学の学祭なんです。妻は一人で来ていて、見た目も高校生くらいだったので受験生かと思ったんですが、美容専門学校に通っていて今後も受験の予定はないというので意外に思ったのを覚えています。ただ、話を聞いてみたら、母親にこの大学に行って欲しかったと言われたからどんなところか見にきたと言うんですよ。母親も母親ですが、それでわざわざ見に来るというのもちょっと普通ではないなと思いました。随分、母親の言うことに囚《とら》われているんだな、と。

彼女とつき合うようになっても、母親の影はいやというほど感じましたね。まず気になったのは、門限です。十八歳の子に十九時というのは随分早いなと。それに素直に従っている彼女にも驚きました。髪型や服装の好みも母親からかなりコントロールされているようでしたし、何より自己評価が異様に低くて。口癖のように、私なんて、と言うのでたしなめたこともあります。

でも、実際に彼女の母親に会ってみると納得がいきました。奈津子のすること一つひとつに必ず口出しをするんですよ。どうしてそんなことをするの、やめなさいみっともない、って、それこそお茶を淹《い》れるだけのことでも血相を変えて怒鳴りつけるんです。僕に対しても、本当にこんな子でいいんですか、としつこいほどに繰り返して……しかも、そうかと思えば今度は突然部屋からプレゼントの包みを持ってきて奈津子に似合うと思って買っておいたと猫なで声で渡したりする。とにかく感情の起伏が激しい人で、どこでスイッチが切り替わってしまうのか、どこに地雷があるのか、周りが気を遣わずにはいられないような人でした。

もうお調べのことかもしれませんが、奈津子は父親を早くに亡くしています。きょうだいもいませんし、あの母親と二人きりの家庭というのは……極端な表現かもしれませんが、僕は虐待のようなものだと感じていました。

ええ、精神的虐待というものがありますよね。妻はまさにそれを受けていたと思うんです。ただ、念のため先に申し上げますが、妻は娘に同じような接し方をすることはありませんでした。虐待は連鎖する、人は自分が育てられたようにしか子どもを育てられないなんていうふうによく言いますが、それはなかったんです。奈津子は母のような親にだけはなりたくないと言っていたし、実際彼女の母親とは全く違いました。

どんなところが違うも何も、正反対ですよ。妻は母親を反面教師にしていました。奈津子はとにかく母親と自分を差別化したがっていたんです。とにかく母親と逆のことをしておけば間違いないと考えていたというか……ええ、おっしゃる通りです。完全に真逆で居続けようとするということは、結局裏を返せば母親に行動を決められているのと変わらないんですよね。

そういう意味でも、今回の事件の遠因は義母にあると思いますよ。もちろん、それで罪が軽くなるということはないですし、妻がしたことは言い訳のしようがないことでしょうが……他人事《ひとごと》？　何を言っているんですか。違いますよ。そんなわけないでしょう。家族とは運命共同体ですよ。僕としても、妻がしたことには責任を感じています。

そりゃあ、普通の人とは違う反応かもしれませんけどね。でも、それは僕がジャーナリストの端くれだからです。身内が事件を起こしたということに、ただただ動揺して取材から逃げるというわけにはいきません。僕自身が、これまでにいくつもの事件において「読者の知る権利」という名の元に加害者のプライバシーを暴いてきたんですから。それなのに自分は何も答えないというんじゃフェアじゃないでしょう。だからこうしてあなたにも協力しているんじゃないですか。

え？　そういう意味じゃない？　では、どういう意味ですか。……父親としての視点がない？　何が言いたいんですか。育児を妻に任せきりにしていたというご批判ですか？　だから、妻がこんな事件を起こしたと？　それはまた無茶苦茶な理屈でしょう。たしかに育児については奈津子が中心にやってきましたが、そんな家庭はいくらでもありますよ。そんなことで事件が起きるのなら、世の中事件だらけです。

それに、僕は同世代の男性と比べても子どもに関わってきた方だと思いますよ。休日には遊びに連れて行ったりもしてきたし、お風呂にだってよく入れていました。

第一、子どもと一緒の時間を過ごすことだけが父親の役割ではないでしょう。子どもが何不自由なく将来の選択をできるようにきちんとお金を稼いでくることも、社会の中で働いている背中を見せることも、父親としての仕事のはずです。
そういう意味でも、僕は父親としての義務を果たしてきたと思いますよ。

第四章

1

――庵原紗英

目を覚ます。顔を洗ってトイレに行く。大志と挨拶《あいさつ》を交わし、ごはんを食べる。服を着替えてメイクをする。家を出る。バスに乗る。助産院に着く。制服に着替えて働く。昼食を済ませる。仕事を終えて私服に着替える。大志にメールを打つ。バスに乗る。買い物をする。家に帰って夕飯のしたくをする。大志と夕飯を食べる。お風呂に入る。大志のとなりで眠りにつく。

その一連の流れ自体が日常だったのだと、紗英は思う。どれかが一つ抜けても、なにかが歪《ゆが》んでしまう。大志がいないといくつも抜ける。だから現実感がないのかもしれないと、診察台の上で開かれた股《また》を眺めながらぼんやりと考える。妊娠線の痕《あと》が残る黒ずんだ内腿《うちもも》の肉。びっしりと隙間なく生えた陰毛。

「見えますか？　これ、このチカチカ動いているところ、これが心臓です」

「わあ、かわいい」

鞠絵の淡々とした声に、亜矢子の弾んだ声が重なった。紗英は電子レンジほどの大きさのエコーモニターを見る。真っ黒い画面の中で、白い点がかすかに点滅し続けているのを見ても、感情は凪《な》いだように動かない。

「ちょっと失礼しますね」

鞠絵が短く言いながら、大きく広げられたままの亜矢子の股をティッシュですばやく拭《ぬぐ》った。振り返りもせずにゴミ箱へと放り投げられたティッシュが、拳《こぶし》一個分ずれてフローリングの床に落ちる。

紗英は腰をかがめて拾い上げ、かたつむりの残す粘液のようにてらてらと光る液体から目をそらした。

「ご懐妊ですね。おめでとうございます」

ありがとうございます、と答える亜矢子の頬はひと目見てわかるほどに上気している。なんなのよ、それ。紗英は内心でわざと毒づく。あなたにそんなことを言う資格があると思ってるの。

『せめてもっと早く教えてくれれば』

この助産院に怒鳴り込んだ亜矢子がそう口にしたのは、たった数日前だった。彼女はたしかに途中で言葉を止めた。だが、その言葉の先には、こう続いたはずだと紗英は確信できる。

——堕《お》ろしたのに。

それでも二人目の懐妊は手放しに喜べるものなのかと、紗英は食い入るようにエコーモニターを見つめる亜矢子に観察する視線を向ける。だが、以前のようないらだちはどこからも湧いてこなかった。頭に靄《もや》がかかったように思考がはっきりしない。

「胎嚢《たいのう》が二十八ミリ、頭殿長《とうでんちょう》が十六ミリ。今のところ順調です」

「よかった、うれしい」

交わされる会話を背に診察室を出て、受付に戻る。カルテを整理するふりをしながら、いつの間にか汗で肌に張りついていたシャツの腹部を指先でつまんで引き剝《は》がした。ボタンの隙間から人差し指を差し入れて平らな腹を撫《な》でると、冷えた滑らかな肌にピタリと吸いつく。そのままぺたぺたと叩《たた》くと、すかすかのスイカを叩いているときのようなぼわんとした空虚な音が身体の中で響いた。

もうなにも考えたくなかった。ただ、意識を手放すようにして眠ってしまいたかった。なっちゃん、と口癖のようにつぶやく。まぶたを閉ざして息を吸い込むと、青臭い、どこか懐かしい畳の匂いが鼻の奥まで届くような気がした。

どうしてこんなことになってしまったんだろう。なっちゃんのとなりに並んでころがって、大志の話で笑っていたのはほんのつい最近のはずなのに。

それとも、もうあのときにはこうなることは決まっていたんだろうか。

『なあ、たとえばさ、俺が浮気したらどうする？』

声ににじむかすれを吹き飛ばそうとするかのような、妙に潑溂《はつらつ》とした大志の声が蘇《よみがえ》る。大志がいなくなってしまう直前、最後に交わした会話——視界を覆っていたのは、薄闇に染められた白い天井の貼り皺《じわ》のような細かなテクスチャーだった。顎《あご》を持ち上げかけた紗英は、首の下で大志の二の腕の筋肉がぐりっと抉《えぐ》られるように動くのを感じて動きを止めた。心臓がどくん、と大きく跳ね、指先が感覚を失っていく。

『どうしたの、いきなり』

苦笑してみせるはずの声が、白々しくはっきりと響いた。大志がごくりと生唾《なまつば》を飲み込む気配が頭皮から伝わってくる。なんでそんなことを自分から話そうとするの。紗英はこみ上げるなにかに耐えるように強く目をつむる。せっかく気づかないふりをしてあげてるのに。そう思った途端、だからだ、と思い至ってしまう。わたしが、いつまでたっても問い詰めてあげないから。

携帯にキーロックをかけることなんて、大志には簡単にできたはずだ。それでよけい怪しく思われるのが怖いなら、ただメールを消したってよかった。でも、大志はそのどちらもしなかった。たくさんの証拠を残した携帯を、わたしがすぐに手にとれる場所に置き続けた。

『いいからいいから。なあ、どうなんだよ』

大志が急《せ》かすように続ける。紗英は慎重に笑顔のかたちを保ったまま、口を開いた。

『えー、なんかそれ、シチュエーションが思い浮かばないよ。だってもし大志が浮気してたとしても、わたしはそれを知らないわけでしょ？　だったらそれは、わたしにとってはないのと同じだし。そしたら、どうするもなにもないよね』

寝返りを打つふりをして、裸の身体をそっと大志から離す。

『大志は？　わたしが浮気したらどうする？』

そう訊《き》き返したのは、よくある恋人同士の睦言《むつごと》にしたかったからだ。互いの愛を確かめ合うための、もしもトーク。お願いだからもうだまって。紗英は祈っていた。せめて自分の中でため込んでいて。いまなら、まだ見逃してあげるから。

大志は、自白するタイミングを奪われたことを悟ったのか、少し迷うように黙り込んだ。けれど、そうだなあ、とどこか不満そうな声で言ってから、続けてしまう。

『俺は言ってほしいかな。騙《だま》されているなんて、耐えられない』

血管が、弾《はじ》けそうに膨らむのがわかった。

『じゃあ、言われたらどうするの。許すの、別れるの』

『状況にもよるよな。相手とか、期間とかさ。それによっては許すかもしれないし』

どこか切実さを帯びた口調で答える大志に、エアコンの冷風にさらされている紗英の肌がぞっと粟立《あわだ》った。

『わたしは許さない』

紗英は、前を見すえたままぽつりとつぶやいた。それは、最後の願いだった。わたしは許さない。だからどうか、どうか言わないで。

あなたが自分だけ楽になろうとしたら、わたしはあなたを許せなくなる。

大志は、意を決したように息を大きく吸い込んだ。

『本当にごめん。俺、浮気した。でも好きなのは紗英だから。それだけは信じてほしい』

芝居がかった声音でまくし立てるように続けた大志の顔は、黒く塗りつぶされている。それは逆光によるものだったのか、それとも、きちんと正面から見ることができなかったために記憶に残っていないだけなのか――

重たいまぶたをゆっくりと持ち上げると、目の前には積み上げられたカルテと古びたデスクトップパソコンがあった。ディスプレイの横に貼られた小さなクリーム色のふせんが、風に吹かれてゆらゆらと揺れている。ぬるい風に前髪を持ち上げられた紗英は、部屋の隅に備えつけられた扇風機を振り向く。人の顔の大きさほどの小さな扇風機は、ただ黙々と首を左右に振り続けていた。

今日は、帰ってきているかもしれない。

この先の角を曲がったら、灯《あか》りが見えるかもしれない。

紗英が右手の精肉店を見上げると、店頭にぶらさげられた鶏の塊が顔の前でかすかに揺れた。毛の痕が見えるぶつぶつした肌に、無感情な目を向ける。

――だけど、もし本当に帰ってきたら。

おかえりなさい。ただ、それだけを口にして、すぐに夕飯のしたくを始める。どこにいってたの。なにをしてたの。どうして連絡をくれなかったの。そう感情的にまくしたてる。お疲れさま、出張だったんだよね？　今回はどこにいってたんだっけ？　とぼけた口調で言って促すように首を傾げてみせる。

選択肢だけはカードを切るように現れる。でも、それがどんな事態を招いてしまうのかがわからない。

紗英は握りしめていた携帯を見下ろし、指を滑らせた。アドレス帳をスクロールさせながら流れていく名前を目で追う。相川翠《みどり》、相沢真治、浅野くん、池田賢吾《けんご》、伊藤ショウジ、及川《おいかわ》すぐる、大竹さん、岡田英二、岡元玲花《れいか》、甲斐真由《かいまゆ》、柏木奈津子——か行、さ行、た行、な行、は行、ま行、や行、ら行、わ行。この子はちょっと、この子は忙しいだろうし、この人だれだっけ、と思っているうちに、また相川翠が現れた。

一歩一歩、足を前へ動かすごとに、少しずつ泥が染みこんでいくように身体の端から重くなっていく。

頭の中で、今年の年賀状の枚数を数え上げる。親戚《しんせき》関係が五枚、惰性のように年賀状だけのやり取りを続けている高校時代の担任からが一枚、友達からのものは七枚。〈新しい家族が増えました〉という活字と〈今年こそ飲みに行こう！　あ、私は飲めないけど（笑）〉という手書きのメッセージが添えられた新生児の写真が脳裏に浮かんだ。

紗英は昔から、友達は多い方だった。人見知りだとは思ったことも言われたこともないし、実際どんな子を相手にしても必ず話の糸口を見つけられた。

男子とも交流がある、ひたすら恋バナをし続けている派手なグループ。運動系の部活に入っていて、おしゃれや流行について話すよりも休み時間は身体を動かしている方が好きなマイペースグループ。大人しくて、教室の隅で集まっては漫画やライトノベルの話で盛り上がり続けるサブカルグループ。ダンス部に所属して、基本的には運動系のグループと行動を共にしながら、クラスの男子と交際することで恋バナグループにも出入りし、サブカルグループとは席が隣になったりしたときに漫画の話を持ちかけて仲良くなる自分を、紗英は自由で器用な人間だと自負していた。

どうしてみんな同じグループの子とばかり話すんだろう。そんなの、つまらないし、もったいないのに。

そう不思議に思う気持ちの裏には、たしかな優越感があった。自分には互いに羨望《せんぼう》や侮蔑《ぶべつ》を向け合うグループ間をまたげる度量があるのだということ。どのグループからも受け入れられる人徳があるのだと、そう思ってきた。

なのに、と、紗英は愕然《がくぜん》とする。いま、電話をかけられる人が一人もいないのだという事実に、否応《いやおう》なしに気づかされてしまう。

それぞれに就職して、結婚して、会う回数は減っていっても、会えばすぐに昔の関係に戻れてきたはずだった。やっぱり昔からの友達は違うよね。なんていうかさ、いろんな状況が変わっても根っこのところでつながってるじゃない？　そうそう、すっぴんの頃の自分を知られてると思うといまさら見栄《みえ》を張る必要もないしね。そんなふうに会うたびに言い合っては、共犯めいた笑みを交わしてきた。

だけどいま、久しぶり、元気？　最近どうしてる？　それだけの言葉をかけられる相手さえ見つからない。

紗英は唇を噛《か》みしめる。

どこで道が分かれてしまったんだろう。そう思いながら、既に答えを得ていることを自覚してもいる。

みんなに子どもが生まれた頃だ。

紗英から距離を置いたわけではない。産休に入ったから遊んでと言われれば遊んだし、無事生まれたというメールがきたら出産祝いを買っていそいそと家を訪ねた。おめでとうと言い、子どもを抱き、かわいいねと微笑みかけた。なのに、自然と連絡がこなくなり、久しぶりにグループの一人に会うと、その子から他の友達とよく会っていることを聞かされることが増えた。

初めは、話が合わないからなのかもしれない、と考えていた。育児の愚痴をこぼそうにも共感することができないから、盛り上がらないのだろうと。だがやがて、そうではないことに気づいてしまった。

きっかけは、互いに結婚してからもふた月に一回程度のペースで会い続けていた短大時代の友人、倫代《ともよ》からの年賀状だったと思う。

たしかに紗英は、彼女からの年賀状を見るのが憂鬱《ゆううつ》だった。互いに子どもがおらず、会えば仕事の話と旦那《だんな》への愚痴で盛り上がれていた倫代が、他のみんなと同じように母親になって関心の先を子どもに変えてしまうのは寂しくもあった。どうせ子どもの写真なのだろうと、紗英はどこか白けた思いで年賀状をめくった。だが、それは紗英のものと同じ干支《えと》を使った味気ないものだった。

なんとなく、嫌な予感がした。口実を作って共通の友達に連絡をとり、どこか祈るような思いでかまをかけた。

倫代からの年賀状、かわいいね。

ほんと、ハルキくん、倫代によく似てるよね。

返ってきた答えに、やっぱり、となぜか勝ち誇るような思いで考えた。やっぱり、そうだった。倫代は、子どもがいる友達には子どもの写真入りの年賀状を、使い分けていた。

わたしだってそうじゃないか、と紗英は何度も自分に言い聞かせた。わたしだって、結婚していない友達には結婚の話はしにくいと思っている。気遣いというそぶりで、見下している。――こんな話をしたら自慢に聞こえてしまうかもしれない、傷つけたらかわいそう、と。

だから、倫代のことをひどいと思うことなんかできないのだと、そう考えながら、倫代の年賀状を捨てていた。

紗英は苦い記憶を沈めるように鞄《かばん》に携帯を押し込み、鍵のついたチェーンを引っ張り出す。うつむいたまま門を開け、アプローチへと顔を向けた瞬間だった。

紗英は短く息を呑《の》んだ。

電気が、ついている。道に面したキッチンの小窓。そう認識した途端、どくんと大きく鼓動が跳ねる。はっ、と声にならない息が漏れた。胸の中心を、服の上から強くつかむ。

紗英は視線をさまよわせた。鍵をつかんだ姿勢のまま、動くことができない。

大志は、だれと、なにをしていたんだろう。なにを考えて帰ってきたんだろう。もし、別れを切り出されたら――わたしは、なんて答えればいいの。

紗英は再び鞄に手を差し入れ、携帯を探る。指先にハンカチが触れ、手帳のざらりとした表紙がかすめ、チェーンがからむ。どうしよう、なっちゃん。わたしはどうしたら――


カチャ、と小さく響いた鍵の音に、紗英は息を呑む。思わず二歩後ずさり、そこで動きを止めた。

初めに菜箸《さいばし》が見え、その次に現れたのは、奈津子の顔だった。ファンデーションを塗っていないことがひと目でわかるつるりとした肌。茶色い小さな染みのついたクリーム色のロングエプロン。何年も前に紗英がプレゼントしたハイビスカス柄の赤いシュシュ。

「どうしたの、そんなところで」

先にその言葉を口にしたのは、奈津子だった。固まったままの紗英に向かってにっこりと笑いかける。

「おかえりなさい、紗英」

奈津子は自然な動きで通勤鞄を受け取り、空いた紗英の手を引いた。紗英は引かれるままに玄関に足を踏み入れる。

どうして、という言葉が実際には声に出していないのにかすれて消える。どうして、と一度目よりは強く考えて、けれどやはりそこで止まった。

「ちょうどよかった」

「え」

「大志さんの方が先に帰ってきたらちょっと気まずいなって思ってたの」

奈津子の言葉に、紗英の口から細い息が漏れていく。やっぱり、大志はまだ帰ってきていない。

奈津子はダイニングテーブルの上に紗英の通勤鞄を置く。白い合皮の取っ手がくたりと垂れた。

『いいよ、私、持っててあげる』

そう奈津子から切り出されたのはいつのことだったか。正確には覚えていないが、立て続けに二回鍵をなくした挙句、大志にこっぴどく叱られて奈津子に愚痴をこぼしたのはたしかに紗英だった。奈津子はいたずらめいた顔で小さく笑った。こっそり合鍵作っちゃいなよ。もしまたなくしちゃったら大志さんに怒られるんでしょ？　ね、だったら次から私に言えばいいよ。それで合鍵を作り直せば大志さんにはなくしたってバレずに済むじゃない。

　大志と二人で暮らす家の鍵を渡すことに抵抗がなかったわけではない。だが、もう大志に怒られないというだけで、それは魅力的なアイデアに聞こえた。

「どうしたの？　具合でも悪いの？」

「え？」

「だって、最近連絡がなかったから」

　どこかすねるような声音に、紗英は慌てて顔を伏せる。

「あ、うん。ごめん、ちょっと夏バテぎみで」

　謝りながら、胸の奥でざわりと何かが引っかかるのを感じた。わたしが自分から渡したんだから、なっちゃんは悪くない。そう思うのに、これじゃ話が違う、とも思ってしまう。合鍵は、いざというときのために持っているだけ。互いにきちんと言葉にしたことはなかったけれど、そのためのもののはずだった。紗英はスリッパに包まれた奈津子の足を見つめる。それとも、わたしが気づいていなかっただけで、これまでにも使われたことがあったんだろうか。

「大丈夫？」

　奈津子はあっさりと言って、答えを待たずに踵《きびす》を返した。追ってキッチンへと向かった紗英は、鼻孔をつくどこか香ばしい、生臭い匂いに奈津子を見る。

「……なっちゃん、これ」

「いいわよ紗英は座ってて。仕事で疲れてるでしょ」

奈津子は腰を屈《かが》めてグリルの中を覗《のぞ》き込んだ。

「でも、」

「二人だと、なかなか魚って焼かないでしょ？」

顔を上げて視線をキッチン中へすばやく巡らせ、紗英が口を開く間もなくおろし金と皿をラックから引っ張り出す。大根もね、夏バテにいいからね。リズミカルに言いながら手際よく大根をおろしていく。ざしゅざしゅざしゅ、カン。受け皿にたまったおろしを素手で握り込むようにして絞り、小皿に移す。残った汁は別の皿へ。その無駄のない一連の流れを、紗英はキッチンの入口に立ち尽くして見守る。

奈津子がおろし金を流しに放るようにして落とした。

「大志さんは何時くらいに帰ってくるの？」

軽快に投げかけられた声に、紗英は言葉を失う。ああ、そうだ。なっちゃんは知らないんだ。大志が出ていってしまって、連絡もとれないことを。黙り込んだ紗英を奈津子がくるりと振り向く。

「何か言った？」

「え、ううん」

「じゃあ二人で先に食べちゃおうか。ね、焼きたての方がおいしいし」

奈津子は共犯めいた笑みを浮かべた。

「今、したくしちゃうから、紗英はテレビでも見てて」

すい、と視線を外され、紗英は手持ちぶさたにうなずく。

「あ、うん。ありがとう」

仕方なくダイニングに戻り、椅子に浅く腰かけた。だがテレビをつける気には到底なれず、カウンター越しに奈津子を盗み見る。

奈津子が調理台の下に姿を消した。腰を浮かせて目線で追うと、むわっと煙が上がり、そこから奈津子の頭が生えるようにして現れる。紗英は慌てて視線を奈津子の手元に落とし、口を開いた。

「それ、なんの魚？」

「いなだ。旬だしね」

奈津子は両手を絶え間なく動かしながらさらりと答える。紗英は、ああ、そうだよね、とつぶやいて三匹の魚が並ぶグリルからテーブルへと向き直った。意味もなく鞄を引き寄せ、いなだ、旬と頭の中で繰り返す。けれど、自分がそれをまたすぐに忘れてしまうこともわかっていた。携帯を取り出して表面を指先で撫《な》でる。メールの返信をしているように見えるように指を動かしてでたらめにボタンを押し、ふう、と息を吐いた。どうしてみんな、そんなことを覚えていられるんだろう、と紗英は思う。どの食べ物はいつが食べ頃なのか。たしかにそれは気の利いた話題だと思う。だが、今やどんな食べ物もスーパーに行けば並んでいるし、味の違いも紗英にはわからない。なくても生活には困らない情報で、だからこそいくら人の会話やニュースに出てきても覚えておくことができない。なのに旬についての話題が出ると、いつも、ああ、そうだよね、とわかっているふりをしてしまう。

「紗英、そろそろ手を洗ってきてー」

語尾を伸ばした奈津子の声に、紗英は「はーい」と答えて席を立つ。そこに違和感がないのが不思議だった。合鍵、勝手に使わないでくれる？　そう言わなければと思うのに、実際にはそう言おうという意思さえ湧いてこない。

洗面台の前に立つと、紗英は首を伸ばして鏡を覗き込んだ。ファンデーションが浮いて、小鼻の脇でひび割れている。指の腹で強くこすると、ひび割れは目立たなくなったが、代わりに色の違いが目立つようになった。

紗英は、鏡の中の自分に言い聞かせるように思う。大志は出ていった。そしてたぶん、「み」の家にいて、もう二度と帰ってくるつもりがない。漠然と思い描いていたことを言葉に変換しただけのはずなのに、胸が苦しくなった。

引き出しを開けてメイク落としシートを取り出す。まず鼻のまわりを挟むようにしてこすり、畳んだ裏で顔全体を拭《ふ》き取った。鏡の中に、眉毛《まゆげ》が途中で切れた貧相な女が映る。

本当の話をしたって、なっちゃんはわたしを嫌いになったりなんかしない。なっちゃんは、いつだってわたしを心配してくれるんだから。

紗英は前髪を手櫛《てぐし》で整え、伏し目がちに洗面所を出る。

――今日きてくれたのだって、わたしの様子がおかしいことに気づいたからかもしれない。

テーブルには、所狭しと皿が並べられていた。いなだの塩焼き、ほうれん草のごま和《あ》え、しらす入りわかめごはん、大根と豆腐の味噌《みそ》汁。煙るような湯気と香りに、紗英は数瞬の間、圧倒される。もう長いこと、こんな食卓にはついていなかったような気がした。奈津子がポン酢と大根おろしの皿を両手に持ちながら、あ、と声を上げる。

「そう言えば、今携帯が鳴ってたよ」

「ほんと？」

紗英はテーブルに転がっていた携帯を拾い上げ、手早く画面を開いた。そこに現れた文字に、息を呑《の》む。

〈庵原大志〉

目をみはったまま、震える指でメールを選択した。

〈ごめん、しばらく距離をおいて考えたい〉

足元が、ぐにゃりと沈み込むように歪《ゆが》むのを感じた。よろめくように横へ一歩踏み出す。

「紗英？　どうしたの？」

　ビクッ、と肩が大きく跳ねた。なにか答えないと、と思うのに、開いた口からは声が出てこない。奈津子が怪訝《けげん》そうに眉《まゆ》をひそめ、「どうしたの？」と繰り返しながら歩み寄ってくる。

　もう、隠すということは考えられなかった。なっちゃん、なっちゃん。紗英はすがりつくように奈津子の腕をつかみ、携帯を押しつける。奈津子は携帯に視線を落とし、眉根の皺《しわ》を濃くした。

「これ、」

「なっちゃん」

「何なの、これ」

「大志、出ていっちゃったの」

　そう言った瞬間、喉《のど》からするりとつかえが取れるのがわかった。

　どうしようなっちゃん。どうすればいい？

　吐き出すように続けながら、こうしたかったんだと紗英は気づく。なっちゃんに相談したかった。全部を話して、わたしがこれからなにをすればいいのかを決めてもらいたかった。

「ずっと連絡がつかなくて、仕事にも行ってないみたいで」

「いつからなの。今日？」

紗英は首を力なく振る。目尻《めじり》に涙がにじんだ。

「月曜にメールがきたきりだから……一昨日《おととい》」

「そんなに？」

奈津子の声に身がすくむ。

「ごめんなさい」

「どうして紗英が謝るの。紗英が悪いんじゃないでしょう」

違うの、と紗英は吐き出してしまいたくなる。違うの、ごめんなさい。わたしが悪いの。そう言い返そうと、息を吸い込んだときだった。

「紗英は何も悪くないよ。だって紗英は大志さんに嫌われるような、そんな子じゃないじゃない」

その瞬間、紗英の脳裏には、奈津子に繰り返し言われてきた言葉が亜矢子の言葉と重なり合うようにして浮かんでいた。

『素直で、明るくて、みんなに愛されるいい子。紗英はね、私の誇りなの』

『せめてもっと早く教えてくれれば』

愛されるためには、条件があるのだということ。

本当のことを知られてしまったら。本当は素直でも、明るくも、みんなに愛されるわけでもないのだと知られてしまったら――

なっちゃんも、離れていってしまう。

これまで離れていった、たくさんの友達のように。

「どうしてもっと早く教えてくれなかったの」

落ちた沈黙を埋めるように、奈津子が絞り出す声音で言った。テーブルの上に、そっと携帯を置く。紗英は濡《ぬ》れたまつ毛を伏せた。

「……ごめんなさい」

奈津子の両手が紗英の拳《こぶし》を上から包み込むように握る。

「違うの、謝ってほしいんじゃないの。……ねえ、紗英。一人で抱え込まないで。どんなことでも話していいんだからね？」

紗英は嗚咽《おえつ》を漏らしながら小刻みにうなずく。けれど、喉が詰まって言葉は一つも溢《あふ》れてこない。

【 岸田《きしだ》鮎香《あゆか》の証言 】

はい、もう十五年のつき合いになります。あ、今度の四月で十六年目かな。高一のときからだから。

そうですね、部活も一緒だったし仲は良かったですよ。ダンス部です。ジャズダンスとかヒップホップとかってわかります？　いや、普通は知らないものだと思いますけどね。んーなんて言えばいいかな、簡単に言えば昔やってた武富士《たけふじ》のＣＭっぽいのがジャズで、ＥＸＩＬＥ《エグザイル》っぽいのがヒップホップっていうか、あ、なんとなくわかります？

まあちょっと乱暴な説明ですけど。

紗英？　そこそこ上手《うま》かったですよ。上手いっていうか、華があったっていうか。よくうちらは顔サーっていうんですけど、ガ、ン、サー、顔で踊るダンサー、ってことです。そうそう、顔サー。紗英はその顔サーで、踊り自体はそれほど上手いわけでもテクニックがあるわけでもないんだけど、表情がいいから視線を集めるんですよ。

うーん、わからないかなあ。ほら、いくら上手くても目が下向いてたり、自信なさそうな顔とかつまんなそうな顔してたりしたら見てる方もテンション下がるじゃないですか。紗英はその逆だったんです。「わたしのこと見て！」っていう、オーラっていうか、パワーっていうか。ね、そういうのって結構大事だったりするんですよ。でも、テクニックは練習すれば身につくんですけど、そういうオーラみたいなのって難しいんですよね。どうしても恥ずかしさが邪魔しちゃって……特に高校生とかだと友達の目もあるしね、なんか「別に本気で踊る気とかないんだけど、とりあえず部活だし仕方なくね」みたいな言い訳をどっかでしてたりして、わざとどうでもよさそうに踊ってみたり。

今考えると、だったら踊らなきゃいいじゃんって話なんですけど。でも当時は、紗英のことがちょっと不思議でしたね。なんでそんなにあっけらかんとしていられるんだろうって。天真爛漫《らんまん》っていうんですかね、天然入ってるっていうか、あんまり人にどう思われるのか気にしてないのかなって思ったり。

いいえ、ダンスに限った話じゃないんですけど……たとえば？　うーん、そうだなあ。あ、そうだ、たとえば学食で部活のグループでごはん食べてたとするじゃないですか。で、隣に学年も部活も違う全然接点とかない感じの男子グループが座ってたとして、その子たちが昨日見たドラマの話をしてたとするでしょ。で、そのドラマに出てた女優の名前をど忘れして、「だれだったっけ、あれ」みたいな話の展開になったとするじゃないですか。

そういうときどうします？　普通スルーしますよね？　なんとなく話が耳に入ってきちゃって、正解がわかったとしても、知らない人だしわざわざ言おうとはしないですよね。ね？　内心、早く思い出せーってもやもやしたりはするかもしれないし、自分のグループの子にこっそり「あれ、だれだれのことだよね」って耳打ちしたりはするかもしれないけど、まあそれくらいじゃないですか。

でもね、そういうときに紗英は話しかけちゃうんです。「だれだれだよ」っていきなり話しかけて教えちゃう。しかも言おうかなどうしようかなみたいな迷いもなくてすぐにさらっと言っちゃうもんだから、相手もびっくりはするけど変には思わないみたいで、おお、サンキューみたいな。

あ、たしかそういうのがきっかけで仲良くなって告られてたこともありましたよ。男ってああいうのに弱いですよね。ちょっと天然系っていうか、癒《いや》し系っていうか。まあ、わからなくもないですけど。

紗英って、たとえば人の悪口を言ってても嫌味がないんですよね。思ったままを口にしてる感じで他意がなさそうっていうか。親に愛されて大事に大事に育てられてきた感じっていうのかな。あ、いい意味でですよ。人から否定されたことがないから、あんまり人にどう思われるかを気にしないでいられるんだろうなあって。

……でもあたし、一回だけ見ちゃったんです。

高三の修学旅行のときの話なんですけど……自由行動のときの班の人数は六人までって決まってて、でもダンス部の女子は七人いたんです。どうしよう、このままじゃだれか抜けなきゃいけなくなるってみんなで空気探り合ってるみたいな状況があって……表面上は普通に世間話してるんだけど、お互いにどうやって切り出すか見計らってるみたいな。そんなときに紗英は席を外したんです。空気に気づいていなかったのかな、いつもみたいに他のグループの子の世間話に加わりに行っちゃって。

だから悪気があったわけじゃないんですよ。紗英を仲間外れにしようと思ったわけでもないし。ただ、その場にいなかったから、いいよねって感じで。だれが言い出したのかは覚えてないけど、紗英抜きの六人で班を決めちゃったんです。

どうしよう、紗英傷つくだろうなって、紗英が戻ってきたらどんな顔しようってドキドキしてたんですけど……ごめん紗英はあっちのグループに行くのかと思ってたって、そんなふうにだれかが言ったと思うんですけど、紗英は全然傷ついた顔もしなくてあっさり笑って……あ、そう？　ちょうどよかった、あっちのグループから誘われてて、どうしようかなって思ってたところだったのって。

ほっともしたけど、なんか強がってる感じもしたかな。でも、本人がそう言ってるんだしいいかってことになって、まあ蒸し返したりしたら今度は自分が班からあぶれる可能性もあるわけですしね、結局そのままの班で行きました。

紗英は……たしかちょっとオタクっぽい子たちのグループに入ってました。二人とか、三人のグループの寄せ集めみたいな班で……意外と楽しそうでしたけどね。同中《おなちゅう》の子もいたみたいだったし。

でもね、あたし見ちゃったんですよ。

自由行動のとき、どこかの土産物屋の前で紗英たちのグループとすれ違ったことがあったんですけど、そのとき、紗英、携帯でお母さんに電話していたんです。どんなお土産を買ったとか、何の観光をしたとか話してて……そんなの、家に帰ってから話せばいいことなのに。

そのときはちょっとびっくりしただけで、そのまま忘れてたんですけどね。でも、今、自分が親になってみると、あのときグループの子たちから一人離れて電話していた紗英の姿とか、はしゃいだ感じの笑い声とかが妙に気になってくるんですよ。

うちの子はまだ五歳ですけど、もし高校生になった頃、修学旅行中に私に電話をかけてきたりしたら、たぶんちょっと心配になると思うんですよね。だって、普通、友達と遊ぶのに夢中で親のことなんて忘れてるものじゃないですか。

そう思うと、何だかいたたまれないような、落ち着かない気持ちになるんです。

あのとき、紗英のお母さんはどう思っていたのかなって。

――柏木奈津子

2

「では、印鑑をお出しください。行方不明者の写真はお持ちですか？」

淡々とした声音で言う警官に、紗英が慌てて鞄《かばん》を開ける。奈津子はそれを隣から見守りながら、ごくりと生唾《なまつば》を飲み込んだ。

そう、それでいい。紗英は今のところ、余計なことは何も言っていない。

「次に、いくつか質問をさせていただきますね」

年若い、まだ制服の糊《のり》が取れきっていないかのようにさえ見える警官が、役所の窓口の職員のように柔らかく言って紙を机の上に広げた。行方不明者届。見慣れない名称を奈津子は凝視する。捜索願ではないのだろうか。本籍、住所、氏名、生年月日、職業、家出の日時及び原因・動機、家出人の人相、体格及び着衣、車両使用の有無、車両ナンバー。だが、ずらりと並んだ項目にすばやく目を通すと、内容は本に書いてあったものとほとんど変わらない。

「まずご主人の氏名からお願いします」

生年月日は、住所は、本籍は——警官はなぜか書類の順番とはバラバラに質問を重ねていき、紗英は視力検査に臨んでいるかのように、たどたどしくも着実に答えていく。

警官は小刻みにうなずきながら、一つひとつを筆圧の強そうな書き方で用紙に書き込んでいく。灰色の事務机の上でボールペンの先がコツコツと音を立てた。

途中、警官が片手を挙げてくしゃみをし、失礼、と言って洟《はな》をかむ。奈津子は呆然《ぼうぜん》とその光景を眺めた。もっと、緊迫した雰囲気で質問を受けるのだと思っていた。だが、これでは財布を落としたのと変わらない。人が一人、いなくなっているというのに。奈津子は、それが自分にとって都合の良い展開だと知りながら、違和感を覚えずにいられなかった。

一通りの質問が終わると、警官はくるりと軽快に回転椅子を回し、隣の机の引き出しからティッシュと朱肉を取り出した。

「こちらの情報をコンピュータ登録しまして、巡回や取り締まりなどの中で発見に努めてまいりますが」

途中で言葉を止め、目を細めて紙を覗《のぞ》き込む。

「家出の動機には心当たりはないんですね？」

「いえ」

紗英の答えに、奈津子は思わず紗英の方を向きかけ、寸前のところでとどまった。警官の眉《まゆ》が弧を描くように持ち上げられる。

「心当たりがあるんですか？」

紗英は顎《あご》を引いた流れで太腿《ふともも》の上に目を落とす。サテン地のシャツについた共布《ともぎれ》のボウタイをすがるように握り込み、あの、とか細い声を出してから顔を上げた。

「携帯の履歴とかって調べられるんですか？」

「どういう意味でしょう」

「大志は……夫は、たぶん浮気相手のところにいるんだと思うんです」

なるほど、という低音が響く声が奈津子の耳に届く。警官の目から光が消えるのが見て取れた。だが、彼が続けて出した声には微《かす》かではあるが労《いたわ》るような温かみがあった。

「奥さんはその相手をご存じなんですか？」

紗英は迷うように視線をさまよわせてから、力なく首を横に振る。

「この人なんじゃないかと思う人はいるんですけど、たしかには……だから履歴を調べてもらいたいんです。証拠もないのに問い詰めたってしらを切られるかもしれないし」

うつむいた紗英が声を詰まらせる。警官は目を伏せ、紙の上に指を滑らせた。

「よく誤解されるんですが、通話履歴の照会は令状がなければできないんですよ」

「じゃあ、そのレイジョウというのはどこでもらえるんですか」

切実さを帯びた声に、警官と奈津子が同時に紗英を向いた。紗英の目が充血していることに、奈津子はようやく気づく。紗英は身を乗り出した。

「ここではもらえないんですか」

「捜査令状は、事件性があると認められてはじめて裁判所で出されるものなんです」

「事件かもしれないじゃないですか。だって、仕事も無断欠勤してるんですよ。連絡もつかないし絶対おかしい、」

「紗英」

奈津子は思わず声を上げた。止めなければならない、と咄嗟《とっさ》に思う。余計なことを言わないように。妙な疑いを向けられないように。だが、奈津子が続ける前に、警官が口を開いた。

「奥さん、お気持ちはわかりますが、今のところ特に事件性は見受けられません」

行方不明者届に顔を寄せ、目を細める。

「だって、旦那《だんな》さんの居場所はわかっているんですよね？」

紗英が短く息を呑《の》み、唇を嚙《か》みしめてうつむいた。

「……本当にその人のところにいるのかはわかりません」

「その方に訊《き》いてみてはいないんですか？」

「だから、何も証拠がないのに訊いたって……」

「それは、警察も同じですよ」

警官は静かな口調で言い、咳払《せきばら》いをする。

「一応こちらの内容で登録させていただきますが、奥さんの方でもその心当たりにあたってみてください。もし見つかったらその時点でご連絡いただければ結構ですから」

紙の隅によくわからない数字を書き込んでいく警官の指の動きを目で追いながら、奈津子は音を立てないように息を吐き出した。

『今のところ特に事件性は見受けられません』

警官が口にした言葉を、頭の中で反芻《はんすう》する。そう言い切られることが不思議だった。

この警官は、もし私がここで「私が埋めたんです。彼はもう、死んでいるんですよ」と言い出したら、どんな反応をするのだろう。顔色を変えて、やっと厳しい尋問が始まるのか。この関心を失ったことが明らかな瞳《ひとみ》には光が戻るのだろうか。奈津子は、どこか恍惚《こうこつ》として口を開きかけ、慌てて奥歯を嚙んだ。

――私は、おかしくなってしまったのだろうか。

罪を犯した直後に警察署に来ているのに、警官から視線を向けられることもないほどに平然と座っていられる自分。何も知らない紗英を促し、届を出すようにとそそのかした自分。あんなにも必死に隠したはずなのに、訊かれてもいないことを告白してしまいたくなっている自分。

ただ楽になりたいだけだ、と奈津子は自分を戒める。

自分から言ってしまえば、怯《おび》えることもなくなる。今、こうしている瞬間にも、誰かが大志の死体を見つけているのではないか。この警官にはまだ連絡が来ていないだけで、既に大志の死体は警察の手に渡り、そこに残った痕跡《こんせき》を調べ始めているのではないか。死亡推定時刻というのは、どのくらい正確に割り出されるのだろう。警察は遺体の身元を調べるときには何を見るのか。指紋？　歯の治療痕《あと》？——そんな、止めどない思考を停止させるための手段に過ぎない。

——このまま、ただの失踪《しっそう》として終わるのが紗英にとっても一番いいのだ。

「では、こちらをご確認いただいて、内容に相違がなければご捺印《なついん》ください」

警官は紗英に紙を差し出した。紗英は「でも」と繰り返して奈津子を見る。奈津子はゆっくりとうなずいてみせた。すると紗英の目の中の揺らぎが少しだけ和らいだ。紗英は警官に向き直り、大丈夫です、とかすれた声で答える。

警官は流れるような動作で朱肉のケースを開け、紗英の前に突き出した。紗英は一瞬迷うように手を止めてから、おずおずと朱肉に印鑑をつける。ぎこちなく固まった手を紙の上に掲げ、ぐっと全身の体重をかけるようにして押した。

「ありがとうございます」

すかさず警官がティッシュを手渡し、紗英は忙《せわ》しなく印鑑を回転させてインクを擦《こす》りつけた。拭《ふ》き取りきらないうちに印鑑を机に置いて紙を拾い上げ、

「よろしくお願いします」

神妙な顔で頭を下げながら警官に差し出す。その悲愴《ひそう》感のにじんだ横顔を見て、奈津子は愕然《がくぜん》とした。わかっていたはずのことを、自分が本当の意味ではわかってはいなか

ったのだと思い知らされる。

——紗英は知らないのだ。

大志が、もうとっくに死んでいるのだということを。

今もなお、夫がどこかで生きているのだということを、揺るぎなく信じている。だから紗英は泣き崩れることもないし、自分を見失うこともない。

奈津子は震えそうになる拳《こぶし》をきつく握りしめた。


不躾《ぶしつけ》なクラクションが玄関の扉越しに聞こえて、覚悟していたのに身がすくむ。目を閉じて短く息を吐き出してから扉を開けると、マイらいふプロジェクトと書かれたブルーグレーの車体が視界に飛び込んできた。

「あ、奈津子さん、おはようございまーす」

「おはよう」

好実が半分ほど下げられた窓からパタパタと手を振り、奈津子は小さく会釈を返す。さっと車内に視線を流すと、後部座席には既に好実と佳代子と高橋が座っていた。ピピ、という鍵を解除する音に促されるようにして助手席に乗り込む。

「おはよう」

運転席の美和にもう一度呼びかけると、美和はバックミラーを見上げながら、おはようございまーす、と好実と同じように語尾を伸ばして言った。車が左右に揺れながら発進し、締めたばかりのシートベルトが肩に食い込む。奈津子は、笑い声を上げている後部座席をちらりと見やってから、声のトーンを抑えて美和に呼びかけた。

「美和ちゃん、こないだはありがとね」

「え？」

美和は一瞬だけこちらを向いてから、また正面に向き直る。ハンドルを切りながら、ああ、と声を漏らした。

「梨里ちゃんのお迎え、間に合ったみたいでよかったです」

「うん、おかげ様で」

答えながら、喉《のど》の奥が急速に乾いていくのがわかった。うちの人もドジよねえ、用意してきたセリフを頭の中で浮かべ、口を開く。けれど言葉にする前に美和が続けた。

「まあ、これからも何かあればレンタカー代わりに使ってくださいよ」

「あ、ごめんなさい。ちゃんとガソリンも入れ直さずに返してしまって」

「え？　いや、別にそんなことはいいんですけど……」

美和が気まずそうに口をつぐむ。沈黙が落ち、奈津子は目を伏せた。また間違えた、と苦く思う。今のは軽く切り返すべきところだった。

今日の打ち上げはどうする？　えー？　午前中からもう飲みの話？　いいじゃないの、それを楽しみに来てるんだから。やだ、佳代子さんたらあ。後部座席からはしゃぐ声音が聞こえてくる。ちょっとー、いま聞き捨てならない言葉が聞こえたんですけどー。美和が会話に入っていくのを横目にしてから、奈津子は窓の外に顔を向ける。のれんの色《いろ》褪《あ》せたラーメン屋が景色の端を通り過ぎていった。

男性である高橋までもが後部座席に座っているということは、いつも助手席が空いているのは偶然ではないのだろう。奈津子は眠ってしまったように見えるよう、窓に頭をもたれかけて目を閉じる。私も後ろに座っていれば、話の輪に入れたのだろうか、と考えかけ、そうじゃないからこの席なのだ、と自嘲《じちょう》する。それに、この席からだって会話に入ることくらいできるはずだ。たった今、会話の中心に入っていった美和のように。

こめかみの奥が鈍く痛む。縄のようなもので締めつけられているような圧迫感に、奈津子は眉根《まゆね》を寄せた。

紗英は今、どうしているのだろう。

警官に切実な目を向けていた紗英の横顔が思い浮かぶ。

『大志は……夫は、たぶん浮気相手のところにいるんだと思うんです』

もし紗英が大志の浮気相手のところへ乗り込んだとしたらどうなるのだろう。当然、大志はそんなところにいるはずがない。その相手は何も知らないと答えるはずだ。紗英は、嘘をつかれていると考えるかもしれない。でも、やがて本当に大志はそこにはいないのだと知るはずだ。そうなったとき、紗英は何を考えるのだろう。

「奈津子さんはどうします？」

頭上から聞こえた声にハッと目を開くと、「あ」と慌てた美和の声が続いた。

「すみません、寝てました？」

「あ、ちょっとうとうとしてて……ごめん、何の話？」

窓に倒れ込んでいた身体を引き剝《は》がす。不自然に曲げられていた首が軋《きし》んだ。

「帰りの飲み会なんですけど、奈津子さん来れます？」

一瞬、何を訊かれているのかわからなかった。え、と訊き返してから、誘われているのだと気づく。

「今日は……ちょっと予定があって」

それだけを言うのが精一杯だった。

ずっと、声をかけられたかった。奈津子さんはどうします？　そう訊かれたら、行くと答えようと決めていた。けれど今、もうそう答えることはできないのだとわかってしまう。

これから一生、人と一緒にいるときに正体を失うほど酒を飲むことは許されないのだということ。どれだけ楽しくても、相手に心を開ききってはいけないのだということ。

「そっかあ、残念。じゃあ次回はぜひ」

美和がさらりと言って、また後部座席との会話に戻っていく。

奈津子は、再び車窓に目を向けた。道路の脇には、ただ延々と茂みだけが続いている。

紗英、と心の中で呼びかける。紗英に会いたかった。紗英とまた、和室に並んで転がって話がしたかった。だけどもう、紗英といても心が完全に休まることは永遠にないのだということも、奈津子は知ってしまっている。

奈津子は再び目をつむった。本当に眠ってしまえたら、と小さく願う。重い倦怠感《けんたい》が襲ってきて、すぐ後ろからしているはずの声がひどく遠くで聞こえる気がする。

「こないだの店は？　ヨシ村《むら》」

「どこだっけ、それ」

「えー、この車で行ったんじゃん」

その言葉と同時に背もたれが後ろに引かれるのを感じて、奈津子はぎくりと上体を強《こわ》張《ば》らせた。反射的に薄目を開けると、高橋が腰を上げ、ナビに向かって腕を伸ばすところだった。

「あ、ほら、ナビの走行記録に入ってない？」
ピ、ピ、ピ、高橋の指が慣れた手つきでナビを操作していく。ナビ、走行記録――頭の中で単語を繰り返し、数瞬遅れてその言葉の意味に気づいた。
脳天を何かで殴られたように背筋に痺《しび》れが走る。

記憶を遡《さかのぼ》るようにして巻き戻す。シャラン――あの日、車の中で鳴り響いたのはナビの起動音ではなかったか。血の気が引いていくのがわかった。どうしてすぐに切らなかったのだろう。道がわからなかったわけじゃないのに――

〈八月十八日　十六時三十八分〉

どくん、と心臓が大きく跳ねた。

「あった！　ほら、これこれ」

高橋が弾んだ声を上げながら、ナビの中央に示された数字を指差す。奈津子は、その四段上に並んだ数字を凝視した。

——もし、この記録の不自然さに美和が気づいてしまったら。

ここに記録された目的地には、幼稚園などあるはずがない。何もないただの山道の途中で引き返したという記録。

そして、今日を逃せばまた一週間は集まりはないということ。

奈津子はべたついた喉に生唾《なまつば》を押し込んだ。

——消さなければいけない。今日の帰りまでに。

「ごめんなさいねえ、こんなおばあちゃんの髪なんて切ったってなにもおもしろくなんかないわよねえ」

「やだあ、朝妻《あさづま》さんたら。そんなことあるわけないでしょ」

佳代子が霧吹きを持ったままの手を朝妻の肩に乗せ、腰を屈《かが》めて鏡越しに微笑みかけた。だが、その言葉が届いているのかどうか、朝妻は骨張った背中をさらに丸める。

「ほんとうにねえ、申しわけなくて……ごめんなさいねえ、あなた……ああ、お名前はなんておっしゃったかしら」

「嶋田ですよ、嶋田佳代子です」

「ああ、シマダさんねえ、ほんとうにごめんなさいねえ」

小さな頭が見えない弧をなぞるように一定のリズムで前後に揺れ続ける。佳代子は浴場の隅で何かを記録し続けている施設の職員を振り返ってから、再び朝妻の顔を覗《のぞ》き込んだ。

「大丈夫ですから、朝妻さん。ね、謝らないでください」

「気にしなくていいですよ。朝妻さんはそういう方なので」

職員がその場から声を張り上げ、はあ、と佳代子は戸惑いを露《あら》わにうなずく。

「ごめんなさいねえ」

とまた謝った朝妻の後ろ姿を、奈津子は見るでもなく眺めた。

これが終わったら解散になってしまう。車に行くなら今しかタイミングはない。朝妻の周りを軽やかに動き回る佳代子から、バリカンを手にした美和へと視線を移す。Tシャツ、ジーンズ、腰に巻くタイプのショートエプロン――細かく分かれたポケットからは、ハサミや櫛《くし》が所狭しと突き出ている。あそこに鍵を入れているとは思えない。だとしたら、やはりロッカーだろうか。ごくり、と生唾を飲み込む音がやけに大きく響く。

朝のうちに集めて施設側へ預けた貴重品袋？　いや、あの中には入れていないはずだ。作業の途中で何が必要になるかわからない。そのたびに施設の人に頼んで貴重品袋を返してもらうのでは煩雑すぎる。そうなると、やはりロッカーに入れているのだろうか。

奈津子は床に落ちた髪の毛をすばやく箒《ほうき》で掃き寄せながら、カット室として与えられた浴場内を見渡す。朝妻の髪を手際良く切っていく佳代子。その二つ横の席で背筋を不自然なほど真っ直ぐに伸ばした男性の頭にバリカンを当てている美和と高橋。好実はさらにその隣でドライヤーをセットしている。

奈津子は美和の斜め後ろにそっと歩み寄り、囁《ささや》く声音で言った。

「美和ちゃん、ちょっとタオル足りないし取ってくるね」

「あ、本当ですか？」

美和は一瞬だけ振り向いて手を止めたものの、すぐに鏡に向き直ってエプロンをめくり上げる。ジーンズの後ろポケットからシンプルな黒い鍵を引っ張り出すと、放るようにして奈津子に渡した。

「すみません、じゃあお願いします」

奈津子はそっとうなずき、踵《きびす》を返す。だが、ドアに手をかけたところで、あ、という佳代子の声が追ってきた。

「柏木さん、次マッサージお願いできる？」

「あ、はい！」

奈津子は伸ばしかけた手を慌てて身体の脇に下ろす。小走りに朝妻の後ろに向かいながら、エプロンのポケットに鍵を押し込んだ。

「失礼します。痛かったら言ってくださいね」

鏡に映る朝妻に向かって声をかけ、うなじにそっと両手のひらを当てる。朝妻は宙にうつろな目を向けながら、何かを口ずさみ続けていた。奈津子はケープの上に飛び散った髪をはたくふりをしながら必死に頭を巡らせる。マッサージのあとは？　ドライヤー、最終カット、片づけと挨拶《あいさつ》——席を外していいタイミングはない。

「ごめんなさい！」

突如聞こえた叫ぶような声に、奈津子の肩がビクッと跳ねた。ハッとして鏡を見ると、朝妻が両腕で頭をかばうようにして縮こまっている。ごめんなさいごめんなさいごめんなさい。何かの発作のようにただそれだけを繰り返す老婆を、奈津子は呆然《ぼうぜん》と見下ろした。

「あの……」

「ごめんなさいごめんなさいごめんなさい」

朝妻は叩《たた》きつけるような声音で言い続ける。ああ、というため息が背後から聞こえたと思うと、奈津子と朝妻の間に職員が割って入った。すばやく脇にしゃがみ込み、朝妻の手を両手で包む。

「ほら、しーちゃん、大丈夫だよ」

「ごめんなさいごめんなさいおかあさんおこらないで」

「しーちゃん、大丈夫。もう怒ってないよ」

職員が先ほどまでとは打って変わって柔らかい口調で語りかけると、朝妻の震えが徐々に治まっていく。

「ごめんなさい」

「大丈夫、大丈夫、しーちゃんはおりこうさん」

「ほんと?」

澄んだ声が天井の高い浴場に響く。目の前の老婆から発せられているとはとても思えない幼ささえ感じさせる声に、奈津子は射貫《いぬ》かれたように動けなくなる。

職員は朝妻の前でタイルの床に膝《ひざ》をついたまま、奈津子を見上げた。

「驚かせてしまって申し訳ありません。よくあることなんですが……もしカット自体は終わっているようでしたら、彼女は今日はここまででもいいですか?」

「あ、はい。あとは少し整えるくらいなので」

奈津子の代わりに答えたのは佳代子だった。

「こちらこそすみません。不手際があったようで」

「ああ、そういうことじゃないんですよ。きっかけとかは特にないので……ほら、しーちゃん、お部屋に戻ろうか」

職員は後半だけ声音を変えて言い、朝妻の手を引きながら立ち上がる。朝妻はされるがままに腰を上げ、小股《こまた》で歩き始めた。

「一度彼女を部屋に連れて行きますので、続けていていただけますか？」

すぐ戻ります、と言い残して二人が浴場から出ると、沈黙が落ちた。数秒の間を置いてから、柏木さん、と佳代子が切り出す。

「どうしたの。何があったの？」

奈津子は答えることができなかった。頭の中を朝妻の声が反響している。ごめんなさいごめんなさいごめんなさい。ごめんなさいごめんなさいおかあさんおこらないで。

「やだ、柏木さん、顔が真っ青」

肩を揺さぶられ、視界が大きく揺れる。ぞわり、と背中を悪寒が走った。肩をつかんだ佳代子の手に力がこもる。

「貧血？　横になったほうがいい？」

「……あ」

奈津子は横に振りかけた首を、寸前で止めた。

「ごめんなさい、あの、ちょっと車で休んできてもいいですか」

「それはもちろんいいけど……でも一人で大丈夫？」

「少し横になればすぐ治ると思うので」

顔を伏せたまま佳代子の横を通り抜け、そっと浴場を出る。

パタン、とドアが閉じる音がした途端、呼吸が楽になるのがわかった。念のためうつむきがちに廊下を進み、角を曲がる。階段を数段下りてから小走りに駆け下りた。

駐車場まで来る頃には、完全に息が上がっていた。肩を上下させながら、充血した目を周囲に向ける。車体の脇には「マイらいふプロジェクト」という文字が大きく書かれている。奈津子は手の中で鍵を持ち替え、スイッチを押した。ピー。解除音が思いのほか大きく響き、どくん、と心臓が跳ね上がる。運転席のドアを強く引き、反動を利用して車内に飛び込んだ。大丈夫だ、もし見つかっても変に思われることはない。関係者なんだから。そう言い聞かせるのに、息が上手《うま》く吸えない。

震える指でキーを回す。エンジンがかかる音と共に、ナビの起動音が高らかに鳴った。シャラランー。

〈現在、起動中です〉

画面に表示された文字を、一心に見つめる。早く、早く。唇を嚙《か》みしめ、振り向いて入口を確認する。まだ、人の気配はしない。シャラランー。もう一度音がして視線を戻すと、メニュー画面が現れた。耳鳴りがする。喉《のど》が痛い。こめかみが軋《きし》む。メニュー。走行記録。

〈消去しますか？〉

奈津子はボタンを連打した。消去しました。切り替わった画面を見届け、もう一度建物の入口を確認する。冷えた汗がうなじを伝い落ちていくのがわかった。けだるい腕を気力で動かして助手席から降り、後部座席に座り直す。そのまま寝返りを打つ形で仰向《あおむ》けになり、低い車内の天井を見上げると、ようやく息をついた。

【坂井鞠絵の証言】

なっちゃんのことは……正直昔は苦手だったんです。いや、あの、苦手というか……一緒にいると息苦しく感じることがあったというか。

エピソードですか？　でも、あまりここは強調してほしくないんですけど……これ、記事にする前にちゃんとチェックさせてもらえるんですよね？　ああ、そうですか。でも、そんなに意味があるエピソードとは思えないんですけど……あ、はい。

応募者全員プレゼントってありますよね。雑誌とかについてる応募券に切手を何円分か足して送ると、必ずプレゼントがもらえるっていう。そうです、それで……たしかその頃人気だった漫画のキャラクターのペンケースとかだったと思うんですけど、中に特製鉛筆とか定規とかも入ってて……それがどうしても欲しかったんです。でも雑誌二カ月分の応募券と切手五百円分を入れなきゃいけなかったから、結構大変で。そもそもひと月のお小遣いが五百円で、雑誌が三百九十円だったから、百十円しか残らなかったんです。ふた月雑誌以外何も買わずに貯めたとしても二百二十円で、それじゃ足りなくて……送る用の切手も必要でしたし。

で、結局足りない分は地道に父の肩たたきをして十円ずつもらったりして、何とか応募してたんですけど……そうやっておねえちゃんと二人で力を合わせて手に入れたものを、なっちゃんに馬鹿にされたことがあって。ええ。そんなの欲しいの？　って呆《あき》れられるというか……何それ、そんなのかっこわるいよ、って。

もちろん、気にしなければよかったんだと思うんですけど、でもなっちゃんにそう言われると、何だか自分がすごく子どもっぽい恥ずかしいことをしているような気がしてきたりして。だから応募することをなっちゃんには隠すようになりました。

だけど、あるとき、送った封筒が応募の締め切りを過ぎた頃に戻ってきちゃったことがあって……おねえちゃんがなっちゃんに相談したんです。希望の商品の欄に丸をつけ忘れただけだったんですけど、慌てて出版社に電話してみたらもう締め切ったって言われちゃって……そしたら、なっちゃんが出版社にもう一度電話してくれたんです。どうしてもダメなんですか、どうして送り返してきたんですか、電話番号だって書いてあったんだし電話で問い合わせてくれればよかったじゃないですかって言って、特別にセーフってことにしてくれて。

なっちゃんには、そういうところがありました。頼られると放っておけないというか……え？　おねえちゃんが何でもなっちゃんに頼りっきりって……そういう意味で言ったんじゃないんですけど。

あの、今回の本って、おねえちゃんたちについて書くんですよね？　だったらちょっと言わせてもらいたいんですけど、おねえちゃんたちは共依存なんかじゃないんです。でも、テレビでそんなふうに言われていたので……たしかに最近までおねえちゃんとなっちゃんは近くに住んでいましたけど、でもそれだって深い意味があるわけじゃないんです。たまたま近くにいい部屋が空いていたっていうだけで……おかしいんじゃないかっていう目線で切り取れば何でもおかしく見えてくるものですけど、確率的には何もおかしくないんですよ。この辺りにはそもそも夫婦向けのアパート自体の数が少ないんです。

その証拠に、半年前におねえちゃんたちが買ったのは水戸駅の方でしょう？　ええ、今の家です。そのうち子どもも生まれるだろうし、いつまでも狭い賃貸暮らしってわけにもいかないだろうってことで。え？　遠くなりましたよ。車で十分って言っても、おねえちゃんは車を運転できないので。歩きなら一時間はかかります。

おねえちゃんが引っ越した理由ですか？　私が訊《き》いたのは、職場に行きやすい場所に、とかそういうことだったと思いますけど。え？……ああ、まあたしかになっちゃんは引っ越しに反対してましたけど、でもそれは別に家が遠くなるのが嫌だったからじゃなくて、どうせ出産後も働き続けるわけじゃないんだからっていう……そんなにおかしな理由ではないと思いますけど。

今回のことも……絶対何かの間違いだと思います。なっちゃんがそんなことをするはずがないんです。

私……大学を卒業してからも就職先は東京で見つけて、しばらくはあっちにいたんですけど、四年くらい前にこっちに戻ってくることになったんです。赤ちゃんができて、職場では当然辞めるものとして扱われてしまって……保育園に預けて働こうにも不規則な仕事だし、そもそもまだ結婚もしていなかったから、どうしたらいいのかわからなくなってしまって。

その頃はもう、泣いてばかりいました。妊娠中で不安定だったというのもあるとは思うんですけど、何て言うか敗北感の塊で……私にとってはこっちに帰ってくること自体が負けだったし、まだ今の旦那《だんな》ともつき合って間もない頃だったから、いろんなことが不安になっちゃって……でも、なっちゃんが鞠絵なら大丈夫って言ってくれたんです。私のお腹を触りながら、この子は鞠絵を選んで生まれてくるんだよって。それで私、頑張ろうって思えたんです。

娘が生まれてからもすごくかわいがってくれて……なっちゃんは絶対人を殺したりなんて、本当に、そんなことができるような人じゃないんです。

ああ、どうしよう……ちゃんと伝わっていますか？　これで、裁判員のなっちゃんへの印象は良くなるでしょうか？

私、上手《うま》く話せていないかもしれないですけど……お願いします。きちんと書いてください。なっちゃんは優しい人なんです。人から誤解されてしまうところもあるかもしれないけど……あの、足りなければいくらでも話しますから。

第五章

——庵原紗英

1

「ありがとうございました！」

　書店員の晴れやかな声から逃れるように、紗英は紙袋を脇に抱えて足早に非常階段へ向かう。強張《こわば》った腕の間から薄茶色の紙袋を引き出すと、上の辺が染み込んだ汗でかすかに湿っていた。

　腿《もも》の裏に張りついたワンピースの裏地をそのままに、階段を半階分下りて踊り場の端にしゃがみ込む。セロハンテープに指をかけると、貼られたばかりのそれはあっけなく剝《は》がれた。袋の口から手を入れ、つるつるした手触りの表紙を親指と人さし指の腹で挟む。ぐっと力を込めて引くと、分厚い角が袋を破る音が妙に大きく響いた。

〈妊娠がわかったら。二カ月、三ヵ月、四ヵ月でやっておきたいこと。吐きづわり？　食べづわり？　初めてのママへ。もらえるお金一覧。特別付録！　特製マタニティバッジ〉

　表紙に並んだ鮮やかな写真と文字に、紗英は内臓がうごめくのを感じる。

これを買ってしまったら終わりだと思ってきた。ずっと、買うことを目標にしてきた妊婦雑誌。たとえばそれは、試験に受かったらお祝いに食べようと思ってとっておいたお菓子をこらえきれずに発表前に食べてしまったら、もうその試験に受かることはなくなるというような。

これを買ってしまったら、もう二度と子どもはできなくなる。

強迫観念のように考え続けてきたのは、そう考えなければ買い揃えてしまいそうだったからだ。母子手帳ケース、超音波写真アルバム、安産守、妊娠帯、マタニティ下着——妊婦のためだけに作られたグッズたちを。

これで歯止めがきかなくなってしまったら。使う日はこないかもしれないと思いながら、一つひとつ通販で買い込んでいってしまったら。紗英は、破裂しそうな勢いで膨らんでいく後悔に叫び声を上げそうになる。

ずっしりと重い雑誌を持つ手が震えた。だが、その指は止まることなくページをめくっている。幸せそうに微笑む妊婦たちの姿を呆然《ぼうぜん》と見開いた瞳《ひとみ》に焼きつけながら、焦《じ》らすように一枚一枚紙を左から右へと移動させていく。腿に角が食い込んでいく痛みを意識しようとするのに、麻痺《まひ》したように何も感じない。

わたしは自分とした約束を破ろうとしているのだと、紗英はどこか手の届かないところで冷静に考えている。だいじょうぶ、だいじょうぶ、そんな約束にはなんの意味もない。このことと、子どもができないことには関係がない。言い聞かせるそばから、その自分自身が、これでもうダメだと言い放つ。

ページの中心に、マタニティバッジが現れた。ああ、と紗英は嗚咽《おえつ》のように熱のこもった息を漏らす。安心しきった表情で目を閉じた子と母のイラスト、〈おなかに赤ちゃんがいます〉という文字——ハート形のバッジを前に、紗英は唇をわななかせる。ずっと、これがほしかった。なのに、善意と祝福にまみれたそれは、悠然と紗英を拒絶する。

紗英はバランスを崩して床に膝《ひざ》をついた。たわんだポケットから丸めた封筒が落ちる。

〈中津川助産院　中津川様、坂井様〉

サインペンで書かれた宛名が視界に飛び込んできて、胸の中心が比喩《ひゆ》ではなくずきりと痛んだ。こんなの、気にするようなことじゃない。いまに始まったことでもない。そう思うのに、喉《のど》になにかが詰まっているように息が苦しくなる。自分の名前だけが、宛名に書かれていないということ。

ハサミで切り開けた封筒の上部から中身を取り出す。便箋《びんせん》が二枚、写真が三枚入っている。紗英はそこに写った鞠絵の笑顔と、かすかに丸みを帯びた字で綴《つづ》られた文面を力なく見下ろした。

〈中津川さん、坂井さん、本当にありがとうございました。お二人のおかげでとっても自分らしいお産をすることができました。途中ちょっとくじけそうになったけど、ここで頑張り抜くことができたら自信になるよっていう坂井さんの言葉で頑張ることができ

たんだと思います。退院時に撮った写真と最近の蓮斗《れんと》の写真を送りますね〉

蓮斗、という字に、彼女のはにかんだ声を思い出す。睡蓮の蓮に、北斗七星の斗で、蓮斗にしようかと思って——出産直後、彼女の口からそう聞いたのは、たしかにわたしだったはずだ。旦那さんが出張先から戻ってくるまでの三時間半、彼女の腰をさすり続けたのも。

紗英は便箋と写真から視線をそらす。それでも、言葉がまぶたの裏に焼きついたように消えてくれない。——中津川さん、坂井さん。お二人のおかげで。

わたしの仕事だって、命を生み出す手伝いであるという点では助産師と変わらないのだと信じたかった。

『最近つくづく思うのよね、やっぱり子どもを産むことが女の一番の幸せなんだなって。こんなにやりがいがある仕事は他にないんじゃないかと思うの。だって母親っていう存在には代わりがいないでしょう』

『それを手助けできるのも、やりがいのある仕事だと思わない？』

それは、義母の、友達の、なっちゃんの言葉を封じ込めることができる唯一の理屈だった。

だが、ほんとうは、もっとずっと前からわかっていたのかもしれない、と紗英は思う。わたしの仕事と鞦絵の仕事は違うのだと。

『簡単な仕事だし、おねえちゃんでも務まると思うよ』

中津川助産院の看護助手の枠に空きがあるという話を持ってきたとき、鞠絵はそう口にした。簡単な仕事、おねえちゃんでもという棘《とげ》のある表現に、引っかかりを覚えなかったわけではない。それでも、バカにしないでと憤慨することがなかったのは、そんな言い方しかできない鞠絵を不憫《ふびん》に感じていたからだった。

国家資格を必要とする医療関係の仕事、という地元に存在する仕事の中では羨《うらや》ましがられる職についていてもなお、挫折《ざせつ》感と身に余る向上心に押しつぶされそうになっている鞠絵。こんなはずじゃなかった。こんなところ、私がいるべき場所じゃないのに。人目もはばからず繰り返す鞠絵の愚痴につき合いながら、紗英はひっそりと胸をなで下ろしていた。

——鞠絵を支えてくれるものは、仕事しかないんだ。

揶揄《やゆ》するように思って、初めて紗英は自分の中の屈折した思いに気づいた。

紗英にとって鞠絵は、幼い頃から警告板のような存在だった。さわるな危険。立入禁止。注意を促す標示に従えば危険を避けられるように、鞠絵と同じことをしないようにすれば、母を怒らせてしまうこともなかった。

母は、なぜか紗英ばかりをかわいがり、鞠絵を叱った。同じように育ててるつもりなのに、鞠絵はどうして紗英みたいにできないのかしら。そんなセリフを耳にしたのも一度や二度ではない。

鞠絵が怒られているから鞠絵と似ないようにし始めたのか、それとも初めからなにかが違ったから鞠絵だけが怒られていたのかはわからない。ただ、母に気に入られるためには鞠絵と反対のことをすればよかった。鞠絵が叱られたことをしないようにする。鞠絵がしそうにないことをする。いつだって鞠絵は教えてくれた。こうすれば母が喜ぶ、笑う、悲しむ、怒るという答えを。

反対に、鞠絵をかわいがったのは父だった。さすが鞠絵は俺の娘だな。鞠絵がなにかで成果を挙げるたびに満足そうにニヤリと笑った。そう言われてみれば、たしかに勉強ができて上昇志向がある鞠絵は父に似ていた。

いつしか、家庭内は二分されていた。

紗英はお母さんの子、鞠絵はお父さんの子。

とにかく東京に行きたいのだと言い募る鞠絵を支持したのも父だった。いいじゃないか、鞠絵は親元を離れて遊ぼうなんて考えるような子じゃないだろう。

それに対して、ひたすら東京の悪口を言うことで反対したのが母だ。東京の人って冷たいんでしょう？　道で転んでも誰も声をかけてくれないっていうけど。空気が汚いし、物価も高いし、いいことないわよね。変な人に目をつけられても、この辺りみたいにご近所の目がないから助けてもらえないし。

紗英にも、東京へ行ってみたいという思いがなかったわけではない。だけど、鞠絵が行きたいというのなら、行くわけにはいかなくなった。中学生のときから高校を卒業したら東京に行くと言い続けていた鞠絵を横目で見ながら、紗英は地元の短大に進み、そのまま就職した。

初めは父のコネで地元の新聞社に、そこを四年ほどで退職してからは、いくつかのアルバイトを転々とした。印刷会社の事務、百貨店での催事スタッフ、駅前のケーキ屋の販売員――どれもそれほど長続きしなくて、辞めるたびに父からは小言を言われた。

鞠絵は大きな腹を抱えて実家に戻ってきたとき、刹那《せつな》的なアルバイトと合コンに明け暮れる紗英を見て『いいね、おねえちゃんは』とつぶやくように言った。それが嫌味だとは紗英は思わなかった。仕事で自己実現するしか自分の生きている意味を見出《みいだ》せない鞠絵の生き方はひどく息苦しいものに思えたし、それでも分不相応な夢を追い続ける鞠絵は愚かに見えたから。

だから鞠絵が中津川助産院に就職して院長に口を利いてくれたときにも、それほど抵抗はなかった。そのころは既に大志との間に結婚の話が持ち上がっていて、妊娠して辞めるまでのつなぎだと決めていたからでもあったかもしれない。ここで妊娠、出産の現場を目にしておくことは近い将来の予行練習になるかもしれないとすら考えていた。

どうして気づかなかったんだろう、と紗英は宙を虚《うつ》ろに眺める。

鞠絵が持っているものは、わたしは持つことができないのだということに。

鞠絵がやりがいのある仕事をしているなら、わたしにできるのはやりがいのない仕事。鞠絵が東京に出ていけるのなら、わたしは地元から出られない。鞠絵が子どもを産めるのなら、わたしには産めない。

ただ一つ、鞠絵になくてわたしにあったのは——鞠絵が東京に行って好きなことをしている間にも、母のそばに居続けた年月だった。

出産に際して鞠絵が戻ってくることになって、初めに紗英が心配したのは母と鞠絵の仲に決定的な亀裂《きれつ》が入ってしまうことだった。

母は決して、こうしなさいと口にすることはない。自分はこう思う、自分ならこうすると言うだけだ。もし母が「私なら堕《お》ろすけど。だってまだ結婚もしてないのに妊娠だなんてみっともないじゃない」と言えば、鞠絵はきっと激怒する。そうなったら、結局鞠絵は身重の身体を抱えたまま東京に戻ることになってしまうかもしれないと、そこまで考えた。

だが、母はあっさりと鞠絵を許した。

鞠絵は本当にしょうがない子ねえ。たしなめるように言ったのはそのくらいで、そこにも鞠絵を否定する響きは少しもなかった。つわりはもう終わったの？　そうでしょう、私もそうだったたからね。こういうのは母親に似るの。大丈夫、お産もそんなに重くないわよ。母乳の出だって悪くないだろうし。母はそう言って鞠絵の膨らんだ腹を愛《いと》おしそうに撫《な》で、鞠絵は困惑を露《あら》わに視線をさまよわせながら、けれど母の手を振り払いはしなかった。

そして鞠絵は、それまで母に反発し続けていたことなど忘れてしまったかのように、あっさりと両親との同居を決め、母に頼るようになった。

鞠絵は自分が仕事に復帰するために育児を引き受けた母に負い目を感じているようだったが、そんな必要がないことを紗英は知っている。母は、鞠絵のために犠牲になったわけではない。母もまた求めていたのだ。

自分の経験が活《い》かされる、自分が必要とされる立ち位置を。

母は、紗英に見えないなにかを鞠絵と分かち合いながら嬉《うれ》しそうに言った。

――鞠絵は、やっぱり私の子ねえ。

ガンッ、となにかを殴打するような音がして、床に落ちた雑誌に遅れて気づく。紗英の手の中には、封筒と柔らかなバッジだけが残っていた。

立ち上がるまでに人がきたら捨てようと、懸命に自分に言い聞かせる。けれど紗英は知ってしまっている。きっと、ここに人はこない。たとえきたとしても、もうわたしはこれを捨てることができないのだと。


玄関のドアを開けた瞬間、紗英は大志が帰ってきていないことを悟っていた。出たときとなにも変わらない淀《よど》んだ空気に足がたじろぐ。

――大志はもう、本当に戻ってこないつもりなんだろうか。

真っ暗な家の中を電気をつけて回りながら、顔から表情が抜け落ちていくのを感じた。

このまま、わたしとの結婚生活を終わりにするつもりなんだろうか。胸が強く押されたように痛み、息が詰まる。わななく唇を噛《か》みしめ、嗚咽《おえつ》を堪《こら》えた。

大志の浮気を知っても、ショックなんて受けていなかったはずだった。それなのに――

――

『乗ってよ』

低い声で言う大志の声が蘇《よみがえ》る。手の甲で億劫《おっくう》そうに額を拭《ぬぐ》う大志の横で、無表情のまま上体を起こす自分の姿までもが見えるような気がした。

紗英は大志の上にまたがり、脇に両手をついた。子づくり情報のサイトで見た〈妊娠を目的にするなら、挿入が浅くなり、子宮口が下を向いてしまう騎乗位はおすすめできません〉という文字を思い出しながら身体を沈めていく。途中でやめられてしまうよりは、と考えかけたところで、大志が苛立《いらだ》つように腰を突き上げ始めた。

倒れ込むようにして大志が上になり、紗英は、再び動き始めた大志の顔を盗み見る。吸い込まれそうに暗い、がらんどうの目。

紗英は慌てて声を漏らしながら目をきつくつむった。はやく終わるように、大志の出したものを、少しでも奥深くに吸収できるように。つま先まで力を込め、夫の与える無機質な快感に集中する――

紗英は記憶を振り払うように頭《かぶり》を振り、寝室の前で足を止める。ドアを開ける気にはなれなかった。

ただ、子どもを作るためだけの行為――そう、それだけだったはずだ。月に一回、機械的に繰り返すだけの時間は気詰まりでしかなく、けれどそれでもやめられないことが自分たちの結婚生活を象徴しているように思えた。子どもさえできれば、もうこんなことをしなくて済むのに。そう思う一方で、別の思いも浮かんだ。子どもさえできれば、また昔のように違う気持ちで触れ合えるようになるかもしれないのに、と。

紗英は虚ろな目を宙に向け、携帯を操作してインターネットに接続する。探偵、浮気調査、別れさせ屋。思いつく単語を順番に打ち込み、次々に現れるサイトを読み込んでいった。大切な相手を取り戻す方法――画面に現れた文字に、紗英は動けなくなる。

大切な相手。

きつく目をつむった瞬間、目を細めた大志の顔が脳裏に浮かんだ。そこから巻き戻るようにして、もう三年も前のやり取りが蘇っていく。

庵原家では結婚式の前の晩には必ず親戚《しんせき》全員で宴会を開くのだと知ったのは、結婚式当日まで一週間を切った頃だった。

『え、それわたしもいかなきゃいけないの？』

紗英が思わず顔を強張《こわば》らせたのは、結婚式の前の晩はなっちゃんと過ごそうとずっと前から決めていたからだ。女ふたりで過ごす独身最後の夜。お酒を飲みながら、ふたりで幼い頃からのことを順番に思い出していくのが夢だった。

固まってしまった紗英を、大志はうかがうように見る。

『できれば来てほしいけど……なんか予定あった？』

紗英はうつむき、なっちゃんと、とだけ答えた。大志はああ、とうなずき、それ以上は訊《き》こうとしなかった。

大志が出席する親戚たち一人ひとりに電話をかけ、紗英が責められることのないようにフォローしてくれていたのだと知ったのは、披露宴の最後の見送りで親族にそう言われたからだった。

紗英は驚き、大志を見上げた。

『そんなに大事なものだったの？ 教えてくれたらよかったのに』

『知ってたら、宴会の方に出たかった？』

それは、と答えかけて窮した紗英に、大志はゆっくりと微笑んだ。

『よかった。昨日、楽しかったんだな』

大志側の親族は十八人。その全員に電話をかけたのか、そこでなにを言ったのかは紗英は知らない。ただ、だれひとりとして、欠席した紗英をとがめた人はいなかった。お色直しのドレスの色にも首を傾げてみせた義母でさえ。

紗英は目を開き、手の中の携帯を見下ろした。

――大志の子だから、欲しかったのだ。

わたしは、大志が好きだった。だからずっと一緒にいたかったし、大志との子を産んで、育てたかった。

紗英は奥歯を食いしばる。

なのになぜ、こんなことになってしまったんだろう。

耳元で低い振動音が響き渡った。紗英はハッとして目を開く。

慌てて携帯の画面を開き、現れた見知らぬ番号に躊躇《ちゅうちょ》する。だれだろう、と考えた途端に意識に浮かんだのは大志だった。そういえば、大志は携帯の充電器を持っていかなかった。大志がだれかに電話を借りてかけているのだとしたら――考える間にも、着信音は回数を増していく。さらに四回待ったところで、紗英はようやく画面の上をタップした。声を出さずに、受話器を耳に当てる。

『もしもし？』

聞こえた声は、低い、どこかしわがれた男の人の声だった。大志じゃない。ただ、それだけがわかる。

『庵原紗英さんの携帯電話でよろしいですか？』

「はい……そうですけど」

『――警察署のものです』

くぐもった声がうまく聞き取れなかった。ケイサツショ？　言葉がすぐに変換できない。紗英の反応を待たずに、男の声は言った。

『ご確認いただきたいことがありまして……お手数ですが、一度署にお越しいただけませんでしょうか？』

ごかくにん、紗英は呆然《ぼうぜん》と言葉を繰り返した。なにを言われているのかわからなかった。ただ、嫌な予感だけがなにかを警告しようとするかのように胸の中心を強く叩《たた》く。

力の入らない唇を薄く開き、

「どういうことですか」

かろうじてそれだけを口にした。

男は数秒の間を置いてから、低く続ける。

『昨日の十一時頃、岩瀬の山道付近で男性の遺体が発見されました。身体的な特徴を照らし合わせましたところ、ご主人ではないかという見解が出まして、ご家族にご確認いただきたいと――』

【 黒川敦美《あつみ》の証言 】

ええ、そうです。紗英さんは短大卒ですから、歳は同じなんですけど私が入社したときには既に三年目の先輩でした。先輩と言っても……記者ではなくアシスタントでしたけど。

他社の新聞を綴《と》じたり、記者の指定した記事をコピーしてきたり、まあひと言で言えば雑用がメインです。でも、初めは私もよくわかっていなかったんで、普通に採用された年上の先輩なのかと思っていました。

父親のコネですよ。当然じゃないですか。そりゃうちはしがない地方紙ですけど、でも四大も出てない人が採用されるなんてありえないです。今ではさすがにそれでも一応試験くらいは受けさせるらしいですけど、当時は面接だけでとってしまっていたみたいで。

まあ、父親は一応役員ですし……派手な記事を書く人ではないですけど、生え抜きだしそれなりに社内で力がある方だったと思います。

それは、父と娘の関係のままだったか、それともきちんと公私を分けていたか、ということですか？　であれば、答えは前者です。そもそも職場にも父親の車で来ていましたからね。あれはどうなんだって、問題視している社員も中にはいました。

ちょっとありえないと思いませんか？　いえ、社会人としてというだけではなくて……

……ここには車で？　ですよね。では、失礼ですが、ご家族に車をお持ちでない方はいますか？　ああ、そうですか。

いえ、たしかに東京であればそれでもいいんだと思うんです。電車も多いし、終電も遅くまであるし。でも、こっちで車を持ってないっていうのは、ある意味決定的なんです。

たとえば……この店、結構いいと思いませんか？　でしょう？　この辺の店にしてはね、いいクオリティをしているんです。味もいいし。でもね、駅からこの店に来るための路線って一時間に二本しかないんですよ。しかもバス停からは歩いて十分ほどの距離があります。ちょっとしたことなんですけどね、でもわざわざそこまでして来ようとは思わないでしょう？　そういうことなんです。車がないと、選択肢が極端に狭まってしまう。人を頼らない限り、そこから幅を広げることができないんです。

だからこの辺りの子は普通十八になればすぐに教習所に通うんですよ。当たり前の流れとして、とりあえず免許を取る。しばらくは親の車を借りてるけど、働くようになったらまず車のローンを組む。それがデフォルトなんです。もちろん、私もそうでした。いえ、免許自体は一応持っているみたいでしたけど……でも、紗英さんが運転しているところは見たことがないです。前に事故を起こしたことがあるそうで……事故と言っても電信柱に擦《こす》ってサイドミラーが取れた程度らしいんですけど。でも、それ以来怖いから運転しないことにしたそうです。親にもやめておきなさいって言われたらしくて。

初めに聞いたときには驚きました。え、じゃあどうやって生きているのって。アシスタントとはいえ新聞社ですから、必ずバスがある時間帯に帰れるというわけではありませんし。でも知り合ってしばらく経つと妙に納得して。簡単なことなんです。親に電話するんですよ。電話して待っていれば親が迎えに来てくれるんです。まあ専用のタクシーみたいなものですよね。あれじゃたしかに車がなくても生きていけるよなっていう。

他に印象的だったこと、ですか？……一つ、あります。

彼女がうちの社を辞めた理由です。

「最近、山尾《やまお》さん冷たいし」って。紗英さん、そう言ったんですよ。

山尾さんっていうのは紗英さんより二つ上の先輩で、当時は社会部にいて、今は地方部にいるんですけど……紗英さん、彼のことが好きだったんです。でも山尾さんは、あいつが俺たちと同じ給料もらってんのかと思うと本気で腹立つよなって言ってたり。さすがに面と向かっては言ってなかったと思いますけど、そういう軽蔑《けいべつ》している空気は紗英さんも感じたのかな。もういい、辞めるって言って、本当に辞めてしまいました。

せっかく正社員になれたのにもったいない、他に父親のコネがきくところがあるのかって、同期の間でも話題になったんですけど……でも、誰だったかな、同期の一人が、あの人は働きに来てたわけじゃないからいいんじゃないのって言ったんです。結婚相手を見つけるために来てたんでしょって。

だから、そのあとしばらくして紗英さんから「結婚する」っていう報告を受けたときには、素直によかったなと思いましたね。ああ、ちゃんとゴールできたんだなって。

ええ、彼女の携帯のメールアドレスをご存じですか？ 私も定期的にやり取りをしているわけじゃないのでちゃんと最新のものまで把握しているかは自信がないんですけど……彼女、すごく頻繁にメールアドレスを変えるんですよ。迷惑メール対策とか、そういうんじゃなくて。

彼氏のね、名前を入れるんです。えーと、ほら、たとえば彼の名前が「あきら」だったら、「akira.sae.forever」とか。たとえばですけどね。そういう感じで、恋人が替わるたびにアドレスも変わるから、アドレス変更が頻繁なんです。……あ、やっぱり。ほら、今のアドレスに「ambitious」って入ってるでしょ？　これって、あれですよね。有名なクラーク博士の、「少年よ大志を抱け」。

これ、変えないのかな。それとも、私には連絡が来ていないだけでもう変えているんですかね。

あ、そうですか。そのまま。ふうん……でも、それもそれでちょっと怖い話ですけど。

——柏木奈津子

2

大志の死体を見つけたのは、二十代の半ばにさしかかったばかりの青年だった。

大学の陸上部の先輩の結婚式の出し物として、みんなで駅伝をする姿を撮影していたという青年は、第三走者としてその道を走った。

青年は社会人三年目で、卒業後はろくに走っていなかった。だから与えられた区間を走りきれず、途中で歩いてしまった。そして、異臭に気づいた。

車に乗っていたなら、そのまま通り過ぎただろう。一人でいたとしても、おかしいと思いながらも行き過ぎたはずだ。だが、そのとき青年は撮影用のビデオカメラを抱えたグループの面々と一緒だった。

なんか臭くないか。

死体でもあるんじゃねえの。

そんなふうにふざけて茂みを覗《のぞ》き、そこで彼らは、野良犬によって掘り起こされかけていた大志の足を見つけた。

あっけないものだ、と奈津子は思う。

たった二週間前——あれほど必死に隠し、誰にも見とがめられずに終えられたはずのことが、こんなことで明るみに出る。知人の結婚を祝うための善意の行動。大志の死体を前にしたとき、天啓のようだと感じた思いがなぜか蘇《よみがえ》る。

紗英が義父に引きずられるようにして焼香台へ向かう。だが、背中を押されても、棺《ひつぎ》を見上げるばかりで抹香に手を伸ばそうとしない。

——紗英は今、何を考えているのだろう。

「紗英さん、焼香を」

義父の囁《ささや》き声が漏れ聞こえた。それでも紗英は両腕を身体の脇にだらりと垂らしている。義父は数秒待ってから、焼香台に向き直った。立ち尽くした紗英の隣で抹香をつまみ、額に寄せては香炉に落とす。

奈津子は数珠《じゅず》を置いたままの手のひらをじっと見下ろす。指先を折り曲げると、泥が取れなくて短く深爪ぎりぎりに切った爪が視界に入った。

ゆっくりと胸の前に腕を伸ばし、平泳ぎの要領で空気をかき分ける。

隣で貴雄がぎょっと顔を向けてくるのを横目に感じながら、奈津子はそっと目を細めた。

飛べる、飛べる。

念じるように繰り返し、身体が浮き上がるのを待つ。

だが、いつまで経っても浮遊感は訪れない。奈津子は両手を膝《ひざ》の上に落とし、ぼんやりとまつ毛を持ち上げる。

低く這《は》うように流れ続ける読経《どきょう》の低音、緻密《ちみつ》な細工が施された仰々しい白木祭壇、白、緑、紫、黄色――規則的であるがゆえにモザイク模様のようにさえ見える供花の間に、ぽつり、ぽつり、ぽつりと真新しい芳名板が櫛《くし》のように生えている。喪主、庵原和子、庵原幸平《こうへい》、株式会社常陸銀行、株式会社ガイソゥ代表取締役　高岩雅彦《たかいわまさひこ》、株式会社鉄満会《てつまんかい》、柏木貴雄・奈津子。暑苦しいほどの太い明朝体で書かれた名前が自分のものではないように見える。　子供一同、孫一同といった多くの葬儀で見られる表記は、どこにも見当たらない。

どうして飛べないのだろう。奈津子は力なくうなだれて、黒いストッキングに包まれた膝頭を見下ろす。だったらせめて、早く醒《さ》めればいいのに。

幼い頃から、明晰《めいせき》夢を見るのが得意だった。夢だと自覚しながら見る夢で、これは夢なんじゃないかと思って腕をかくと、身体がふぅっと宙に浮かんで本当に夢の中であることに気づく。大抵はその瞬間に、急に周りの視界がぼやけていって目が覚めてしまうのだが、そこでこらえることができれば夢の世界に留まることができる。

前頭葉が半覚醒《かくせい》状態のときに見る夢なのだという理屈を知ったのは大人になって夢についての本を読んだときだったが、それまでにも奈津子は感覚としてその方法を知っていた。身体の力を抜く。複雑なことを考えないようにする。ただぼんやりと輪郭のないふわふわとした世界にゆっくりと存在を沈ませていく。気負わずに夢の中に存在が定着するのを待ってから、そっと腕で空気をかいて空へと飛び上がる。

だからこれは夢なのだと奈津子は思う。悪い夢。長くて重い、けれど醒めてしまえばすぐに消えてなくなる儚《はかな》い夢。

固まったように動かない首を軋《きし》ませて、傍らの梨里を見下ろす。梨里は奈津子と目が合うと、顔を歪《ゆが》め、うかがうように上目遣いをし、それから思いきるように目をつむって息を大きく吸い込んだ。ふぇぇ、と文字で表現できそうな声を出し、その自分の声に励まされるようにして改めて泣き始める。

読経の声と共鳴するように伸びていく幼い高音を聞きながら、甘え泣きだと静かに思う。本当に痛いとき、悲しいとき、悔しいときは、こんな泣き方はしないとわかる泣き方。声を出してから絞るようにまばたきを繰り返して涙を出す梨里に腕を伸ばし、その柔らかな髪をそっと撫《な》でた。

「どうしたの、梨里」

ひそめる声音が、妙に大きく響く。だが、奈津子は既に答えを知っている。慣れない雰囲気にのまれているのだ。鳴り続ける木魚の音と読経、一方向を見て並び、黙りこくった黒い人間の群れ、手のひらの中でジャラジャラと音を立てる無骨な数珠——梨里が初めて目にするものばかりのはずだ。

幼い梨里は、何が起きているのかわからなくて、自分がどうすればいいのか見当もつかなくて、ただ泣くことしかできないのだろう。

深い記憶の底から浮かび上がってきたのは、父親の葬儀の光景だった。

葬儀場ではなく、自宅だった。決して広くはない板の間に祭壇が持ち込まれ、いつもは母がくるくると動き回っている台所には白い割烹着《かっぽうぎ》を着た近所の人たちがひしめき合っていた。奈津子はそこで座っていなさい。母に言われるがままに廊下に正座をし、ひどく忙しそうに目の前を行ったり来たりする黒い着物姿の母を目で追い続けていた。

お母ちゃん、そう呼びかけたくて口を開きかけ、けれど声が出せずに奥歯を噛《か》んだ。何度も何度も頭を下げる母の周りで、近所の人や見知らぬ黒い人たちはなぜかはしゃぐようにしゃべり続けていた。このたびは急なことで。本当にかわいそうに。大変でしょう。こんなときこそあなたがしっかりしないと。奈津子ちゃんだってまだ小さいんだから。

今の梨里よりはよほど大きく、何が起きているのかはわかっていたが、それでも何をすればいいのかはまったくわからなかった。こうしてぼんやり座っていたら気の利かない子だと思われるんじゃないかと思い、テキパキと立ち動いていたらかわいげのない子どもだと思われるんじゃないかとも考え、結局何もできずに母から渡された数珠を握りしめていた。

あのとき、母と目が合っていたら私も甘え泣きをしていたんだろうか、と梨里を見下ろしながら考える。母と目が合った記憶はない。だが、たしかに葬儀が始まる頃には泣いていた。あれは、何がきっかけで泣き始めたのだったか。

「梨里」

低い小声に左を向くと、貴雄が腰を浮かせていた。

「ちょっと外に出るか？」

梨里の目が見開かれる。泣きじゃくった喉《のど》がごきゅりと鳴った。ひっと息を吸い込み、溜《た》め込むような間が空く。泣きやんだのだろうか、と思うタイミングで、さらに大きな泣き声を上げた。

泣きやませなければ、と頭の片隅で思う。だが、今度は腕が動かなかった。抱き上げてやらなければ。大丈夫だと言ってあげなければ。そう思うのに、指一本さえ、唇さえ動かせない。

貴雄が梨里を抱き上げて立ち上がった。奈津子はそれを、焦点の合わない目で見上げる。

こうしている間にも、警察は司法解剖を進めているのだろう。死因、死亡推定時刻、指紋、タイヤ痕──次々に浮かぶ単語が、妙に薄っぺらく、作り物めいて感じられた。殺人事件の捜査に当たる刑事の姿など、テレビドラマや推理小説以外では目にしたことがない。それがどこまで現実に忠実なのか、物語の都合上かなり脚色されているものなのかも奈津子にはわからなかった。

最後の一人が焼香を終え、読経の声が収束に向かう。会場の外へと運び出された梨里の泣き声が、ドア越しに微《かす》かに聞こえた。

焼香に並ぶ人間がいなくなっても、紗英はまるでそこに誰かがいるかのように頭を下げ続けている。虚《うつ》ろな目を前方へ向け、船を漕《こ》ぐかのように規則的に大きく身体を前後に揺らしている紗英に視線が集まり、会場にさざめきが広がった。

紗英。奈津子は心の中で叫ぶように呼びかける。

——紗英、紗英、しっかりして。

シャラシャラと、衣擦《きぬず》れの音を響かせながら僧侶《そうりょ》が退場していく。喪主であるはずの紗英の代わりに、葬儀委員長である大志の上司が立ち上がった。それでもまだ壊れた振り子のように揺れ続けている紗英を腕を強く引く形で無理やり立たせ、形ばかりに並んで挨拶《あいさつ》の言葉を口にし始める。

休ませた方がいいんじゃないのか。かわいそうに。そりゃショックよね。殺されたって本当なの。ほんの小さな囁き声が、さざなみのようにうねりを伴って奈津子の耳に届く。

「これをもちまして、故庵原大志殿の葬儀および告別式を終了いたします。この後まもなく出棺でございますので、お見送りになる方はしばらくお待ちください」

司会者のアナウンスと共に、会場に張り詰めていた空気がふっと緩む。奈津子はこらえきれずに立ち上がった。無表情で宙を眺めて揺れている紗英のもとへと足早に歩み寄る。

「紗英」

呼びかけた瞬間、ようやく意思を持って上げられた紗英の顔が大きく歪んだ。伸ばされた紗英の腕が奈津子の袖《そで》をつかむ。そのまま吐き出すようなうめき声を漏らして泣き崩れた。奈津子は震える腕で紗英の頭を抱き込み、力を込める。

「大丈夫、大丈夫だから」

奈津子の言葉に、腕の中の紗英は泣き声を一層張り上げた。

「なっちゃん」

紗英が、奈津子にしがみつく。幼い子どものように、全力で。

奈津子はふいに嗚咽《おえつ》がこみ上げてくるのを感じ、慌てて唇を嚙みしめた。顔をくしゃくしゃにして泣く紗英、全力でしがみつく腕、なっちゃんという呼び声——私はこれを、知っている。

紗英はまだ六歳になったばかりで、水戸駅前のデパートでキャラクターショーを見た帰りだった。母も一緒で、ついでに紗英の誕生日プレゼントも買ってしまおうとおもちゃ売り場へ行った。フランス製のかわいいテディベアがあって、これがいいんじゃないかと抱き上げた瞬間、奈津子はつないでいたはずの手がいつの間にか離れていたことに気づいて息を呑《の》んだ。

『あんたはどうしてちゃんと手をつないでおかないの！』

母が怒鳴り、奈津子の答えを待たずに店員に飛びついた。迷子を預かっていないかと詰め寄ると、店員はすぐさま内線でどこかに問い合わせる。店員が受話器に向かって『来ていませんか』とため息混じりに口にするのと同時に、奈津子は一人で駆け出していた。子ども服のお店を回り、キャラクターショーをやっていた屋上を確かめ、前に紗英がソファの展示コーナーではしゃいでいたことも思い出してインテリアのフロアにも行った。けれど、紗英の姿はどこにも見当たらない。

奈津子はエレベータ横のフロア案内板の前で、目をきつくつむる。紗英、紗英、どうしよう、もし紗英に何かあったら――

館内放送が流れたのはそのときだった。

『迷子さんのお知らせをいたします。ただいま婦人服売り場コミラージュにて六歳の紗英ちゃんをお預かりいたしております。お連れ様は至急、四階婦人服売り場までお越しくださいませ』

婦人服売り場？　コミラージュ？　奈津子は怪訝《けげん》に思いながらもエスカレータを駆け上がる。店頭に立った細すぎるマネキンを目にした途端、自分が紗英にちょっとここで待っててと言ったのだと思い出した。

『あんたが紗英ちゃんにここで待ってるように言ったんだって？　紗英ちゃん、あんたを待つって動かないんだよ』

　顔を真っ赤にして怒鳴っている母の陰で、紗英が顔を上げる。無表情のまま宙を見つめていた紗英は、奈津子を見るなり涙を溢《あふ》れさせた。それまで静かに立っていたのが嘘のように、大声で泣きながら奈津子にしがみつく。

『なっちゃん！』

　冷えきった身体の中心に、熱が灯《とも》るのがわかった。

　紗英、紗英、私のかわいい紗英。

　私の大事な――娘。

　何を弱気になっていたのだろう。奈津子は紗英の背中を撫《な》で、まぶたを固くつむる。

　ダメだ。やっぱり、ダメなのだ。

　――紗英にだけは、本当のことを知られてはならない。


　翌日、梨里を幼稚園へ送って家へ戻ると、和室には鞠絵の葬式用のバッグが転がっていた。奈津子はその隣に背中を丸めて座り込む。

　ずっと母を憎んできたのだ、と静かに思う。自分を縛り、支配する母を。けれど本当に許せなかったのは――母が自分を無条件に愛してくれないことだった。

　幼い頃、奈津子は将来の夢はと訊《き》かれたら必ず「ピアニスト」だと答えていた。それは、母がそれを望んだからだ。

みんなを感動させられるようなピアニストになりたいです。難しい曲がうまく弾けるようになったときが一番うれしいです。大変だと思うのは、友達と遊んでいても勝手に指が動いていることがあって、恥ずかしいことです。

インタビューに答えるように言うことが決まっていて、それは実際、テレビの取材に応《こた》える際に母が作ったものだった。

リビングのアップライトピアノで練習するシーン。母が普段作らないようなご馳走《ちそう》を出してきて、それを食べながら反省会をするシーン。インタビューに答えるシーン。母の運転する車で教室に移動するシーン。母に怒鳴られながら大げさに身体を使って弾くシーン。それらのすべてのシーンを何度も撮り直されたことで疲れ果てて泣き始めると、それは注意されて悔し泣きする負けん気の強い子、というイメージを表現するシーンとして活《い》かされていて、他の何時間もかけたはずのシーンは全部でまとめて三分くらいになっていた。

その番組に出演していた子どもの中で、のちに夢を叶《かな》えた子がいるのかどうかはわからない。ただ少なくとも、奈津子がピアニストになる夢を諦《あきら》めたのは番組放映からわずか二年後のことで、それも何かのコンクールで負けて挫折《ざせつ》したわけではなく単に教室を変わったらもっとうまい子がいくらでもいて先生も厳しくて途端に夢から覚めただけだった。

そもそも奈津子に白羽の矢が立ったのは、師事していたピアノの先生がプロデューサーと友人で、たまたまその教室に番組の求める年齢層に合ってそれなりに形になる程度には弾ける子が他にいなかった、というだけの理由だった。

当時、オリンピックでメダルを獲得した選手の母親のスパルタ教育が話題になっていて、小さな頃からの夢を見事実現した、という番組の描くストーリーの裏テーマには「母と子の二人三脚」があったから、そのためでもあったかもしれない。

毎日三時間、学校から帰ってくるとピアノの前に座って、楽譜を開く。うまく弾けないと母に怒られ、うまく弾けても、今何を考えて弾いたのかと詰問される。自分の音、ちゃんと聴いてる？　奈津子の音は全然心に響いてこないよ。それでピアニストになれると思ってるの。母は個人レッスンの間ずっと後ろで先生からの注意を自分用の楽譜にメモしていて、それを家でのお説教の教科書にしていた。

どうしてちゃんとできないの。どうしてお母ちゃんの言うことを聞けないの。どうしてどうしてどうして。母の使う、どうして、には原因を知ろうとする意思は微塵《みじん》もなくて、だから繰り返されるたびに責める色ばかりが濃く深く染みこんでいってしまう。どうしてこんな子があたしの子なの。結局のところ、母の不満はそこにあるような気がした。どうしてだろう、と奈津子も考えた。どうしてできないんだろう。どうしてお母ちゃんの言うことを聞けないんだろう。どうして、こんな子にしかなれないんだろう。

いつもピアノの前で待ち構えている母が疎ましくて、母を失望させてしまうことが怖かった。テレビに出て以来、一層大きくなった母の期待に応えるためにレッスンの日にちを週一回から週二回に増やしてもらい、それ以外の日も友達と遊びに行かずに練習し続けた。

やがて、母は「この教室ではプロにはなれない」と言い出し、車で片道一時間半かかる別の教室への入会を決めてきた。だが、そこで奈津子は悟っていた。自分は、ピアニストになんてなれるような人間ではないのだと。

比喩《ひゆ》ではなく全身が震えた。恥ずかしくて、恐ろしくて、言い訳が思い浮かばなくて、もう死ぬしか、みじめな苦しさからは逃れられないような気がした。

それでも死なずに済んだのは、本気で死のうとする前に父が死んだからだ。高所作業中の転落事故で、労災は下りたものの唐突に一家の大黒柱を失った奈津子の家には、もはや習い事を続ける余裕などなかった。

母は父の同僚の奥さんの紹介で化粧品の外交員の仕事にありつき、ピアノも売ってしまい、以来、ピアノの話を出されることは急激に減っていって、やがてなくなった。

厳格で、抱き上げてもらったことなど数えるほどしかないような父だった。それでも、家族のために働き続けて死んだことに対して、悼む心よりも安堵《あんど》する思いの方を先に浮かべられるような存在ではなかったはずだ。

申し訳ない、と思うと、父の死を前にそう思わなければならないことが悲しくなり、悲しみに浸ると、自分には悲しむ資格なんかないのにとまた申し訳なさが募った。

その後も、母の「手に職をつけろ」という言葉に従って美容専門学校に入り、けれど母は、奈津子が入学してしばらくすると「本当は筑波大学に行って欲しかった」と言い始めた。せめて短大くらいは出たらどうなの、そんな浮ついた仕事なんかしてたらいき遅れるんじゃないの——母の言葉に呆然《ぼうぜん》として、筑波大学の学祭に行き、そこで出会ったのが貴雄だった。

母は奈津子の交際相手が筑波大学の学生であることを知ると、初めて奈津子を褒めた。へえ、あんたにしてはいい男をつかまえたじゃないの。やっぱり男は学がないとねえ。あんたのお父ちゃんも学があればあたしもこんな苦労しなくて済んだんだし。

けれど母は、奈津子が妊娠したことを知ると、みっともない、と吐き捨てたのだ。

——母のような母親にはなりたくなかった。

奈津子は、畳の上に転がった黒いバッグを脇に引き寄せる。一緒に買い物に行って、恋愛相談にも乗る。何でも話せる、親友のような母親になりたかった。だから、こうしなさいと頭ごなしに叱ることはしないようにしてきたし、娘たちには、自分のことを「なっちゃん」と呼ばせてきた。

けれど、そんなことが何だったというのか。

奈津子はジーンズのポケットを布地の上から強くつかむ。手のひらには、硬い金属の感触が伝わってきた。

ずっとお守りのように持ち続けている紗英の家の合鍵を握りしめる。こっちは紗英からもらったものだ、と言い聞かせるように思う。盗んだものではない。それでもそう思わないではいられないのは、それが盗んだものと変わらないと知ってしまっているからだ。

紗英から家の鍵をなくして大志に怒られたという話を聞いたのは、紗英が引っ越して間もない頃だった。その憂鬱《ゆううつ》そうな顔を見たとき、奈津子は閃《ひらめ》いていた。もし、もう一度鍵がなくなれば、予備の合鍵を預けてくれるんじゃないか――紗英が自分に対して秘密を作るかもしれないのが嫌だった。だから盗《と》った。

――それは、自分を支配しようとし続けてきた母と何が違ったというのだろう。

けだるい腕を動かして黒いバッグの口を開ける。中から数珠《じゅず》を引っ張り出した途端、その先に絡みついていたかのように四十年も前のはずの記憶がずるずると湧き上がってきた。

薄暗い板間に敷き詰められた座布団、生活臭を目隠しするように四方の壁に吊《つ》るされた鯨幕、天井一杯まで埋められた仰々しい祭壇――実家の光景が古い映画を見ているように脳裏に浮かぶ。

喪服の上に割烹着《かっぽうぎ》を重ねた母が、太い柱の奥から見え隠れする。紙袋を手に左から右へ向かい、お盆を持って右から左へ戻り――何度目に姿を現したときだったか、唐突に母は奈津子の前で割烹着を脱ぎ捨てた。普段あまり見ることのない母の着物姿を、奈津子は呆然と見上げる。すると次の瞬間、母は初めて奈津子を見て言った。

『我慢してたんだろ。えらかったね』

気づけば、食いしばった歯の間から嗚咽《おえつ》が漏れていた。そうだった。どうして忘れていたんだろう。あのときお母ちゃんは褒めてくれた。

——だから私は、葬儀が始まる頃には泣いていたのだ。

「お母ちゃん」

奈津子は、腕を伸ばして電話機を引き寄せた。ツーという無機質な音を吐き出す受話器に向かって泣きつくように呼びかける。

「お母ちゃん、お母ちゃん、お母ちゃん」

母に認めてもらえるように、母を失望させることだけはしないように。ずっと、そう考えて生きてきた。だけど、もし私が殺人犯として捕まったら——お母ちゃんは、私のことをどう思うんだろう。

許してくれるはずがない、という答えがすぐに浮かんだ。きっとお母ちゃんは、私を憎むだろう。私に失望し、私を産んだことを後悔するはずだ。

奈津子は、震える指を短縮ボタンに伸ばす。

母と話したかった。母の耳に警察からの話が入ってしまう前に、母にすべてを聞いて欲しかった。どうしたの、何があったの——そう言って、すべてを聞いた上で、奈津子は悪くないと言って欲しかった。

だが、奈津子はそのまま、受話器を戻した。小さな電子音が響き、息が漏れる。嗚咽を飲み込み、焦点の合わない目を宙に向けた。もう何年も何十年も会っていない人たちが、自分の写真が映し出されたテレビ画面を指さす姿が見えるような気がした。その中で背中を丸めている自分の姿までもがまぶたの裏に浮かぶ。

会っていなかった年月は想像で埋められ、殺人犯になるまでの物語はでっち上げられるのだろう。そう言えば、昔からちょっとおかしかった。旦那《だんな》とうまくいっていなかったんじゃないか。あのときのクラス会に来なかったのは、自分のみじめな生活を知られたくなかったからかもしれない。怖い人、ひどい人、かわいそうな人――何を言われても、きっと反論すらできない。

奈津子は呆然と受話器を見下ろす。するとその瞬間、何かに応《こた》えるように家の電話がけたたましく鳴り始めた。慌てて受話器を取り上げ、耳に押し当てる。

「はい、柏木です」

『なっちゃん』

頭の奥まで飛び込んできた声に、奈津子は動けなくなる。

「紗英」

『なっちゃん、わたしなんだかわからなくなってしまって……ねえ、どうしてなっちゃんが』

紗英の力ない声が、ぶわっと溶け出すように歪《ゆが》むのがわかった。ひっと息を吸い込む音が聞こえて、泣きじゃくる声が続いた。奈津子は目を閉じて、紗英の言葉を待つ。紗英は囁《ささや》くような声音で言った。

『……なっちゃんが大志を埋めたんでしょう？』

【長谷川幸代の証言】

で、あんたいままでにだれの話を聞いてきたの？　なによ、いいからさっさと答えなさいよ。プライバシー？　ばかばかしい。あんたたちが真っ先に破ってることでしょうが。まったくどの口が言うんだか。ああ、はいはい。どうせおまえには人権なんてないって言うんでしょうよ。だったら好きにすればいいじゃないの。こんなまどろっこしいことしてないで、どうせ好き勝手にあることないこと書くんだしねえ。

こっちだってねえ、最初は一つひとつ言葉を選んで答えてましたよ。あそこで泣いたのだって嘘泣きなんかじゃありませんよ。だけど結局あんたたちは自分たちのしたいように編集して見せたいところしか見せないんでしょうが。そんないまさら謝ってもらったってねえ。もうあたしは一生この町で顔なんか出して歩けませんよ、一生ね。

わかる？　なにがわかるっていうの。え？　あんたになにがわかるっていうのか言ってみなさいよ。え？　言えないならそんなおためごかし言いなさんな。こざかしい。

だいたいね、奈津子の同級生だったたって子やら近所の子やらいろんな子が好き勝手なこと言ってるみたいだけどね、なんでああも訳知り顔でこちゃこちゃ話せるのかわかりませんよ。同じ学校に通ってた、近所に住んでたってだけで、あの子のなにがわかるっていうんだかね。全然関係ない話を無理やり持ってきて、たしかにそういうところはあったかもしれない、これが原因じゃないかなんてねえ、そんなカンニングみたいなこすい真似して恥ずかしいと思わないのか教えてもらいたいくらいですよ。ただの野次馬ですよ。みっともない。

たしかにね、あちらの親御さんには気の毒な話だとは思いますけどね、でもそれを言ったらあたしだって既に罰は受けてるんですよ。こんなふうに後ろ指さされてね、親戚《しんせき》からも縁を切られてね、家にだって落書きされたり石を投げられたり……電話なんて鳴りっぱなしだから電話線抜くしかないし、牢屋《ろうや》に入れられないってだけで実際はもうブタ箱にいるようなもんですよ。

あんた、子どもはいるの？　いくつ？　あ、そう。じゃあ訊《き》くけど、あんたね、その息子が将来犯罪者になったらなんて考えたことあるの。あたしだってそうですよ。当たり前じゃないの。どこに自分の子どもを犯罪者に育てようなんて思う親がいるもんですか。え？　女手ひとつで必死に育ててきてね、そりゃあ贅沢《ぜいたく》はさせられなかったかもしれないけど、躾《しつけ》だけはきちんとやってきたつもりですよ。

あんたたちのやってることは矛盾してるんですよ。だってそうでしょうが。奈津子をああいうふうにしたのはあたしだけじゃないんですよ。あたしがずっとあの子を家から一歩も出さなくて、たった一人で一対一で育てて、それで家から出した途端に罪を犯したってんならね、あたしのせいなのかもしれないですよ。でもねえ、そうじゃないでしょう。それこそね、あんたたちが話聞いて回ってる相手ってのはみんな同罪ですよ。学校の先生だって、友達だって、それこそ奈津子の旦那だってみんなあの子に関わってきたんじゃないの。証言できるってことはね、それだけ関係があったってことでしょうよ。こじつけだろうがなんだろうが、もっともらしく話すエピソードがあるなら少なくともその分は奈津子に影響を及ぼしてきたってことでしょうよ。だったらなんでそいつらは責められないの。おかしいじゃないの。こんなことがあった、あんなことがあったって話すくせに、いざ責任はってなると全部親にあるってのはね、虫がいい話ですよ。

　あたしはねえ、奈津子の旦那の方が罪が重いと思いますよ。だってね、あんな男とつき合うまではいい子だったんですよ。あたしが仕事で疲れて帰ってくると「お母ちゃん、疲れたでしょ」なんて言って足を揉《も》んでくれたりねえ。あたしがやれって言ったんじゃないですよ。「お母ちゃん、揉もうか？」って自分から訊いてくるんですよ。これがまたいい力加減でねえ、揉みながら「ごめんねお母ちゃん、早く手に職つけて楽させてやるからね」ってね。まあ、あたしは正直いい大学に進んでほしかったけどねえ、せっかく頭の出来がいいんだし。だけど本人がそう言うなら本人の気持ちを尊重するのが母親でしょうよ。学費だって馬鹿にならなかったけどねえ、応援してましたよ。娘の夢なんだからってね。

　それがなんですか。あと少しで卒業ってときになっていきなりですよ。「赤ちゃんができたから学校辞めたい」って。驚いたなんてもんじゃないですよ。もう目の前が真っ暗になりましたよ。

　友達のところに泊まりに行くってね、娘の言うことだから信じてたわけですよ。でも奈津子は、そうかいじゃあその子の親御さんにも失礼のないようにねって言うあたしにうんうん頷《うなず》いてみせながら、内心では疑おうともしないあたしのことをばかにしてたわけですよ。もう情けなくて情けなくて……毎日仏壇に手を合わせてお父ちゃんに話しかけてね。どうして死んじゃったんだって、泣きながらですよ。

　紗英ちゃんに会ったこと？　そりゃああありますよ。孫なんだから。え？　反対したって言っても産むまでの話ですよ。産んだものをいつまでもとやかく言ったってしょうがないでしょうが。

　里帰り出産ですよ。ひと月かふた月かねえ。おしめ替えたり抱っこしてやったり、奈津子が家に帰ってからもたまに育児の相談に乗ってやったり。なんだかんだ言って母ひとり子ひとりでしたからね、あの子も自分が母親になってみてあたしの苦労がわかったなんて言ってましたよ。鞠絵ちゃんが妊娠したってときなんかねえ、今、なんかお母ちゃんと飲みたい気分、なんて電話をかけてきたりしてねえ。それで二人で朝まで飲み明かしたりして。

いい関係だったと思いますよ。そりゃあ嫁に出した子なんだから、しょっちゅう会うってわけにはいかなかったけどもねえ。

虐待？　それ奈津子が言ったんですか？　誰が言ったか言えないなんてことはないでしょうよ。言いなさいよ。そんな根も葉もない……もしかしてあんた、そんな馬鹿な話を本気にしてるわけじゃないでしょうね。子どもがかわいくなくて、誰が何十年も自分の人生犠牲にして育てるなんてできるもんですか。え？　犠牲ですよ。そりゃあそうでしょうよ。やりたいこともやれない。お金だってかかる。だけど子どもがかわいいから耐えられるんでしょうが。……ああ、はいはい、わかりましたよ。そうやってなんでもかんでもあたしのせいにしたいんなら、そうすればいいじゃないの。

ああ、まったく本当に情けない。嫌になりますよ。歯食いしばって働いてね、毎日毎日食わせてきた結果がこれだなんてね。本当にもうあたしが死んじまいたいですよ。

第六章

――庵原紗英

1

十分後には、なっちゃんがくる。

足を肩幅に開いて腰をかがめると、中途半端に下ろした下着とクロップドパンツが太《ふと》腿《もも》に食い込んだ。

便器を覗《のぞ》き込むようにして背中を丸め、細く頼りなく感じられるスティックを股《また》の間の宙にかざす。

息を止め、そっと下腹部に力を込める。ぴゅっと飛び出した尿が右手のひらにかかり、慌てて尿を止めた。妊娠検査薬の先の位置を注意深く調整し、再び放尿する。指先に手《て》応《ごた》えを感じながら、紗英は祈った。

どうか、どうか今度こそ陽性が出ますように。

そろそろと腕を引き出し、けれどすぐには結果を見ることができずにひとまずスティックのふたを閉める。便座に腰を下ろしてペーパーホルダーの上に検査薬を置き、めいっぱい引き出したトイレットペーパーで濡《ぬ》れた右手を丹念に拭《ふ》いた。

小さく区切られた天井を仰いで息を細く吐き出していく。まだ調べるには早い時期だから、せめて朝一番の尿じゃないと濃度が薄すぎて反応できないかもしれない。そう予防線を張るように考えながらも、試さずにはいられなかった。

もし、ここで陽性反応が出れば、わたしはきっと耐えきることができる。

——刑務所に入って、これからの一生を殺人犯として生きていくことになっても。

そう言葉として考えた瞬間、頭の中で大志の声がくぐもった音で反響していた。

『本当にごめん。俺、浮気した。でも好きなのは紗英だから。それだけは信じてほしい』

『なんで、自分から白状したの』

力ない声が紗英の口から漏れた。唇を噛《か》みしめかけ、ふいにその姿が大志の目にどう映るかが気になって唇を外す。代わりに奥歯を強く噛むと、こめかみが軋《きし》んだ。大志は人差し指にできたささくれをじっと見つめ、いじけるようにつまんで引っ張る。紗英は自分の顔から表情が落ちていくのを感じた。

『わたしは全然気づいていなかったんだから、言わなきゃバレなかったのに』

本当は気づいていたけれどそう言うと、途中で声が喉《のど》にからんだ。小さく咳払《せきばら》いをしてから続けようと口を開くのに、その先が出てこない。

『ごめん』

『謝ってなんて頼んでない』

叩《たた》きつける声音で返した紗英に、それでも大志はもう一度『ごめん』と口にした。

『だから、』

『子どもができたんだ』

荒らげかけた紗英の声を遮るようにして、大志が言った。

記憶の中で黒く塗りつぶされていた大志の顔が、ゆっくりとにじむように浮かび上がってくる。ひどい耳鳴りがして、指先が、どく、どっく、と不規則に血の巡りを訴えてくるのがわかった。

大志は、笑っていた。

笑ってはいけない、そんな場合でも立場でもない、と大志も自覚していたはずだ。それでも、どうしてもこみ上げてきてしまう笑いが、大志の頰をほころばせていた。

その顔を見た瞬間、紗英は悟っていた。

大志が、自分から浮気を白状した本当の理由を。

『俺は、紗英が好きだから別れたくはない。でも、赤ん坊に罪はないだろう？　認知したいんだ。それを、紗英に認めてもらいたくて』

続けられた大志の言葉もまた真実ではないことが、紗英にはどうしようもなくわかってしまう。

大志は、主張したかったのだ。

子どもができない原因が、自分にないということを。

紗英は、いつの間にか拳《こぶし》を強く握りしめていたことに気づき、ぎこちなく開いた。鬱《うっ》血《けつ》から解き放たれた指先を見下ろす。その赤黒い色は、母親の産道からひり出されたばかりの臍《へそ》の緒を切られる瞬間の赤ん坊に似ていた。

殺したい、と思ったわけではなかった。

ただ、吐き出すことのできないなにかが喉に詰まって、どう息をすればいいのかわからなかった。大志も苦しめばいい。そう考えると、ようやく少しだけ気道が開くような気がした。

紗英は無言で寝室を出て、キッチンへ向かった。大志が追いかけてこないことを確認しながら、つま先立ちをして食料棚の一番上の扉を開ける。

指先に触れた木箱を、たぐり寄せるようにして引っ張り出した。蕎麦《そば》とうどんのセット。のしの中央に友人の子どもの名前が書かれた箱を、紗英は数秒間見つめる。

そっとふたを開けると、蕎麦の袋だけが丸ごと残っていた。なっちゃんにあげようと思っていたのだと、痺《しび》れた頭の片隅でぼんやり思い出す。大志はアレルギーで食べられないから、と。

紗英は焦点の合わない目を宙に向けながら、鍋《なべ》を火にかけた。湯の表面が泡立つのを待ち、蕎麦の袋を歯を使って切り開ける。指を輪の形にして一人分を取り出した。つかんだ乾麺《かんめん》の先を鍋の底に突き立て、湯をかき混ぜるようにして沈ませていく。

更科《さらしな》蕎麦。ゆで時間三分。パッケージの裏に書かれた表示を口の中でつぶやくように読み上げ、キッチンタイマーを使ってきっかり三分はかる。一秒ずつ減っていくデジタルの数字を眺めながら、紗英は悪夢を見るように思い描いていた。

――大志がこれを口にしたら。

ゆで上がった蕎麦を流しの三角コーナーに捨ててから、網をまとめてゴミ箱に投げ入れる。鍋の中に残ったゆで汁に麦茶のパックを入れた。

かゆいのか痛いのか――アレルギーというものがどのくらい苦しむものなのかはわからない。だけど、少なくとも笑ってなどはいられなくなるはずだ。それに、わたしが飲ませるわけじゃない。大志は飲まない可能性だって充分ある。大志が自分で飲んでつらい思いをするんだとしたら、それは天罰だということじゃないか。

それからどれくらいの時間キッチンに立ち続けていたのか、紗英は覚えていない。気づけば、目の前には茶色い液体が波打っていて、自分の手がそれを瓶に移していた。冷凍庫から氷を手のひらいっぱいにつかみ、湯気の立つ瓶の中に落とし入れていく。ふたをした瓶を冷蔵庫の扉部に並べて、ようやく息を吐いた。

運命に結果をゆだねるような気持ちだった。

――思いもしなかったのだ。まさか、それで死んでしまうなんて。

紗英は喉をごくりと鳴らした。ほんの一日前のはずなのに、既にまったく現実感のない光景が続けて脳裏に浮かぶ。

ほら、仏様が手を合わせて座っていらっしゃるように見えるでしょう。骨の一つを箸《はし》でつまみながら係の人が言って、壺《つぼ》のふたがゆっくりと閉まった。灰色と水色を均一に混ぜたような薄暗い部屋からパラパラと人が出ていくのを、紗英は静かに見送る。とん、と肩甲骨の間を押された感触がして、両足を力なく踏み出した。開かれた扉をくぐると、まぶしすぎる白い光に眩暈《めまい》がする。

『すみません、ちょっとよろしいですか』

待ち構えていたように現れたのは、よれた背広を脇に抱えた男だった。こんなときに申し訳ありません、と言いながら、紗英の返事を待たずに話し始める。

『取り急ぎ確認させていただきたいことがありまして』

警察だと名乗った男は、紗英を人気《ひとけ》のない隅に連れ出してから続けた。八月十八日はなにをされていましたか。食事はなにを作りましたか。ご主人は、なにか食べられないものはありませんでしたか。

食事、食べられないもの——紗英は直感的に、その言葉が意味することを悟っていた。だから、麦茶の話をすることができなかった。刑事は時間をかけて手帳になにかを書き込み、司法解剖結果を口にした。

『ご主人はおそらく十八日にアナフィラキシーショックで亡くなったものと思われます』

やっぱり、という思いがこみ上げた。やっぱり、大志はあの麦茶を飲んだのだ。胸に押し寄せる波のような衝撃に紗英はきつく拳を握る。そして、死んでしまった——

そこまで考えて、ハッと思い至った。

――だとすればなぜ、大志は自宅で倒れておらず、山中に埋められてなどいたのか。思い当たることは一つしかなかった。合鍵を持っていたのは、なっちゃんだけ。なっちゃんがやったのだ。わたしをかばうために。

紗英は六十秒を頭の中で数え、恐る恐る検査薬を拾い上げた。つむっていた目をゆっくりと開き、判定窓に焦点を合わせる。

詰めていた息が漏れ、目の前が暗くなった。

薄暗い照明に向かって何度も検査薬をかざす。けれど、どれだけ角度を変えてみても線が現れることはない。

検査薬を戻し、重い腰を持ち上げてトイレットペーパーで股《また》を拭《ぬぐ》う。下着をずり上げかけて動きを止め、ポーチに手を伸ばした。中からナプキンを取り出し、音を立てないように注意しながら包装を剝《は》がす。下着の中心に貼りつけ、再び穿《は》いた。ごわつく感触が肌に触れる。わたしはそんなに期待しているわけじゃない、べつに生理がきてもこなくてもどちらでもいいのだと、言い聞かせるように考えたところで、チャイムの音が遠くで聞こえた。

ハッとして顔を上げ、慌てて腕を伸ばして水を流す。ドアを開けて廊下に足を踏み出してから、踵《きびす》を返してトイレに戻った。ペーパーホルダーの上に置かれた検査薬をつかんで汚物入れに押し込む。

急《せ》かすようにもう一度チャイムが鳴った。紗英はぎゅっと身を縮める。玄関までの道のりがひどく遠く感じた。

三和土《たたき》に裸足《はだし》で降り、内鍵を回す。カチャリという音がして、ドアが外から引き開けられた。


訊かなければならないことはいくらでもあった。なのに、頭の中で何度も巡らせてきたはずの言葉はすべてどこかに吸い込まれていってしまう。残ったのは、なっちゃん、というかすれた声だけだった。

「電話、すぐに切っちゃってごめんね。でも、やっぱり電話で話すようなことでもないでしょう？」

奈津子は、紗英の答えを待たずにスニーカーを脱いだ。

「とりあえず上がらせてもらうね」

後ずさった紗英の脇をすり抜けてリビングへと向かう。紗英は虚《うつ》ろな目で背中を追ってから、後ろに続いた。

「紗英、ちゃんと食べてる？」

奈津子は手にしていたビニール袋をダイニングテーブルに載せながら言った。紗英は勢いに呑《の》まれて目を伏せる。

「食べてないでしょう。だって紗英痩《や》せたもの。ダメだよちゃんと食べないと、そうだ、紗英、何食べたい？」

　奈津子は畳みかけるように重ね、袋の中から食材を取り出していく。にんじん、じゃがいも、ブロッコリー、トマト、鶏肉《とりにく》。

「ほら、いろいろ材料買ってきたの。食欲がないなら消化がいいものがいいよね」

「なっちゃん、」

「またリゾットにする？　あ、うどんでもいいかな」

「……どうして、なにも訊かないの？」

　紗英の言葉に、奈津子の腕が止まる。それでも余韻のように、ビニール袋がガサリと小さな音を立てた。瞬間、沈黙が落ちる。それをかき消すように奈津子がトマトのパックを手に取り、指を勢いよくビニールに突き立てて破った。

「訊くことなんかないじゃない」

　あっさりした口調で答えて手にしたトマトを顔の前に持ち上げる。

「しょうがないわよ、死んじゃったものは」

　紗英はかさついた唇を開いた。そんな、という声が喉《のど》を過剰に震わせる。奈津子はトマトをテーブルに置き、紗英を振り向いて微笑んだ。

「大丈夫、全部私が何とかしてあげるから」

「全部って……なっちゃんはどこまで知ってるの？」

問いかける紗英の声がかすれる。疼《うず》くような痛みが、こめかみの奥で波打っている。

「なっちゃんは、いつうちに来たの？　それに……大志が死んでいるのがどうしてわたしのせいだってわかったの？」

「ねえ、紗英。あんな男、紗英にはふさわしくなかった。だから気にすることなんかないの。浮気なんかして、よそに子どもまで作るなんて、あんな男殺されて当然」

「どういうこと？」

紗英は眉根《まゆね》を寄せた。

「どうして、なっちゃんが子どもの話を知ってるの？」

かすれた声が唇から漏れる。奈津子がすばやく腕を伸ばし、紗英の手を両手で包むようにつかんだ。頬におもねるような笑みを浮かべ、上目遣いに紗英を見る。

「別に、覗《のぞ》いてたとかじゃないの。ただ、紗英が心配だったから」

「どこから見てたの？　いつから？」

紗英は、奈津子の手を振り払うようにして腕を引き抜いた。両足を大きく開いて嬌声《きょうせい》を上げる自分の姿が見えた気がして、カッと頭に血が上る。

「だってあの日、わたしと大志は……」

それ以上は言葉にする気にならなかった。

大志が話を切り出す直前まで、自分たちはなにをしていたか。それを——なっちゃんに見られていた？

淀《よど》んだ目をしてキッチンに向かう自分の横顔までが浮かぶ。冷蔵庫の扉を閉めて家を出て行く強張《こわば》った背中、やがてそこに現れた大志――紗英は、弾《はじ》かれたように顔を上げた。

「大志があの麦茶を飲むところも見てたってこと？」

「だから覗いてたわけじゃなくてね」

奈津子が言いながら紗英の方へとにじり寄る。紗英は同じ距離だけ後ずさった。

「見てたならどうして救急車を呼んでくれなかったの？」

声が裏返る。その瞬間、奈津子は大きく目を見開いた。同時に奇妙な間合いの沈黙が落ちる。奈津子が顔を伏せ、視線だけを持ち上げた。

「だって、病院に行ったりしたら毒を盛ったことがバレちゃうじゃない。どうせ助からないんだし、」

「助かったかもしれないじゃない！　すぐに病院に連れて行ってたらなんとかなったかもしれないのに！」

紗英の叫び声が広いリビングに反響する。

自分でも、理不尽なことを言っているのはわかっている。蕎麦湯を用意したのはわたし。わたしがあんなものを作ったりさえしなければ、大志は死ぬこともなかった。そうわかっているのに、それでも言わずにはいられなかった。

大志、と心の中で叫ぶ。涙でにじんだ視界が揺れた。瞳《ひとみ》の端で盛り上がっていた涙がぽろりと落ちる。

——大志はもう、どこにもいない。

両手のひらで顔を覆いながら、吐き出すようにうめいた。大志、大志、大志。

長い夢を見ているような気がした。今、こうして泣いているのも夢で、大志の葬式が行われたのも夢で、大志が死んだという連絡がきたのも夢で、大志がいなくなったのも夢で、大志と最後に交わした会話も夢——でも、だとすればどこまでは夢ではなかったんだろう。

紗英はくずおれるようにしてフローリングに膝《ひざ》をつく。嗚咽《おえつ》がこみ上げてきて背中が跳ねた。奈津子はゆっくりと紗英の前にしゃがみ込む。

「どうしたの紗英。そうじゃないでしょう。大志さんに死んでほしかったんでしょう？」

「違う！　あんなものを作ったこと、すぐに後悔したの。本当に死んでほしいと思ったわけじゃないし、仕事をしている間も大志が飲んじゃったらって気が気じゃなかった。家に帰ったら捨てようって……」

「いいのよ紗英、私には嘘をつかなくても」

紗英は表情の落ちきった顔を奈津子に向けた。指先が震える。そこから震えが全身に広がっていくのがわかった。腕が震え、身体が震え、行き場のないなにかを抑えるために自分の身体を掻《か》き抱く。

「ほら、だから紗英にも内緒にしてたのよ。紗英って、気持ちが顔に出ちゃう方じゃない？　本当のことを知ったりしたら隠せなくなるって思ったの。警察に行方不明者届を出しに行ったときだって、本当はもう死んでるんだって知ってたら、あんなふうにちゃんと夫を心配しているふりはできなかったはずだし」

奈津子は唇の端を歪《ゆが》めるようにして持ち上げた。

「紗英が作ったやつじゃ死なないかもしれないから私が作り直したの。紗英は優しいから思いきれないんじゃないかと思って」

奈津子の言葉に、紗英は目を見開く。え、という形に開いた唇からは声が出なかった。

「……なっちゃんが作ったの？」

「私もね、無理やり飲ませたんじゃないの。ただ、喉渇いたんだけど麦茶とかないのって訊いただけ。ね、上手《うま》いもんでしょう？　もちろん私は飲むふりをしただけだったけど」

奈津子の手が紗英に向かって再び伸びた。紗英はつかまれた自分の腕を凝視する。奈津子の指先に力がこもった。

「ね、だから紗英は何も悪くないの。証拠は私が回収しておいたし、大丈夫、紗英が疑われることはないから」

「どうして……」

その先が続かない。なにを訊きたいのかさえわからなかった。どうしてそんなことを、どうして大志を、どうしてなっちゃんが――まとまらない思考が頭の中を乱反射する。

腕を引き抜き、床の上に転がったままの鞄《かばん》をつかみ寄せた。「ねえ、紗英」奈津子が、ふらつくような足取りで間合いを詰めてくる。

「私は、紗英のためにやってあげたのよ」

「やめてよ！」

紗英はあとが残りそうなほど強くつかまれた腕を胸の前でがむしゃらに払った。奈津子の瞳が傷ついたことを主張するかのように揺れるのを視界から追い出し、身体を反転させて立ち上がる。

「紗英？」

背中から聞こえる声から逃げるように、紗英は握りしめたままの鞄を手に家を飛び出した。

警察に、と思った途端、自分がたった数日前に行ったはずの警察署への行き方を覚えていないことに気づく。前回は、奈津子に車で連れて行ってもらったのだと思うと、止まりかけていたはずの涙がまたにじんだ。
困ったときはなっちゃんに――ずっとそうやって生きてきたのだと、改めて思い知らされる。

鞄から力の入らない手で携帯を取り出し、最寄りのバス停の時刻表と路線図を検索する。

――なっちゃんが、大志を殺した。

確かめるように、言葉にして考える。

――わたしが殺してしまったわけではなかった。なっちゃんにかばわれていたわけでもない。

それでも、現実感は少しも湧いてこなかった。

いいのよ紗英、私には嘘をつかなくても。ね、紗英は何も悪くないの。紗英のためにやってあげたのよ。

奈津子に言われたセリフが次々に浮かんでは消える。

――あれは、本当になっちゃんだったんだろうか。

それが、どうしても信じられなかった。

紗英はバス停に着き、時刻表を覗き込む。携帯で時間を確認して道路を見やると、目的のバスが滑り込んでくるところだった。誘うように滑らかに停まったバスに乗りながら、あれも、なっちゃんがやっていたんだ、と下書きをなぞるように考える。

実際に大志が飲んだ麦茶を作ったのも、わざと飲ませたのも、大志を家から運び出して埋めたのも、大志の死を隠すために大志の携帯からメールを送ってきたのも、全部なっちゃん。

〈おはよう。お疲れ様。また連絡する。いってきます〉

〈ごめん、しばらく距離をおいて考えたい〉

何度も何度も、一言一句を暗記してしまうほどに繰り返し読んだメール。なっちゃんは、どんな思いであの文面を作ったんだろう。電源を入れた途端に画面に現れたはずのわたしからの何十件もの着信履歴を、どんな表情で見ていたのか。

『警察署前、警察署前——お降りの方はボタンでお知らせください』

聞き取りにくいこもったアナウンスをうなじにかぶりながら、紗英はまぶたを下ろす。オレンジ色の光が閉じられた視界を埋め尽くし、それを突き破るようにしてチャイムが鳴った。

バスが左右に大きく揺れてから停まる。紗英は、二人並んだ降車口によろめく足取りで向かった。

見覚えのある建物を見上げ、息を吐く。

これでいいんだ、と自分に言い聞かせると、胸が締めつけられるように苦しくなった。わたしはなっちゃんを見捨てようとしているのだと、かすんだ頭で考える。

足を引きずるようにして階段を上り、入口の脇に前を向いて直立している警官に歩み寄った。舌で何度も唇を湿らせる。

を開く。

「あの……ちょっとお話ししたいことがあるんですけど」

「どのようなご用件ですか？」

警官は表情を変えず、睥睨《へいげい》するように紗英を見下ろした。紗英はうつむいたまま、口

「……先日、夫の遺体が見つかった件で」

吐き出す声が震えた。

では、とりあえずこちらでお話をうかがいます。警官は感情を感じさせない声音でそう言うと、手のひらを建物へ向けて促した。紗英は引き返したくなるのをこらえながら、エントランスに敷かれた毛足の短い絨毯《じゅうたん》に足を乗せる。

その瞬間だった。

身体の中心に訪れた感触に、大きく目を見開く。

まさか、そんな──

奥歯がカチカチと神経質な音を立て始める。

足の間に、もう何百回も、毎月感じてきた感触。ムダだとわかっていながら、紗英は下腹部に力を込める。だがその途端、とどめのように、とろり、となにかが湧き上がり、漏れ出していくのがわかった。

逆説的なお守りのようにつけていたナプキンが、存在を主張する。

大志、と紗英は心の中で叫ぶように呼びかけた。

——わたしが大志の子どもを産めることは、もう一生ない。

絨毯がぐにゃりと歪んだように、足元からなにかが崩れていく気がした。

【柏木奈津子の証言】

はい、このたびは本当に申し訳ないことをしてしまったと思っています。紗英にも、庵原家の方々にも……私は、取り返しがつかないことをしてしまいました。

どうしてこんなことをしてしまったのか、ですか？……私にもわかりません。どこで、何を間違えてしまったのか……。

ああ、はい。殺してしまわなければと思ったのは、紗英の家を覗《のぞ》いていたことを知られてしまったからです。このままじゃ紗英にも知られてしまう、そうしたら紗英に嫌われてしまうって……でも、その前にどうして覗いたりなんかしたのかと聞かれると、私にもよくわからないんです。支配？　いえ、それは違います。私はそんな、母みたいなことはしていません。私はずっと、母みたいにだけはならないって決めていたんですから。

母は……たとえば、中学生の頃、母が私の日記を勝手に読んでいたことがありました。学校から帰ったら、母が泣きながら怒っていたんです。

親不孝な子だ、ここまで育ててやってこんなことを言われるなんて情けないって怒鳴り散らされて、初めは何が起こったのかわかりませんでした。しばらくして母の手に私の日記があるのに気づいて、私がお母ちゃんの悪口を書いたからだってわかった瞬間、目の前が真っ赤に染まる感じがしました。悪口って言っても、門限を破ったことを怒られて愚痴を書いていただけだったんですけど……もうあんたのことがわからないって言われて。

ただ恥ずかしくて許せなくて、必死になって日記を奪い返してその場で破り捨てたんです。母が何やってるのって余計に怒って手を伸ばしてきたので、振り払って机に飛び乗って……切り裂いたんです。細かく、どうやっても元に戻せないところまで。

お母ちゃんに思い知らせてやりたいと思いました。自分がしたことがどういうことなのかわかってほしかった。私がどんなに傷ついたのかって……でも、母は絶対に謝ったりはしませんでした。

お母ちゃんだって、あんたがこんなひどいことを書くような子じゃなければ日記なんか読んだりしないって……順番がおかしいでしょう？　だけど、頭から大量の紙吹雪を浴びながら声を張り上げている母を見ていると、自分が全部悪かったような気がしてきてしまうんです。

お母ちゃんは私のことが大切なんだって、ずっと自分に言い聞かせてきました。心配しているから怒るだけで、私のことが嫌いなんじゃないって……でも、本当にそう思ってるならそんなふうに言い聞かせる必要なんてないんですよね。

母はいつも突然怒り出すので、何が引き金になってしまうのかわかりませんでした。だからいつも、母の顔色をうかがって、お母ちゃんに嫌われないようにって、結局のところそればかり考えて生きてきたんです。

私がこんなことをしてしまったのも、母に愛されてこなかったせいだと思います。私だって、紗英みたいに母親に愛されて大切にされて育ってきたなら、こんなふうにいじけた性格になることもなかったし、こんな事件は起こしていないんですよ。

うらやましい？　そんなことは言ってないじゃないですか。だって紗英を育てたのは私ですよ。私はずっと、紗英が誇らしかったんです。

私は、母のような母親にはならなかった。だから、紗英は私と違って真っ直ぐないい子に育ってくれた。それは、私の勲章です。

あの子はね、本当に優しい子なんです。

小さい頃から……鞠絵が私の財布からお金をとったときも、自分がとったんだって嘘をついてかばったり。目の前で誰かが怒られているのを見るのが耐えられないんです。そういうときに矛先が自分に向くと、今度は自分が怒られているのにあからさまにホッとした顔をしたりして。

特に、自分のせいだって思うのがつらかったみたいです。鞠絵がお金をとったのも紗英の誕生日プレゼントを買うためで、まあ、買いたいならお小遣いをやりくりするか私に相談すればよかったんですけど、でも、とっちゃったんですよ。だから、紗英のためではあったんです。そういうのに紗英は弱くて。

だからもし、紗英が私のことをかばうような発言をしたとしても、それは嘘です。私が紗英のためにやったって言ったから、私をかばわなくてはいけないんだと思っているんだと思います。

――柏木奈津子

2

伸ばしかけた指が宙で止まる。細かな震えが増幅しながら這《は》い上がってくる気がして、奈津子は慌てて拳《こぶし》を握りしめた。

「どうしたの？　ピンポンしないの？」

後ろから聞こえた梨里の声にハッと振り返る。幼稚園でも珍しくぐずりがちだったという梨里は腫《は》れぼったい両目をしばたたかせ、奈津子とチャイムのボタンを見比べていた。あ、と声を弾ませ、「梨里がおしたいー」と奈津子のポーチのひもを強く引く。

奈津子は込み上げてきそうになる涙を懸命に飲み込みながら、顔を伏せて梨里の前にしゃがんだ。脇の下に両手を差し入れ、弾みをつけて抱き上げる。

「届く？」

　梨里の小さな頭の後ろに吐きかける息がぶれるように揺れた。梨里は奈津子の様子がいつもと違うことには気づかないのか、奈津子の腕の中から飛び出すようにしてチャイムに手を伸ばしている。

「とどかないよお」

「これでどう？」

　奈津子が一歩前に踏み出すと同時に、ピンポーン、という間の抜けたチャイムの音がドアの向こう側で反響した。

　はーい、という聞き慣れた声に、奈津子は思わず二歩後ずさる。このままどこかへ逃げてしまいたい、という思いが胸の奥を塞《ふさ》いだ。行くあてはどこにもない。梨里を連れて行っていいはずもない。そう知りながら、梨里を抱く腕に力を込める。

　ようやく微《かす》かな異変に気づいたらしい梨里が振り向きかけたところで、ドアが開いた。

「なっちゃん？」

　ドアの隙間から現れた鞠絵は目を丸くし、梨里を見た。

「梨里ちゃんまで……どうしたの？」

「ごめんね、仕事中に」

「今は患者さんいないからちょっとなら大丈夫だけど……何か急用？」

　鞠絵が言いながら梨里に手を伸ばす。

「おかあさん！」

梨里ははしゃぐというよりもどこか切羽詰まった声を上げて鞠絵に抱きついた。奈津子は離れていく梨里の体温を感じながら、そっと目を伏せる。

「紗英は」

「おねえちゃん？　家にいないの？」

「……ここに来てないならいいんだけど」

「携帯もつながらないの？」

鞠絵の顔がさっと曇る。奈津子は答えようと口を開きかけ、嗚咽《おえつ》が漏れそうになるのに気づいてつぐんだ。首を左右に細かく振る。だが、下まぶたを持ち上げるようにして盛り上がった涙が、ぽろりとこぼれ落ちてしまう。

「なっちゃん？　泣いてるの？」

鞠絵の声が裏返った。慌てたように梨里を地面に下ろし、奈津子の顔を覗《のぞ》き込む。

「どうしたの？　何かあった？」

奈津子は息を吐き出す勢いでひと息に言った。

「ごめんね鞠絵、私はもう梨里をみることができない」

え、という鞠絵のかすれた声のあとに沈黙が落ちる。そこにかぶさるようにして、ふえぇ、という梨里の泣き声が上がった。何かを察しているのか、声を上げては止め、ちらりと上目遣いで様子をうかがってはまた泣き出す。

鞠絵が迷うように視線をさまよわせてから、再び梨里を抱き上げた。梨里は声のトーンを上げて鞠絵の首にしがみつく。

奈津子は奥歯を嚙《か》みしめる。私は、何をやっているのだろう。どうして梨里を連れてきてしまったのだろう。こんな話、梨里の前でするべきじゃない。あとで鞠絵に迎えに行ってもらえばよかっただけなのに。

でも、もう今しか時間がない。鞠絵には直接言わなければならないと、ただそれだけを自分に言い聞かせた。

「今、ここに梨里を置いていかせてほしいの」

「どうしたの、急に」

鞠絵が慌てたように奈津子と梨里を見比べる。奈津子は喉仏《のどぼとけ》を上下させた。

「大志さんの遺体が発見されたでしょう？　あれ、私がやったの」

大きく目を見開く鞠絵から顔をそらしたくなるのを必死にこらえる。

「……私は、これから警察に捕まることになる。きっと、もう何年も帰ってこられない」

奈津子は視界がぼやけていくのを感じた。わかっているつもりだった。けれど本当にはわかっていなかったのだと、言葉にしてようやく気づく。

「そんな……どうして」

「鞠絵には迷惑をかけてしまうけど……梨里にも」

奈津子は、手のひらに爪が食い込むほどに拳を握りしめた。

――私さえいなければ、こんなことにはならなかったのに。

大志は死なず、鞠絵も、梨里も――紗英も、苦しまずに済んだのに。

「おばあちゃん？」

梨里が鞠絵の腕の中から奈津子を見上げた。奈津子は言葉に詰まる。喉の奥が波打つように膨らむのがわかった。泣きじゃくるようにして息を大きく吸い込み、鼻の奥の痛みに耐えながら吐き出す。背中から丸めて頭を下げ、目をきつくつむった。

「ごめんなさい」

謝って済むことではないのはわかっていた。二人は、これから世間の目にさらされることになる。被害者の――そして同時に、加害者の親族として。プライベートを暴かれ、関わりを詰《なじ》られ、不躾《ぶしつけ》な疑惑を向けられることになる。悲劇を止められなかったということ。犯罪者と血がつながっているということ。

――二人は、何も悪くないのに。

奈津子は、そっとまつげを持ち上げる。

「勝手なことを言ってるのはわかってるけど……梨里にも私のことは忘れさせてほしいの。面会にも来なくていいから」

「なっちゃん」

梨里を抱いたままの鞠絵が戸惑うように顔を歪《ゆが》めた。奈津子はぼやけていく視界の中で、娘と孫を見つめる。

私はずっと、母を憎んできた。けれど、自分自身が母になると、今度は母を憎みきれなくなった。

つわりの苦しみ、お産の痛み、そこからも終わりなく続く育児の日々――一つひとつを経験するたびに、強くなどなりきれないことを、理想の母親にはなりきれないことを、どうしようもなく知ってしまった。

だから鞠絵が梨里を産んだときには嬉《うれ》しかった。鞠絵もまた、自分を許してくれるのだと信じることができたからだ。

娘に嫌われたくなかった。ずっと許されていたかった――でも、そんなふうに願う必要がどこにあったというのか。

「娘は、母を許さなくていいの」

嫌ってもいい、憎んでもいいから、幸せになってほしい。

――どうして、紗英にもそれを、もっと早く伝えられなかったのだろう。

奈津子は振り切るように踵《きびす》を返す。梨里の泣き声だけが追ってきた。

警察に連行されるときというのは、もっと騒がしいものなのだと思っていた。

手錠をされ、パトカーに乗せられて、パーカーのフードを頭から被《かぶ》ってうつむいた顔がフラッシュの光で断続的に炙《あぶ》り出される――そのイメージが、テレビで見る犯人逮捕の瞬間そのものだと気づき、奈津子は力なく車窓を見やる。

白い乗用車の外には、人の気配はなかった。角が錆《さ》びた郵便受け、紗英と鞠絵の名前が並んだままの石彫の表札、バンパーが土埃《つちぼこり》で汚れた紺色のデミオ——見慣れた景色をぼんやりと眺めてから、目を閉じる。

焦りや悲しみはなかった。ただ、ひどく疲れていた。これから、私はどうなるのだろう。そう考えると、内臓を下に引っ張られるような感覚が強くなる。

任意同行とはいえ、このまま家に帰ることはもうかなわないのだろう、と静かに思う。このタイミングで警察が来たということは、紗英がさっきの話を伝えたのだろう。そうであれば、その前提で事情を訊《き》かれるはずだ。

奈津子は息を細く長く吐き出していく。

『俺は、紗英が好きだから別れたくはない。でも、赤ん坊に罪はないだろう？　認知したいんだ。それを、紗英に認めてもらいたくて』

裸の腰にタオルだけを巻いた大志の、探るような取り繕うような笑みが蘇《よみがえ》る。紗英が顔を伏せ、沈黙が落ちた。

どれくらい無音が続いただろうか。声が聞き取れていないだけだろうかと室内に目を凝らしたところで、紗英がつぶやくように言った。

『でも、不妊の原因がわたしにあるって決まったわけじゃない』

そのあと続けられた耳慣れない単語に、奈津子は目をみはった。

『頸管《けいかん》粘液検査もホルモン量検査も、子宮卵管造影検査だって、わたしは問題なかったんだから』

奈津子の両眼は宙の一点を見つめていた。ケイカンネンエキケンサ、ホルモンリョウケンサ、シキュウランカンゾウエイケンサ——響きだけが素通りしかけて、遅れて検査という漢字が浮かび、不妊という言葉と結びつく。その瞬間、ついこの前、自分が紗英に向けて口にした言葉が次々に浮かんだ。

紗英は、子どもは？

だけど、いつまでも仕事ばっかりしてるわけにもいかないでしょう？

どうせ産むんなら早い方がいいよ？　やっぱりほら、年齢が上がるとそれだけでいろいろ大変になるし。

——紗英が、本当は子どもが欲しかったのだとしたら。欲しくて、病院にも通っていて、それでも授からないことに悩んでいたのだとしたら。

その紗英に、私は何を言い続けてきたのか。

最近つくづく思うのよね、やっぱり子どもを産むことが女の一番の幸せなんだなって。鞠絵も子どもを産んで変わったよね。子育てって、もう一度人生を生き直す感じなの。自分も通った道を辿《たど》っているはずなのに、新しい発見がたくさんある。親になることで人間的に成長する部分って大きいよ。

梨里と紗英の子が遊んでるところを見るのが私の夢なの。どう？　そろそろ叶《かな》えてくれる気にならない？

　こんなにやりがいがある仕事は他にないんじゃないかと思うの。だって母親っていう存在には代わりがいないでしょう。

　そして私は、ずっと前から紗英に刷り込むように語り聞かせてきた。

『ねえ、紗英。胎内記憶って話、知ってる？　子どもは親を選んで生まれてくるんだって』

　テレビのドキュメンタリー番組で扱われていたテーマだった。

『生まれる前はどこにいたの？』

『ママのおなかのなか』

『どんな場所だったか覚えている？』

『あったかくてきもちよかった』

『じゃあ、その前は？　ママのおなかにくる前はどこにいたの？』

『んーとね、おそら。あーちゃんとね、いっしょにいたの』

　三歳くらいの女の子が、たどたどしい言葉で説明する。「おそら」では、ある男の子と一緒に遊んでいたということ。「あーちゃん」が先に行かなくてはいけないことになって、さみしいなと思ったこと。でもしばらくすると「あーちゃん」が戻ってきて「ママのおなかのなかにいられなくなっちゃったから帰ってきた」と言ったこと。「でも、すごくやさしいママだったよ」と言うので、自分がママのところに行こうと思ったこと。

番組は、その女の子の母親が一度流産をしているという話を紹介し、『この話は、娘さんにはしたことがないそうです』と続けた。

その番組を見たのは紗英が高校生、鞠絵が中学生のときで、奈津子はさっそく二人の娘に番組の趣旨を説明し、生まれてくる前のことを覚えているかを訊いた。

紗英は『詳しくは覚えてないけど、なんとなく……あったかかったのかな』と答え、鞠絵は『どうせ誘導尋問でしょ。ママのお腹のなかはあったかかった？　とか、お空から、パパとママが見えてたの？　とか訊くからそんなふうに答えるだけだよ』と言い捨てた。

奈津子はどちらの答えも不満だったが、それでも胎内記憶の話は嬉しかった。私みたいな母親のもとに生まれてくるなんてかわいそうだと思ってきた。この子は、母親を選べないのだと。

だけどもし、この子たちの方から私を選んでくれていたんだとしたら？

そう思うとかたく強張っていた肩がふっと軽くなるような気がして、奈津子は事あるごとに「子どもが親を選んだ」という表現を使うようになった。

自分が口にしてきたはずの言葉が、頭の中をぐるぐると巡り続ける。紗英は、それらをどんな気持ちで聞いていたのだろう。

けれど、気づいたときにはもう遅かった。

目をきつくつむった途端、幼い紗英を前に繰り返した願いが唐突に脳裏に響いた。

この子のもとに、幸せばかりが待っていますように。

悪いものが、来ませんように。


そう祈ったのは、自分のはずだった。なのに、その紗英を追い詰め、幸せを奪ったのが自分自身だったのだということ。

『やめてよ！』


そう叫んだ瞬間の、紗英の表情が思い浮かぶ。胸が搾られるように強く痛んだ。

『覗《のぞ》いてたとかじゃないの。ただ、紗英が心配だったから』

『紗英のためにやってあげたのよ』

自分が吐き出した言葉と共に波打つように押し寄せてくる悲しみを、奈津子は眉根《まゆね》に力を込めてやり過ごす。

感傷に浸っている場合ではない。今は、何をどう説明するかを考えるべきだ。

たった今、警官から告げられた言葉を思い出す。

『これは事故ではなく殺人ですよ。あなた、婿が蕎麦アレルギーだと知っていながら蕎麦湯を混ぜたんでしょう』

あの事件の日、何があったのか。これからそれを、細かく執拗《しつよう》に訊かれることになる。

私はそれに、少しの矛盾もなく答えなければならない。

まぶたの裏にあの日に見た光景を思い描いていく。

紗英がゆっくりと立ち上がり、スウェットにTシャツを着て寝室を出て行った。紗英の姿を追って庭を回り込むと、リビング越しにシステムキッチンにいる紗英の姿を見つけた。

初めは、夕飯のしたくを始めたのかと思った。怒りを鎮めるために、ただ黙々と手を動かそうとしているのだと。けれど紗英は包丁を手にすることもなく、麦茶のパックと瓶を握りしめたまま立ち尽くしていた。

やがて、紗英が麦茶を作り終えた。顔の前まで瓶を持ち上げ、ゆらゆらと手を回すようにして混ぜる。冷蔵庫に入れると、無表情でキッチンを出てくる。奈津子は慌ててカーテンの陰に身を隠した。だが、紗英は視界の端で見えていたはずの動きにも気づかない。足を引きずるような歩き方でリビングを出て行ったかと思うと、ペイズリー柄のワンピース姿で戻ってきた。リビングのソファに投げ出されていた鞄《かばん》を拾い上げ、玄関へと向かう。

そのまましばらく、奈津子は動けなかった。どうすればいいのかわからなかった。次に紗英に会ったとき、どんな顔をして何を言えばいいのか。何事もなかったように笑いかけるしかないのだと知りながら、それがひどく難しいことに思えた。

気がついたときには、自分の指がチャイムのボタンを押していた。

『あの……紗英、今ちょうど仕事に出ちゃったんですけど』

困惑を露《あら》わにそう言った大志に、自分がどう答えたのか。

一つひとつの出来事をなぞるように思い出し、頭の中で言葉を整理していく。

奈津子はゆっくりとまぶたを持ち上げる。正面にあるバックミラーに視線を向けると、助手席に座っている警官とすぐに目が合った。

「どうされましたか」

警官が鋭い口調で言った。奈津子は、いえ、とだけ返して、また目をつむる。

「お疲れのようですね」

続けられた声には、もう答えなかった。心証が悪くなるかもしれない、とどこか他人《ひと》事《ごと》のように考えるが、それでも何かを口にする気にはなれなかった。

『どうして救急車を呼んでくれなかったの！』

『本当に死んでほしいと思ったわけじゃないし、仕事をしている間も大志が飲んじゃったらって気が気じゃなかった』

紗英のセリフを、噛《か》みしめるように反芻《はんすう》する。

そして、大志の携帯にあった何十件もの着信履歴を。

紗英は、夫のことが好きだった。たとえ一度は激しく憎み、殺意すら抱いたとしても、実際にその死を前にすれば自分を保てなくなってしまうほどに。

奈津子は口元からそっと力を抜いた。

――私がしたことは間違っていなかったのだ。

【 庵原紗英の証言 】

いまですか？　そうですね、ようやくこっちに落ち着いたところです。なんていうか、あんなに東京に出てみたいって思ってたのに、いざ出てきてみると、こんなものなのかっていうか……まあ、こういう状況だからなのかもしれないですけど。でも、なにも変わらないです。結局、わたしにはなにもないんだなって。

……助産院は辞めたんです。もうあの町にはいられるわけがないし、なんだかわたしも疲れてしまって……いえ、妹はまだ働いているはずです。こっちに引っ越してくる直前に一度連絡はしてみたんですが、忙しそうだったので……それ以来、鞠絵とは連絡をとっていません。

いえ、一応アルバイトくらいは……お惣菜《そうざい》屋さんです。売れ残りをもらって帰れるので。自分のためだけに食事を作る気にはなれないし、外食は、どうしても人の目が気になってしまって。

なにか言われたというか、なにがあったのっていろんな人に訊かれて……それで東京に出てきたってところもあります。こっちにきてからも、変なことを言ったらまたそれが噂になるのかもしれないと思うとなにも言えなくて……だれも信じられないんです。

事件のあとというか、いま思えば事件の前からそんなに友達はいなかったんじゃないかと思うんです。わたしにはなっちゃんしかいなくて……はい、ショックでした。ずっと、なっちゃんが大好きだったんです。なっちゃんと同じもの、なっちゃんが言う通りって、小さい頃からずっとそうやって生きてきて……迷ったときは、なっちゃんならこういうときどうするだろうって考えたり。

なっちゃんに認められたかったんだと思います。なっちゃんに褒められるのが嬉《うれ》しくて、紗英はすごいねって言ってもらいたくて……だから、なっちゃんからなにかを強制されたことはないんです。でもなっちゃんは、たとえば「私は、あんまりあの子好きじゃないな」って言うんです。そう言われたら、ああ、そうかもしれないって思っちゃったりして……いま思えば、全部なっちゃんに気に入られるように生きてきただけなんじゃないかと思います。

コントロールというか……ああ、でも、そうかもしれません。友達とも彼氏ともそれでうまくいかなくなったりして。

そうです。奪われてきました。わたしはずっとなっちゃんにいろんなものを与えてもらっているって思ってきたけど……でも違ったんです。なっちゃんが反対するから、ずっと東京にも出てこれなかったし、だから仕事も……つまらないものしかできなくて。

え？　なっちゃんのところに行ったんですか？……これ、本当になっちゃんが言ったことなんですか？　いいえ、引っかかるというか、この「紗英は私と違って真っ直ぐないい子に育ってくれた。それは、私の勲章です」っていうところがちょっと……そうですね、やっぱり私はなっちゃんにコントロールされていたのかもしれません。

ずっと、なっちゃんの理想の娘像みたいなものに振り回されてきたような気がします。天真爛漫《らんまん》で誰からも好かれるいい子、というか……だから、友達と喧嘩《けんか》してしまったときも、なっちゃんには言えませんでした。なんて言うか、がっかりされたくなくて……いつも、なっちゃんが喜ぶような、誇りに思うような子でいなきゃいけないような気がしていたんです。

そうなんですね。たしかに、もっと早く疑問を持つべきだったのかもしれません。そうすれば、こんなことにはならなかったのかもしれないと思うと……たまらないです。だって、なっちゃんが大志にあの麦茶を飲ませようとなんてしていなければ、大志は自分では飲まなかったかもしれなくて……そうすれば、いまも大志は生きてるんです。わたしのことは許してくれなかったかもしれないけど、でも、少なくとも話はできた。

結局、大志が浮気してたって子も妊娠してなかったらしいんです。子どもができたって言えば、わたしたちが別れるだろうと思っただけみたいで……だから、一からやり直すことだってできたんじゃないかと思うんです。わたしは、大志と仲直りするチャンスもなっちゃんに奪われたんだと思います。

……そうですね、憎んでいるのかもしれません。

ほっとしているのとはなにか違うんですけど……よくわかりません。いきなりいまから好きに生きていいって言われても……三十年間、ずっと大好きで、ずっと一緒にいた人に裏切られていたんだとしたら、これからどんな人と出会ってもなにをしてもムダなんじゃないかって、そう思ってしまって。

なっちゃんにですか？　いまは……なにを訊けばいいのかもよくわかりません。

エピローグ

〈はじめに

「何でこんな男と結婚してしまったんだろうと後悔しました」

身体のラインがはっきりとわかるタイトなTシャツにスキニージーンズを合わせた、首から下だけならば三十代前半にも見えるその女性は、自分の爪をもう一方の手で撫《な》でながらそう言った。

水戸市婿殺し遺棄事件の容疑者として逮捕、起訴されている柏木奈津子被告人（当時四十九歳）である。

二〇一三年八月十八日、柏木奈津子は娘の自宅そばのコインパーキングに車を停め、徒歩で家へと向かった。自宅前に駐車できるスペースがないわけではない。実際、普段は自宅前に停めていたという。

なぜ、彼女はこの日に限ってわざわざコインパーキングに駐車したのだろうか。人の目につかないようにと配慮したのだとすれば、計画的な犯行だったということになる。筆者がそこを追及すると、警察でも度々確認された点であるらしく、彼女は「またその話ですか」と顔をしかめながらこう続けた。

「初めから殺そうと思ってたわけじゃありません。でも、車で家の前まで行ったりしたら娘に見つかってしまうから」

娘の家に行くのに娘に見つかるも何もない。そう考える読者も多いはずだ。だが、彼女にとってはまさにこの点が切実な問題だった。娘の家へ向かったのは、娘に会うためではなく、娘の様子を隠れて覗《のぞ》くためだったからだ。

事件のあったこの日も、柏木奈津子はそうした理由で娘の家を訪れていた。いつものように庭に回り込み、寝室を覗き――そこで彼女は娘と婿が性交をしているところを目撃してしまう。

そして、動揺する彼女が耳にしたのは婿の驚くべき告白だった。不倫相手の女性が妊娠してしまったので認知してほしい。その言葉を聞いた途端、彼女の中に初めて婿への殺意の片鱗《へんりん》が芽生えていたという。

「私の大事な娘を傷つけるのが許せなかったんです」

柏木奈津子は、そう繰り返す。ただし、この時点ではまだはっきりとした殺意があったわけではなかった。別れさせなければならないと思い、娘が家を出たタイミングを見計らって婿だけがいる家を訪れる。

「どういうことなの、とあの男に詰め寄ると、もう聞いたんですか、と慌てていました。今すぐ実家に電話をしなさい、慰藉《いしゃ》料について話し合う必要があるから、と言ってやったら、何て言うんですか、逆ギレして。香恵《かえ》（仮名）に頼まれたんですか、そういうところが嫌なんだと言い始めたんです」

そういうところとは、と筆者が訊くと彼女は鼻を鳴らして答えた。

「何でも母親に言いつけるなんて子どもじゃないんだからって……おかしいでしょう？香恵は、ただ変に隠し事をせずにちゃんと話してくれていただけなのに。だけど、私、面と向かって悪口を言われて腹が立ってしまって、つい言ってしまったんです。香恵から聞いたわけじゃないわよって。そしたら、じゃあ何で知ってるんだってことになってしまって……」

被害者である婿は、やがて義母に家を覗かれていたことに気づいてしまう。婿が「香恵に話す」と言うと、柏木奈津子の中の殺意は初めて明確な形を持った。

つまり、直接的な殺害動機は「口封じ」だったということになる。娘に自分が覗いていたことを知られたくない。彼女はその一心で、蕎麦《そば》アレルギーを持つ婿にとっては毒に等しい蕎麦湯入りの麦茶を作ったのだ。

「お互い冷静になって話しましょうと言って、冷蔵庫から麦茶の瓶を取り出しました。虫が入っていたと嘘をついて中身を捨て、新しく煮出すところから作るふりをしてこっそり蕎麦を茹《ゆ》でたんです」

いささか苦しい芝居にも思えるが、婿としても無理やり台所に立つ義母を止めることはできなかったのだろう。そして婿は義母が用意した麦茶を飲んだ……。

麦茶に含まれていたのは即効性のある毒物ではない。婿はしばらくの間、彼女の目の前で苦しみ続けていたはずである。助けを口にすることがそのときの被害者にできたかどうかは別にしても、彼女が途中で殺害を中止し、救急車を呼ぶだけの猶予はいくらでもあったはずだ。しかし柏木奈津子はそうしなかった。

「もしそれで助かってしまえば、私がそんなものを飲ませたことも娘にバラされてしまうじゃないですか」

彼女は、婿が息絶えた後も考えを翻してはいない。知人に福祉車両を借りて死体を山中に移動させ、さらにその日の夜中、同居する夫、もう一人の娘と娘婿、孫の目をかいくぐって外出し、埋めた。

事件の詳細な経緯については本章に譲るとして、この事件について考える上でまず着目したいのが冒頭の証言である。

「何でこんな男と結婚してしまったんだろうと後悔しました」

婿の不倫を知ってどう思ったかという筆者の質問への柏木奈津子の答えだが、セリフだけを見ると、まるで娘が口にした言葉のように思える。そして、彼女の「面と向かって悪口を言われて腹が立ってしまって」という表現。ここにも違和感がある。被害者は彼女の悪口を言ったわけではない。あくまでも妻について非難しただけだ。それなのに、彼女が自分に向けられた言葉だと感じてしまったのはなぜなのか。

筆者は、ここに一卵性母娘《おやこ》の病理があると考えている。娘を自分と同一視してしまう「母親」の歪《ゆが》みを感じるのである。

そこで本書では、こうした歪みが生じてしまった背景について、水戸市婿殺し遺棄事件に材を取り、分析していきたい。

なお、一章では娘への依存を、二章では母親からの支配を、三章では夫との確執を、そして四章以降では核家族化や格差社会化、父権の衰退といった社会環境の変化という観点から取り上げてみたい。

「母」になりきれない母親と、母親から卒業できない「娘」——一卵性母娘とは、非常に現代的なテーマである。

本書が、一人でも多くの女性が自分自身の生き方を模索するための一助となれば幸いである。

心理カウンセラー　熊谷聡子《くまがいさとこ》〉

＊

ため息が白い。肌を刺す寒さにコートの襟元を押さえながら、紗英はアパートの外ドアを開けた。

顔から表情を落としたまま郵便受けの前に立ち、慣れた手つきで鍵を回す。カチ、という手応《てごた》えのあったダイヤル錠を引くと、倒れ込んできた封筒の重みでふたが自動的に開ききった。

反射的に伸ばした手のひらに、ずしりとした重みがかかる。一緒に溢《あふ》れてきた数枚のチラシを郵便受けの中に押し戻し、封筒だけを手に持って奥へと進む。

エレベータのボタンを押し、もどかしく封を開けた。チン、という軽快な音が頭上で鳴り響き、手の上に細長い栞《しおり》状の紙が滑り出してくる。

〈献本　庵原紗英様。先日はご多忙の中、ご協力いただきありがとうございました。無事出版の運びとなりましたのでご高覧いただけますと幸いです〉

流暢《りゅうちょう》な文字を前に、紗英は息を詰めた。親指と人差し指でつまみ上げると、柔らかく薄い紙が頼りなく揺れる。再び頭上で小さな電子音が鳴り、紙を表紙と見返しの間に差し込んだ。

足早に歩を進めながら鍵を用意し、封筒と本を脇の下に挟んですばやく鍵を開ける。家に帰ると玄関に靴を脱ぎ捨て、短い廊下を通ってベッドと最低限の電化製品だけが置かれた六畳の部屋に駆け込んだ。

へたり込むようにしてベッドに腰を下ろし、本を手に持ち替える。視線を落とすと、目の下で切り取られた女性の写真の上に白抜きの文字で書かれたタイトルが目に飛び込んできた。

『「母」になりきれない母親たち――水戸市婿殺し遺棄事件の真実』

大きく太く強調された書体を呆然《ぼうぜん》と見つめる。大志が死んだ事件が巷《ちまた》でそう呼ばれていることは知っていた。それでも、やはり自分のすぐそばで起きた出来事だとは思えない。

紗英は、真実、という文字を指先でなぞるように押してから、ページをめくった。

〈「何でこんな男と結婚してしまったんだろうと後悔しました」〉

まず現れた一文に、内臓が素手で握られたようにぐっと縮こまる。は、と短く息を吐き出し、顔を上げた。腰を深く屈《かが》めて床に手を伸ばし、内容確認用の原稿をつかんで引き寄せる。

二つを見比べながら活字の上に視線を滑らせ始めた。

本当に事前に送られてきた原稿の通りに書かれているのかが心配だった。勝手に書き換えられているのではないか。伏せるという約束のはずの実名が書かれているのではないか。背中を丸めて顔を近づけ、食い入るようにして初めの一文字を本文中に探す。

だが、気づくと目の前には「あとがき」という文字があった。慌てて目次にページを戻し、他に掲載されている可能性がある場所はないかと目を凝らす。もどかしく最後まで流し読みをしてから、指を止める。ごくり、と喉《のど》が鳴った。

再び「はじめに」と柱に書かれたページの頭を開き、今度は順番に読み進めていく。

紗英は焦燥感がこみ上げてくるのを感じた。

たしかに、自分の証言は掲載されている。確認用原稿とまったく同じではなく、ところどころが抜粋されている形だが、原稿と異なる言い回しはないし、実名も明かされていない。

だが、紗英は愕然《がくぜん》とした。

——これは、なんだろう。

なっちゃんのことが書かれているとはとても思えなかった。柏木奈津子被告人——そこに書かれているのはなっちゃんのフルネームに違いないのに、活字として目にすると知らない他人のように見える。

〈冷蔵庫から麦茶の瓶を取り出しました。虫が入っていたと嘘をついて中身を捨て、新しく煮出すところから作るふりをしてこっそり蕎麦を茹でたんです〉

最後に奈津子に会ったときの会話がふいに浮かんだ。

『紗英が作ったやつじゃ死なないかもしれないから私が作り直したの。紗英は優しいから思いきれないんじゃないかと思って』

なっちゃんは、その前にわたしも作っていたことは話さなかったんだ。そう思うとお腹の奥の方がむずむずした。そんなふうに恩着せがましくされたくない。そう思うのに、いまから警察に話す気にはどうしてもなれなかった。

それでももし、みんなに責められることになったら？　いまはなっちゃんだけに向いている矛先がわたしにも向いてしまったら？

これでいいんだ、と自分に言い聞かせる。いまさらそんなことを言ったとしても、どうせなにも変わらないんだから、と。

乾いた唇を何度も舌で湿らせながら、文章を目で追っていく。

〈「娘が大人になって自分から離れていこうとするのが怖かったんです」〉

奈津子のセリフとして書かれた文のあとには、紗英が実家から少し離れた場所へ引っ越したときの話が続いている。高校生の頃につき合っていた男の子と別れたときの話、大志と結婚することになって両家の顔合わせをしたときの話――一つひとつのエピソードに覚えがないわけではないのに、読み進めるほどに違和感が強くなった。

紗英は奥歯を強く噛《か》みしめた。

奈津子が逮捕された直後、多くの週刊誌やワイドショーが紗英と奈津子の関係をただ興味本位に脚色して描き立てた。紗英が近所の人から奇異の目を向けられ、親戚《しんせき》からも罵倒《ばとう》され、途方に暮れていた頃にやってきたのが、この本の著者の熊谷聡子だった。

普段は東京のクリニックで心理カウンセラーをしているという彼女のことは、紗英もテレビで見かけたことがあった。センセーショナルな事件が起こるたびに、コメンテーターとして事件の裏にある闇を分析してみせる彼女が、この事件についても本当のことを知りたい、この事件は裁判員制度の対象事件になるだろうからなんとしても判決が出る前に真実を明らかにしたい、と言ってきたとき、紗英はこれで誤解が解けるのではないかと安堵《あんど》した。

——どうして、この人だけは違うなんて思ってしまったんだろう。

紗英は手のひらの上でパタリと閉じた単行本を力なく眺める。まだ一章も読み終わっていないのに、ひどく目が疲れていた。身体の中にコールタールが詰まってしまっているかのように全身が重くだるい。

それでも、なんとか自分を叱咤《しった》しながら強張《こわば》った指を動かしてページをめくり直したときだった。

初期設定のままの単調な着信音が、白い蛍光灯の光に照らされた空間に妙に高らかに響いた。紗英はハッとして立ち上がり、玄関へと駆け寄る。床に投げ出されていた鞄《かばん》を開け、チカチカと光る携帯を手の中に握り込んだ。

〈柏木鞠絵〉

旧姓のまま登録されている名前がディスプレイに現れ、息を吞《の》む。妹とは、もう何カ月も連絡をとり合っていない。どうして——携帯を身体から離すように腕を伸ばしながら、けれど、応答と書かれた枠の中を指の腹が押していた。

『もしもし、おねえちゃん？』

携帯のスピーカーから久しぶりに聞く妹の声が飛び出してくる。「うん」と答える自分の声がわかりやすくかすれた。

『おねえちゃん、本読んだ？』

鞠絵は、紗英の返事にかぶせるようにして言う。反射的に、え、と訊き返すと、ほら、というもどかしそうな声が続いた。

『「母」になりきれない母親たちっていう……もしかしてまだおねえちゃんのところには届いてない？』

「いま、ちょうど読んでたところだったけど」

紗英は戸惑いながら後ろを振り返る。かかってきた電話に慌ててベッドの上に置いた本は、布団の膨らみの中に埋もれていた。

『どこまで読んだ？』

「まだ一章の途中だけど……どうして？」

本を空いている手で拾い上げる。ちょっと気になることがあって、という鞠絵のせわしない声音が耳に届いた。

『六ページに戻ってみて』

有無を言わせない口調に、慌てて携帯を肩と耳の間に挟み込む。ベッドの上に膝《ひざ》をかけ、布団に押しつけるようにして本を開くと、開いた？　という声が追ってきた。まだ開き終えていなかったものの、「うん」と答える。

『そこに、救急車を呼ばなかったっていう話が書いてあるでしょ？』

早口に言われて、また「うん」と答えてしまう。

『それが、』

「あ、ちょっと待って」

続けて話そうとする鞠絵を遮り、斜め上に書かれた数字を見ながらページをめくった。三、四、五、六。

〈途中で殺害を中止し、救急車を呼ぶだけの猶予はいくらでもあったはずだ。しかし柏木奈津子はそうしなかった〉

七行目に目当ての文章を見つけ、「ああ」と声を漏らす。

『読んだ？』

紗英は、うん、とも、ううん、ともつかない声を出しながら次の文章に視線を移す。もしそれで助かってしまえば、私がそんなものを飲ませたことも娘にバラされてしまうじゃないですか――ひとまずそこまで目を通したところで、「読んだ」と口にする。

「これがどうしたの？」

『おねえちゃん、信田《しのだ》さんに』

鞠絵は一度そこで言葉を区切った。『なっちゃんの弁護士にも会ってないでしょ？』と低い声で続ける。『信田さん、何度電話しても断られてしまうって言ってた』

非難するような鞠絵の言葉に、紗英は低くつぶやいた。

「鞠絵は、会ったんだ」

唇の端を歪《ゆが》めるように持ち上げる。鞠絵は、なっちゃんをかばおうとしている。わたしの夫を殺したなっちゃんを。そう思った途端、子どものように思ってしまう。

――鞠絵は、わたしよりもなっちゃんをとったんだ。

鞠絵がため息をつくのが耳元から聞こえた。

『だって、なっちゃんを説得してほしいって頼まれたから』

気まずそうに声のトーンを下げ、ぽつりと答えてから続ける。

『信田さんがせっかくなっちゃんの罪を軽くできるかもしれない証拠を見つけてきてくれたのに、なっちゃんが認めないらしくて』

「どういうこと？」

紗英は眉根《まゆね》に皺《しわ》を寄せた。鞠絵は数秒の間を置いてから、あのとき、と切り出す。

『なっちゃん、救急車を呼ぼうとしてたんだって』

紗英は、え、という形に口を開いた。だけど、空気のかたまりが喉《のど》にぶつかっただけで声は出ない。

鞠絵がひそめた声で言った。

『何も言わずに切っちゃったから他のいたずらに紛れちゃったみたいで……でも、消防指令センターに記録が残ってたのを信田さんが見つけてきてくれたの』

紗英は、太腿《ふともも》の上の本に手を伸ばす。ざらついた紙の上に、ぎこちなく指を滑らせた。

〈もしそれで助かってしまえば、私がそんなものを飲ませたことも娘にバラされてしまうじゃないですか〉

紗英は、本を見つめたまま動けない。目の前の文字はどんどんぼやけていく。

最後に会ったとき、わたしはなんて言った？　なっちゃんはなんて答えていた？

『見てたならどうして救急車を呼んでくれなかったの？』

『病院に行ったりしたら毒を盛ったことがバレちゃうじゃない。どうせ助からないんだし』

あのとき、どうしてなっちゃんはあんなことを言ったんだろう。あんな嘘を――そう、なっちゃんは嘘をついたのだ。

紗英は目を見開く。なっちゃんが、嘘をついた？　センターに記録が残っているのなら間違いがないはずなのに、信じられなかった。

躾《しつけ》に厳しい人ではなかったと思う。だけどなっちゃんは、嘘をひどく嫌った。どうして鞠絵はそうやって嘘でごまかそうとするの、どんな些細《ささい》なことでも鞠絵が嘘をつくとそう言って怒り、紗英が何か怒られるようなことをしても正直に話して謝ると一切怒らなかった奈津子。

なっちゃんが、わたしに嘘をついたことなんて、いままで一度だってなかったのに。

そう考えた瞬間だった。

紗英は頭の隅に棘《とげ》のように引っかかった小さな違和感に、視線をさまよわせる。

『病院に行ったりしたら毒を盛ったことがバレちゃうじゃない』

たった今、反芻《はんすう》したばかりの言葉が、再び脳裏で鳴り響いた。

――どうしてなっちゃんは、毒という表現を使ったんだろう。

畳みかけるようにして、さらに奈津子の言葉が続く。

『私もね、無理やり飲ませたんじゃないの。ただ、喉渇いたんだけど麦茶とかないのって訊いただけ。ね、上手《うま》いもんでしょう？　もちろん私は飲むふりをしただけだったけど』

　あのとき、なっちゃんはどうしてあんなことを言ったのか。麦茶に入っていたのは、ただの蕎麦湯だった。アレルギーを持つ大志には毒でも――なっちゃんが飲んだとしても問題はなかったはずなのに。

　考えてみれば、大志のアレルギーの話をなっちゃんにしたことはなかった。誰かから聞いていたのかもしれないと納得していたけれど――もし、大志に蕎麦アレルギーがあることをなっちゃんは知らなかったんだとしたら。

　唐突に暗闇の奥に光が現れ、勢いよくこちらに向かってくるような感覚に、指先が細かく震え始める。

『証拠は私が回収しておいたし、大丈夫、紗英が疑われることはないから』

　――なっちゃんが回収した証拠とは、なんのことだったんだろう。

　あの日――蕎麦湯入りの麦茶を作った日の翌朝、夜勤明けで帰宅したときのことが蘇《よみがえ》る。大志が倒れていたらどうしようと、恐る恐る家の中を見て回り、誰もいないことがわかって拍子抜けした。それでもなかなか治まらない動悸《どうき》をなだめながら冷蔵庫の麦茶をすべて捨て、新しく麦茶を作り直すために棚から紙パックを出し――あのとき、なにかなくなっていたものなどあっただろうか。

ゆでたあとの蕎麦はゴミ箱の中に残っていた。コップは洗われて水切りカゴに伏せられていた。紗英は宙を見つめ、キッチンの光景をカメラのレンズで追うように思い描いていく。シンク、食器棚、ゴミ箱——そこで、ハッと息を呑んだ。

——そう言えば、資源ゴミの日に捨てようとゴミ箱の脇に立てておいた除草剤の空き瓶を、捨てた覚えがない。

喉が、ごきゅりと鳴る。

もし、なっちゃんが、わたしが除草剤を麦茶に混ぜたんだと勘違いしていたんだとしたら。

『ご主人はおそらく十八日にアナフィラキシーショックで亡くなったものと思われます』

警察が口にしていた司法解剖結果——それは、なにを意味するのか。

紗英は両手で口元を押さえる。

『それでね、おねえちゃん。私、この本を読んでたらやっぱり変な気がしてきて……』

「ごめん、あとでかけ直す」

早口に言って電話を切る。両目を閉じ、鈍く痛む目頭を指で強く押さえた。

「なっちゃん」

唇から、震える声が漏れる。

——なっちゃんは、大志を殺していない。

紗英は、握りしめた手を額に押しつけた。

この手には、なにもないのだと思っていた。自分の血を継いだ子ども、やりがいのある仕事、なんでも話せる友達――わたしには、なにもない。そう思ってきた。だけど、本当にそうだったんだろうか？

わたしには、大志がいた。なっちゃんがいた。

その、大事なものを壊してしまったのは自分自身だったんじゃないか。

『だって、なっちゃんが大志にあの麦茶を飲ませようとなんてしていなければ、大志は自分では飲まなかったかもしれなくて……そうすれば、いまも大志は生きてるんです』

自分が口にした言葉が、頭の中で反響する。


「紗英、久しぶり」

薄暗く、狭い部屋の真ん中を、分厚いアクリル板が区切っている。紗英が板に両手をついて、穴の空いた部分に鼻先をつけると、奈津子はパイプ椅子の背もたれに背をつけたまま「曇るよ」と言って笑った。

数カ月ぶりに耳にする奈津子の声は、記憶にあるものと変わらないように思えた。けれど、外見はもうほとんど別人だと言ってもいいほど様変わりしている。痩《や》せた腰、落ち窪《くぼ》んだ目、肩の上で切り揃えられた短い髪――分厚い板を挟んでも、頭頂部に集中した白髪が目立って見える。

紗英は胸を打つ衝動に耐えながら身を乗り出した。

「なっちゃん、わたし……」

「紗英、またごはん食べてないでしょう。ダメだよ、そんなに痩せちゃって」

奈津子は顔をしかめてみせた。遮られた紗英は言葉に詰まり、アクリル板に爪を立てる。きぃ、という爪が擦《こす》れる音に二の腕が粟《あわ》立った。

「なっちゃん、わたし訊《き》きたいことがあるの」

「何、どうしたの？」

奈津子は頭を小さく傾げた。紗英は乾いた喉から、絞り出すようにして尋ねる。

「どうして……あの日、麦茶を飲まなかったの」

その瞬間、奈津子の顔がはっきりと強張《こわば》った。紗英、ととがめる声で言いながら上体を透明の板に寄せる。

「ここでは事件の話はしないで」

「お願い、これだけだから答えて」

「弁護士さんからも絶対にダメだって言われてるの」

声のトーンを落とし、顔をしかめた。紗英は細かく首を振る。

「なっちゃんが飲まない必要なんてなかったじゃない。蕎麦アレルギーなのは大志だけなのに、」

「紗英！」

「なんでなの」

紗英は板に両手を当てたまま、奈津子を真っ直ぐに見据えた。怒鳴る勢いで再び口を開きかけた奈津子が、迷うように視線をさまよわせる。数秒の間をおいてから、低く続けた。

「何となくよ。意味なんてない」

奈津子の目が怯《おび》えるように泳いだ。身体は振り向かないまま、入口に立つ警官にちらりと視線を向ける。

「紗英、今日はもう帰って」

「知らなかったんでしょう？　麦茶に入っていたのが蕎麦湯だって」

「紗英」

「救急車だって、本当はちゃんと呼んでたんでしょ？　なのに認めないのは、」

「勝手に変な想像なんてしないで」

奈津子は叩《たた》きつけるような声音で言い、紗英をにらみつけた。その双眸《そうぼう》を見て、やっぱりそうだ、とわかってしまう。

——やっぱり、なっちゃんは、大志を殺してなんかいない。それなのに、大志の死体を埋め、自分が殺したのだと口にした。

『紗英が作ったやつじゃ死なないかもしれないから私が作り直したの。紗英は優しいから思いきれないんじゃないかと思って』

『ね、だから紗英は何も悪くないの』

奈津子の声が蘇る。紗英は、わななく唇を噛《か》みしめた。

――ただ、わたしをかばおうとするだけなら、わたしには正直に言えばよかったはずだ。

家を覗《のぞ》いていたこと自体は、あのとき既に明かしていたのだから。

紗英はくずおれるようにアクリル板とつながった白い台へ倒れかかる。肘《ひじ》が勢いよく台に当たってガンッという大きな音が響いた。

「紗英」

奈津子の案じるような慌てた声が正面から聞こえる。

大志が倒れたとき、なっちゃんは本当はものすごく驚いたのだろう。慌てて救急車を呼ぼうとし――けれど、大志が飲んだ麦茶を作ったのがわたしだと気づいて電話を切った。そのまま死んでしまった大志を家の外に運び出して埋め、大志の携帯を使ってまだ生きているようなメールをわたしに送った。

だからわたしは、ずっとわたしが犯した罪さえ知らずにいた。だからわたしは――罪悪感に押しつぶされずにいられたのだ。

『私は、紗英のためにやってあげたのよ』

あれは、きっと、真実だったのだろう。

けれど、同時にあれは、なっちゃんの本心ではなかったのだ。なぜ、なっちゃんはわざわざあんな恩着せがましい言い方をしてみせたのか。

――あれが、わたしに自分を憎ませるためだったのだとしたら。

押し寄せてくる眩暈《めまい》に、紗英は目を固くつむった。

すると、二行だけの文章が印刷された白い紙が、脳裏にパッと転写されるように現れる。取材の日、熊谷聡子から奈津子の証言の一部だと言って見せられたコピー用紙。

〈紗英みたいに母親に愛されて大切にされて育ってきたなら、こんなふうにいじけた性格になることもなかったし、こんな事件は起こしていないんですよ〉

なっちゃんが、そう証言したのだと知ってショックだった。わたしがこんなふうに育ったのはぜんぶ自分のおかげなのだと言われているように感じて気持ち悪かった。だけど、あの言葉にも、別の意味があったんじゃないか。

――わたしが殺すことなんかあり得ないのだと強調するため。

足元から、力が抜けていく。ああ、そうだ、と吐き出すように思った。

〈紗英が私のことをかばうような発言をしたとしても、それは嘘です。私が紗英のためにやったって言ったから、私をかばわなくてはいけないんだと思っているんだと思います〉

どうして気づかなかったのだろう。あの言葉も、おかしかったというのに。だって、なっちゃんは知っているはずだった。わたしがいまさらなっちゃんをかばうようなことを言うわけがないと。

――あれは、予防線だったのだ。

わたしがいつか、本当のことに気づいて罪を自白したときのための。

「紗英」

呼びかける奈津子の声がふいに和らぐ。

「私ね、捕まってよかったと思ってるの。あのままじゃどっちみち耐えられなかった。紗英が何も言わなくても、そのうち自分から白状してたと思う。ね、だから紗英が気に病むことなんてないんだよ」

「なっちゃん」

「紗英は、そのままでいいの。何も変わる必要なんてない」

紗英はもう、溢《あふ》れてくる涙を止められなかった。歯を食いしばっても、こらえきれずに嗚咽《おえつ》が漏れる。呼吸が荒くなっていく。なぜ泣いているのかは自分でもわからない。感情が整理できないほど、名前をつけられないほど、激していた。

「ありがとう、紗英。会いに来てくれて嬉《うれ》しかった」

紗英は、ハッと顔を上げる。

「なっちゃん」

アクリル板へ両手をついた。だが、奈津子はすっと身を引くように一歩後ずさる。

「でも、もう二度とここには来ちゃダメ。ね？　私のことは忘れて、新しい人生を生きるの。大丈夫、紗英ならきっとできる」

声が、薄い膜に覆われたように反響した。

たった数メートル先の奈津子の顔が、にじんで見えなくなる。

なっちゃんのせいだと思いたかったのだ、と思い知らされる。なっちゃんは正しいわたししか認めてくれないのだと、なっちゃんの思うようにしないと嫌われてしまうのだと、自分に言い聞かせてきた。だから他の選択肢は選べなかった、選択肢ごと奪われてきたのだと。

だけどそれは、なっちゃんのせいじゃない。その方が楽だったからだ。だからわたしは、なっちゃんから離れようとしなかった。だって、なっちゃんのせいじゃなければ――全部わたしのせいになってしまう。

やりがいのある仕事につけないのも、なんでも話せる友達がいないのも、大志とうまくいかないのも、子どもができないのも。

嗚咽で不規則に跳ねる背中を伸ばし、天井を見上げた。喉《のど》がひゅっと小さく鳴る。熱を持った左手の脈動が、肘へ、肩へ、這《は》うように伸びていく。

「紗英、」

「終了時間です」

なにかを言いかけた奈津子の言葉を、低くしわがれた警官の声が遮った。奈津子はハッと振り向き、けれどそれ以上はなにも言わずに立ち上がる。

「待って！」

紗英はたまらず、アクリル板に張りついて叫んだ。

「わたしがやったんです！」

奈津子が弾かれたように振り返る。

「何を言ってるの、紗英！」

「なっちゃんはなにも悪くない。わたしが、わたしが大志を」

「紗英、やめなさい！」

警官に向かって張り上げた紗英の声をかき消そうとするように、奈津子はアクリル板を激しく叩いた。首をねじって警官に顔だけを向け、「すみません、今日は面会を終わりにしてください！」と叫ぶ。そのまま答えを待たずに出口に向かって駆け出した。

「もういいの。もういいんだよ」

紗英は涙でぐしゃぐしゃに濡《ぬ》れた顔を板に張りつける。

――本当はわたしが蕎麦湯入りの麦茶を作ったのだと言えば、今度はわたしが責められることになる。なっちゃんがされたように過去を調べられて、好き勝手に想像されて、友達にも親戚《しんせき》にも知り合いにも、だれにも味方をしてもらえることはなくなる。

唇がわななくのを止められない。

だけどそれらはすべて、初めからわたしが受けるべき罰だったのだ。

紗英は、吐き出す声音で呼びかけた。

「お母さん」

奈津子の足が、床に張りついたように止まった。ぎこちなく振り返った奈津子の顔が、子どものように無防備に歪《ゆが》む。

紗英は、透明な板の向こう側へと口を開いた。

「本当のことを言わせて」

「紗英」

震えたその声には、けれど責める色は少しもなかった。奈津子はくずおれるように膝《ひざ》をつく。

初めて耳にする母の泣き声に、紗英は呆然《ぼうぜん》と立ち尽くした。

解説

藤田香織

五戦五敗。

二〇一六年七月、現時点での芦沢央の最新刊『許されようとは思いません』（新潮社刊）を手にしたとき、私の胸には「今度こそ」という思いがあった。今度こそ、芦沢央には騙《だま》されないぞ！　今度こそ、先に物語の展開を見抜いてやる！

鼻息荒く意気込んでいたのは、それまでに幾度も芦沢央の仕掛けた罠《わな》に、まんまとはまってきたからだ。もちろん、ミステリーに限らず、小説には「騙される快感」がある。ストーリーを追ううちに、これはきっとあああなるのだろうな、と頭に思い浮かべた結末を見事に覆されることは、間違いなく読書の楽しみのひとつだ。

けれど、同じ作者の術中に何度もはまると、だんだんコノヤロー、という闘志が湧《わ》いてくるのもまた事実。しかも『許されようとは思いません』の帯には〈どんでん返しの連続、あなたは絶対にこの〝結末〟を予測できない！〉という惹句《じゃっく》が躍っていた。

あらかじめ「どんでん返し」がある、と明かしたうえで、それでも「絶対」に結末を「予測できない」というのである。ミステリー好きならずとも、これを見て、挑戦状をつき付けられたような気持ちになる人は少なくないだろう。五話が収録されている短編集である。全ては無理でも、注意深く読み進め、三作見抜けば勝ち越しだ！

しかし、結果は惨敗だった。いや、それほど用心していた甲斐《かい》があって、実際のところ、いくつかの罠は見抜けたのだ。

でも、だけど。

だからこそ、つくづく思い知った。芦沢央の魅力は、やはりミステリーとしての「仕掛け」そのものにあるのではないのだ、と。

二〇一三年八月に単行本が刊行された本書『悪いものが、来ませんように』（角川書店刊）は、私が初めて芦沢央に「やられた！」作品である。

前年の二〇一二年、第三回野性時代フロンティア文学賞を受賞したデビュー作『罪の余白』（角川書店→角川文庫刊）は、高校生の娘が不慮の死を遂げた理由を知りたいと願う父親と、死んだ娘の親友ふたりの心理を克明に描いたサスペンスだった。妻を亡くし、唯一無二の家族だった娘を喪《うしな》った父親の悲しみと怒り。親友を死に追いやった女子高生の狡猾《こうかつ》な悪意と保身。遺族となった父親だけでなく、愚かとしか言いようのない親友たちの視点からも物語が綴《つづ》られていくことで、小さな嫉妬《しっと》やけん制が悪意という境界線を越えていく過程が読ませた。第四の視点人物として登場する、コミュニケーション能力に欠ける女性心理学者の存在も秀逸で、ラストシーン近くで彼女が言った「私は忘れません」という言葉の重みを、今も時々、思い出すほどだ。いずれ、痛みを伴う切実な心理描写は新人離れした巧《うま》さだったが、タイプとしては「騙される快感」を得られるような作品ではなかった。

　ところが。すでに本文を読み終えた方々は、まさに今、それを体感されたばかりかと思われるが、デビュー二作目にして芦沢央は大胆な罠を読者に仕掛けてきた。

　構成自体は『罪の余白』と同じ、プロローグから始まり、エピローグで幕を閉じるが、本書では視点人物となるのはふたり。庵原紗英と柏木奈津子だ。物語はまず、彼女たちの今と、ふたりの関係性が描かれていく。

　助産院で働く紗英は、地銀に勤める夫とふたり暮らし。〈たとえば、いますぐわたしに子どもができれば。そうすればみんなに祝福されながら仕事をやめることができるのに〉という冒頭から、彼女が多忙な日々を過ごし、微《かす》かな屈託を抱えていることが推測できる。しかし、夜勤明けで、倒れこんでしまいそうなほど疲れているにもかかわらず、紗英が向かうのは自宅ではなく、奈津子の家だ。専業主婦の奈津子は、そんな紗英をいつでも柔らかな声で労《いたわ》り、食事を用意し迎えてくれる。浮気をしている夫・大志への愚痴をこぼしても、全面的に紗英の味方ポジションで聞き、相手の女を腐してくれる。髪を切ってくれて、一緒に昼寝までしてくれる。

　一方の奈津子は、美容専門学校に通っていた頃に夫・貴雄と出会い、交際半年で妊娠。以来、勤めに出ることもなく家事と育児に追われてきた。現在は、ボランティア団体〈マイらいふプロジェクト〉にも参加しているが、奈津子はその仲間たちの輪に上手《うま》く入れず鬱屈《うっくつ》をつのらせ、〈こういうとき、紗英ならどうするのだろう〉〈紗英は、人にどう思われるかを考えて躊躇《ちゅうちょ》することなんか、きっとしない。行きたければ行きたいと口にし、誰が言い出した場なのかなんて考えないだろう〉と思う。

正直、初読の際は、どれだけ仲が良いんだ、と苦笑してしまった。三十歳にもなって、共に既婚者で、子なしと子もち、兼業と専業と立場も違うのに、こんなに距離の近い、気の置けない女ともだちってある意味、スゴイな、と。

それと同時に、早い段階から、不穏な空気も感じられた。

前作に比べて視点人物が四人からふたりに減った分、本書では紗英と奈津子に縁のあった人々の「証言」が挿入されていくのだが、第一章に登場する紗英の元彼・山本裕司と、奈津子の幼い頃を知る宮野靖子の言葉から、紗英の夫・大志が〈殺された〉こと、奈津子が〈こういう事件を起こした〉ことが語られている。どうやら、この後、浮気者の紗英の夫は死ぬらしい。そこにふたりは関与しているらしい。でも、いったい誰が何をしたのか。どちらかが直接手を下した？　だとしたら、そのきっかけは何？　不妊に悩む紗英が、自分を顧みない夫を計画的に？　何らかのトラブルがあって居合わせた奈津子が衝動的に？　どちらが主犯で、どちらが従犯なのか――。

頭の片隅で推測しつつ読み進めていくと「事件」は間を置かず、第二章で発生し、誰が、何をしたのかは、あっけなく読者に提示される。その動機も、分からなくはない。けれど、微かな違和感もあった。

奈津子は何故そこまで紗英の暮らしを心配し、紗英は何故これほど奈津子に甘えていられるのか。合鍵《あいかぎ》を持っているのもどうかと思うが、留守中に上がり込んで料理までするなんて。こんなに親しい関係なのに、奈津子は何故、子どものいない紗英に〈子どもを産むことが女の幸せ〉だなんて言えるのか。夫の浮気の愚痴はこぼせるのに、紗英は何故、奈津子に不妊の悩みは打ち明けられないのか。手にしたパズルのピースが、進んでいく物語にどうも上手く収まらない。そもそも、奈津子が夫の貴雄と出会ったのは美容専門学校に通っていた頃で、在学中の交際半年で妊娠が発覚したということは、普通に考えれば出産は二十歳か二十一歳。でも、梨里は幼稚園に通っている。とすると奈津子の年齢は、二十代半ば過ぎということになる。紗英は三十歳だ。高校時代からすでに「なっちゃん」にべったりだったというのに、奈津子のほうが四つも五つも年下だったなんてことはあり得ないだろう――。

紗英と奈津子の視点から語られる彼女たちの姿と、「証言者」たちの話から立ち上ってくるふたりの姿。些《さ》細《さい》だったはずの違和感は増していくのに、落ち着いて考える暇は与えられない。そしてやがて、先へ先へとページを捲《めく》り続けた読者は、奈津子の言葉に息をのむことになる。

明かされたふたりの関係に「やられた！」と唸《うな》ったのは、私だけではないだろう。解説先読み派で、これから本文を読む、という人であっても、おそらく大半の人は罠にはまるはず。まったく想像もし得なかったわけではなく、罠があるよ、と知らされて、薄々気配を感じていても。デビュー二作目にして、これほど巧妙な罠を仕掛けた作者を、何とも心憎く思い、同時に頬が緩んでしまう。これぞ「騙される快感」だ。

しかし、前述した『許されようとは思いません』と同様に、本書の真の読みどころも、騙される快感のその先にある。たったひとつのピースが、それまで想像していた完成図をがらりと変えるだけでなく、その色までも変えてみせるのだ。結婚する前に妊娠すること。結婚しても妊娠できないこと。社会経験がないこと。誇れる仕事ではないこと。紗英と奈津子が内心抱いているコンプレックスは、こうあらねばならないと周囲から押し付けられた制約によるものだが、痛切なラストシーンを、その呪縛からの解放にも感じさせることに感嘆せずにはいられない。

最後に、現時点までに刊行された、芦沢央のその他の作品についても触れておこう。

本書の後、第三作となった『今だけのあの子』（東京創元社刊）は、女の友情と、その裏にある秘密を描いた連作短編集。五話を通じて、それぞれの物語の裏側に、一枚の絵が浮かび上がるのは連作短編集ならではの魅力だが、主人公たちの根底に見え隠れする、良き友、良き妻、良き母であらねばならぬ、という屈託と葛藤《かっとう》に、それぞれが答えを見つけていく過程が読ませる。

二〇一五年に刊行された『いつかの人質』（角川書店刊）は、三歳のとき、浜松で連れ去られ、無事に生還したものの視力を失った少女が、十二年後に再び誘拐された事件を軸に描かれる長編サスペンスだ。もちろん作者は大掛かりな仕掛けを用意しているし、被害者の少女とその母親の自立と再生が描かれている点も白眉《はくび》なのだが、登場人物のひとりが囚われている「夢」というものの残酷な一面に胸を打たれた。一度は届きかけた、いや、届いたと言えなくもない夢を、諦《あきら》めるとはどういうことなのか。こうした、なかなか言葉に出しにくい、けれど多くの人が抱えている厄介な物事に、芦沢央はとても敏感だと思う。

そして冒頭で触れた最新刊の『許されようとは思いません』は、第六十八回日本推理作家協会賞短編部門の候補になった表題作を含む、初の純然たる短編集である。手触りの異なる五話はどれもエッジが効いていて、張り詰めた巧さだけでなく、ふっと息を抜かせる場面も散見し、早くも傑作との声も聞こえてくる。

まだ三十二歳。芦沢央が五年先、十年先、と変化し進化していくことは、もう確信できる。「参りました」と言わされることを、これからも、何度でも、ずっと楽しみにしている。

本書は二〇一三年八月小社より単行本として刊行された作品を加筆修正し文庫化したものです。

悪《わる》いものが、来《き》ませんように

芦沢《あしざわ》 央《よう》

平成28年 8月25日　初版発行
平成30年 3月15日　14版発行

発行者●郡司 聡

発行●株式会社KADOKAWA
〒102-8177　東京都千代田区富士見2-13-3
電話 0570-002-301（カスタマーサポート・ナビダイヤル）
受付時間 11:00～17:00（土日 祝日 年末年始を除く）
http://www.kadokawa.co.jp/

角川文庫 19910

印刷所●旭印刷株式会社　製本所●本間製本株式会社

表紙画●和田三造

ISBN978-4-04-104442-1　C0193

角川文庫発刊に際して

角川源義

第二次世界大戦の敗北は、軍事力の敗北であった以上に、私たちの若い文化力の敗退であった。私たちの文化が戦争に対して如何に無力であり、単なるあだ花に過ぎなかったかを、私たちは身を以て体験し痛感した。西洋近代文化の摂取にとって、明治以後八十年の歳月は決して短かすぎたとは言えない。にもかかわらず、近代文化の伝統を確立し、自由な批判と柔軟な良識に富む文化層として自らを形成することに私たちは失敗して来た。そしてこれは、各層への文化の普及滲透を任務とする出版人の責任でもあった。

一九四五年以来、私たちは再び振出しに戻り、第一歩から踏み出すことを余儀なくされた。これは大きな不幸ではあるが、反面、これまでの混沌・未熟・歪曲の中にあった我が国の文化に秩序と確たる基礎を齎らすためには絶好の機会でもある。角川書店は、このような祖国の文化的危機にあたり、微力をも顧みず再建の礎石たるべき抱負と決意とをもって出発したが、ここに創立以来の念願を果すべく角川文庫を発刊する。これまで刊行されたあらゆる全集叢書文庫類の長所と短所とを検討し、古今東西の不朽の典籍を、良心的編集のもとに、廉価に、そして書架にふさわしい美本として、多くのひとびとに提供しようとする。しかし私たちは徒らに百科全書的な知識のジレッタントを作ることを目的とせず、あくまで祖国の文化に秩序と再建への道を示し、この文庫を角川書店の栄ある事業として、今後永久に継続発展せしめ、学芸と教養との殿堂として大成せんことを期したい。多くの読書子の愛情ある忠言と支持とによって、この希望と抱負とを完遂せしめられんことを願う。

一九四九年五月三日

角川文庫ベストセラー

9の扉

北村 薫、法月綸太郎、殊能将之、鳥飼否宇、麻耶雄嵩、竹本健治、貫井徳郎、歌野晶午、辻村深月

執筆者が次のお題とともに、バトンを渡す相手をリクエスト。9人の個性と想像力から生まれた、驚きの化学反応の結果とは!? 凄腕ミステリ作家たちがつなぐ心躍るリレー小説をご堪能あれ！

ふちなしのかがみ

辻村深月

冬也に一目惚れした加奈子は、恋の行方を知りたくて禁断の占いに手を出してしまう。鏡の前に蠟燭を並べ、向こうを見ると——子どもの頃、誰もが覗き込んだ異界への扉を、青春ミステリの旗手が鮮やかに描く。

本日は大安なり

辻村深月

企みを胸に秘めた美人双子姉妹、プランナーを困らせるクレーマー新婦、新婦に重大な事実を告げられないまま、結婚式当日を迎えた新郎……。人気結婚式場の一日を舞台に人生の悲喜こもごもをすくい取る。

そっと、抱きよせて

競作集〈怪談実話系〉

辻村深月、香月日輪、藤野恵美、伊藤三巳華、朱野帰子 他 編／幽編集部 監修／東 雅夫

田舎町で囁かれる不吉な言い伝え、古いマンションに漂う見えない子供の気配、霧深き山で出会った白装束の男たち——。辻村深月、香月日輪、藤野恵美をはじめ、10人の人気作家が紡ぎだす鮮烈な恐怖の物語。

きっと、夢にみる

競作集〈怪談実話系〉

中島京子、辻村深月、朱野帰子、小中千昭、皆川博子 他 編／幽編集部 監修／東 雅夫

幼い息子が口にする「だまだまマーク」という言葉に隠された秘密、夢の中の音に追いつめられてゆく恐怖……ふとした瞬間に歪む風景と不穏な軋みを端正な筆致で紡ぐ。10名の人気作家による怪談競作集。